Robin Jones Gunn

Ein Traum von Finnland

Roman

Robin Jones Gunn

Ein Traum von Finnland

Roman

Schulte & Gerth

Die amerikanische Originalausgabe erschien im Verlag
Multnomah Publishers, Inc., P O Box 1720, Sisters, Oregon 97759, USA
unter dem Titel »Sisterchicks on the loose!«.

Aus dem Amerikanischen übersetzt von Eva Weyandt.

Originally published in English under the title:
Sisterchicks on the Loose!

Published by Multnomah Publishers, Inc., P O Box 1720, Sisters,
Oregon 97759, USA.

Best.-Nr. 815 904
ISBN 3-89437-904-9
1. Auflage 2004
Umschlaggestaltung: Hanni Plato
Umschlagfoto: getty images
Satz: Die Feder GmbH, Wetzlar
Druck und Verarbeitung: Ebner & Spiegel, Ulm
Printed in Germany

Für Donna, meine älteste und beste Freundin, die mit mir nach Finnland gereist ist. Das nächste Mal kaufen wir mehr Schokolade.

Für Merja, meine liebste finnische Lektorin,
die uns in Porvoo ihr Herz und Heim geöffnet hat.

Für Kiitos, meine Freundin, dass du mir gestattet hast, deine Kindheitserinnerungen an Porosaari auszuleihen und für den unvergesslichen Abend in der Sauna in Hinthaara. Du singst die hohen Noten besser als jede andere, die ich kenne.

Und für Meg und Jaynie, die geduldig jedes Wort dieser Geschichte durchgegangen sind, bis alles richtig war oder bis Jennifer anfing, unter unseren Füßen zu putzen. Seelenschwestern für immer!

So werden wir sein wie die Träumenden.
Dann wird unser Mund voll Lachens
und unsre Zunge voll Rühmens sein.
Dann wird man sagen unter den Heiden:
Der Herr hat Grosses an ihnen getan!

Psalm 126,1b–2

Prolog

Kiitos Cottage
Maple Leaf Lake, Washington

12. Oktober 2003

Wenn mein Mann Jeff diese Geschichte erzählt, sagt er, sie hätte an dem Tag begonnen, an dem ich mir die Haare grün gefärbt habe. Zu gern schildert er in allen Einzelheiten, wie er mich auf dem Boden des Badezimmers vorgefunden hat, in der einen Hand ein Flugticket und in der anderen eine Dose mit Kräuterlimonade. Ich heulte mir die Augen aus dem Kopf.

Ich fange lieber da an, wo die Geschichte tatsächlich begann – und zwar mehr als ein Jahrzehnt vor dem Zwischenfall mit den grünen Haaren. An einem heißen Augustabend im Jahre 1982 hatten meine liebste Freundin Penny und ich Dienst in der Krabbelstube unserer Gemeinde. Sieben der verschwitzten Kinder in der Kinderbetreuung an diesem Sonntagabend gehörten uns beiden.

Ich tröstete gerade meine jammernde Tochter, als sich Penny, die mit Windelwechseln beschäftigt war, mir zuwandte und meinte: »Wir treffen ein Abkommen, Sharon. Wenn unsere Kinder die Schule hinter sich haben, verreisen wir. Nur wir beide.«

»Wo sollen wir denn hinfahren?«, fragte ich.

»Nach Finnland«, kam es wie aus der Pistole geschossen.

Ich starrte sie an, um zu sehen, ob sie es ernst meinte. Sie meinte es ernst.

Ich schätze, ich sollte zurückgehen zu der Zeit, als Penny und ich uns kennen lernten. Penny und Dave waren frisch verheiratet und erwarteten ihr erstes Kind. Zu diesem Zeitpunkt besuchten sie auch zum ersten Mal unsere kleine konservative Gemeinde in *Chinook Springs* im Staat Washington. Nach einer Weile schlossen sie sich unserem Hausbibelkreis an und kamen an diesem ersten Abend auf einem Motorrad angefahren, in passenden Wildlederjacken mit Fransen an den Ärmeln, aber ohne Bibeln. Penny zog zunächst ihre schlammigen Stiefel an der Haustür aus und ließ sich dann so still wie ein Tiger, der sich abwartend im Gebüsch verbirgt, auf unserer ramponierten Couch nieder. Noch nie hatte ich einen so abgedrehten Menschen zu Besuch gehabt.

In der kommenden Woche tauchte Penny dann mit einem Sack voller frisch ausgegrabener Iriszwiebeln auf. Sie fragte mich, ob ich ihr eine Bibel leihen könne und unsere Freundschaft nahm einen vorsichtigen, unkonventionellen Anfang. Das war vor vierundzwanzig Jahren.

Seit diesem Tag nahmen Penny und ich am Alltag der jeweils anderen intensiv teil, während wir unsere Kinder großzogen. Unsere Männer halfen sich gegenseitig mit Werkzeug aus und gingen samstags zusammen Angeln. Penny und ich haben uns nie gestritten.

Und dann bekam Dave den Job, den er sich immer gewünscht hatte. Bei einer großen Computerfirma. Also packten die Lanes ihre Sachen und zogen nach San Francisco.

Ich war verloren.

Einen Monat lang weinte ich, wenn niemand es bemerkte. Und unsere Telefonrechnung schoss in einen dreistelligen Bereich. Penny sagte immer, wir könnten uns doch treffen, nur wir beide, aber irgendwie klappte es nicht. Meine Leidenszeit dauerte zwei schreckliche Jahre.

Und hier nimmt mein Mann die Geschichte auf. Denn Jeff behauptet, Penny hätte aus heiterem Himmel beschlossen, nach Finnland zu reisen. Er erinnert sich nicht an den Teil mit der Kinderbetreuung, wo die Idee schließlich entstanden war, und dass sie seit diesem Zeitpunkt mehr als ein Jahrzehnt lang ausgebrütet wurde, bevor Penny ihren Plan in die Tat umsetzte. Jeff sagt, er hätte mich an der Badezimmerwand zusammengekauert gefunden, in der einen Hand das Flugticket, in der anderen die Dose mit der Kräuterlimonade.

Ich habe keine Kräuterlimonade geschlürft. Ich bin ziemlich sicher, dass ich nichts getrunken habe.

Jeff sagt, ich hätte geschluchzt, weil ich einen Schock hatte.

Ich habe nicht geschluchzt. Ich habe ziemlich laut geseufzt. Das ist ein Unterschied.

Jeff erzählt an dieser Stelle immer gern, wie ich mit einer dramatischen Geste das Handtuch vom Kopf gezogen habe und – ta-da! – meine Haare waren grün.

Dieser Teil stimmt leider.

Fast elf Jahre lang höre ich mir nun schon den Bericht meines Mannes von der einmaligen Reise an, die Penny und ich im Februar 1993 nach Finnland gemacht haben. Er übertreibt gern ein wenig und die Geschichte spinnt sich mit jedem Mal, wo er sie erzählt, zu einem Abenteuer, das nur entfernt unserem wirklichen Erlebnis ähnelt.

Am vergangenen Freitag versetzte Jeff unsere neue Schwiegertochter in einen Zustand des fassungslosen Staunens, als er von dem Abend erzählte, an dem Penny und ich zwei siebzigjährige Frauen in eine finnische Sauna begleiteten. Jeff sagte, uns wäre so heiß gewesen, dass wir dann in einen zugefrorenen See gesprungen wären.

Es war kein See. Es war nur der Schnee. Der Schnee und ein einziger Stern. Den Teil mit dem Stern lässt Jeff immer aus.

Ich wurde richtiggehend sauer auf ihn. Nachdem alle fort waren, sagte ich: »Ich möchte nicht, dass du weiterhin Geschichten von Finnland erzählst. Du stellst alles falsch dar und außerdem ist es nicht deine Geschichte. Es ist meine Geschichte. Pennys und meine.«

Ein verschmitztes Grinsen machte sich auf Jeffs Gesicht breit und ich wusste sofort, was er dachte. Endlich war es ihm gelungen, mich in die Ecke zu drängen, wo seit Jahren ein Stapel Papier und ein Stift auf mich warteten.

Und so sitze ich hier in meiner Ecke der Welt und bin bereit, die Geschichte so zu erzählen, wie sie sich tatsächlich ereignet hat ... die Geschichte, wie Penny und ich über den Mond gesprungen sind.

Kapitel 1

Januar 1993

Oh Penny-Mädchen, was hast du getan? Das dachte ich, als Jeff mich laut seufzend auf dem Boden unseres Badezimmers antraf. Ganz ehrlich war ich der Meinung, dass Penny dieses Mal zu weit gegangen war.

Jahrelang war die erstaunliche Penny durchs Leben gesaust wie ein furchtloser Komet über den unendlichen Sommernachtshimmel. Und ich war ihr dicht auf den Fersen gefolgt als kosmischer Staubsauger und war zufrieden damit, ihre funkelnde Spur von Wunderstaub einzusammeln. Wann immer Penny einen Satz mit den Worten begann: »Was wäre wenn«, fing sie an zu schweben. Ich fand Glück in den glitzernden Möglichkeiten, die sich in diesen Augenblicken auf mein Leben legten.

Um ehrlich zu sein, wir taten nur selten etwas von dem, was Penny sich für uns ausdachte. Ich hatte nicht damit gerechnet, dass wir tatsächlich nach Finnland reisen würden. Ich hatte gedacht, wir würden groß reden, Reiseführer kaufen, über vernünftige Wanderschuhe sprechen und die Tickets schließlich wieder zurückgeben.

Penny jedoch hatte niemals Zweifel an diesem Abenteuer.

Auf den Umschlag, der mein Ticket enthalten hatte, hatte sie mit einem dicken, schwarzen Stift geschrieben:

SHARON, NICHT ÖFFNEN! RUF MICH SOFORT AN!

Fünfunddreißig Minuten zuvor hatte ich Blondierungscreme in mein Haar einmassiert und mir war klar gewesen, dass ich eigentlich zuerst unter die Dusche hätte gehen sollen. Stattdessen war ich geradewegs zum Telefon marschiert und hatte die Nummer von Pennys Immobilienbüro in San Francisco gewählt.

»Also gut, Sharon. Los jetzt. Jetzt kannst du ihn aufmachen. Lies den Reiseplan.«

Die Worte »San Francisco, London und Helsinki«, sprudelten von meinen Lippen.

»Und?«, drängte Penny. »Hast du den Namen auf dem Ticket bemerkt? Sharon Andrews. Das ist dein Ticket. Wir fliegen nach Finnland!«

»Penny, das ist verrückt!«

»Ja, ich weiß, aber es geht los und zwar am 25. Februar. Pack deine Koffer! Wir werden endlich von zu Hause abhauen!«

»Aber Penny ...«

»Wir haben ein Abkommen getroffen. Du hast versprochen, du würdest mit mir nach Helsinki reisen. Erinnerst du dich?«

»Ja, aber wir wollten die Reise erst machen, nachdem alle unsere Kinder ihren Schulabschluss gemacht haben. Tyler ist der Einzige auf dem College. Es wird noch, wie viele? ... acht Jahre dauern, bis alle unsere Kinder aus dem Haus sind.«

»Genau. Und so lange kann ich nicht warten. Das Leben ist zu kurz. Wir müssen jetzt fahren.«

Ich stammelte und stotterte, während Penny mir Instruktionen zur Beschaffung eines Passes gab. Als ich auflegte und die Treppe hochraste, um unter die Dusche zu gehen, hatten meine Haare durch die Tönung die Sommersonnenglanzpunkte überschritten und einen beunruhigenden Herbstmooston angenommen.

Das Seltsame war, ich hatte nicht mehr die emotionale Kraft zu verarbeiten, was ich in Bezug auf meine Haare empfand. Ich hüllte mich in den Trost meines alten gelben Bademantels, sank auf den Boden des Badezimmers, starrte auf das Flugticket und seufzte über die Möglichkeiten.

Ich war in meinem Leben erst einmal mit einem Flugzeug geflogen. Ich weiß, das ist ungewöhnlich, aber mein Leben spielte sich in meiner Heimatstadt ab. Jeff und ich sind beide hier in *Chinook Springs* aufgewachsen, einem stillen kleinen Ort im südlichen Teil des Staates Washington. Wir waren schon während der Schulzeit miteinander befreundet gewesen und hatten unmittelbar nach dem Schulabschluss geheiratet. Jeff und sein Bruder führen gemeinsam einen Betrieb für Gartengestaltung. Und ich war zufrieden damit, unser Heim für Jeff und unsere vier Kinder in Ordnung zu halten. Das war mein Leben. Es war ein gutes Leben. Ich war kein Mensch, der sich danach sehnte, den Rest der Welt zu sehen – das dachte ich zumindest.

Als Jeff mich auf dem Boden des Badezimmers vorfand, sagte er als Erstes: »Die Tickets sind gekommen, ja? Was meinst du?«

»Du wusstest davon?«

Er nickte und unterdrückte nur mit Mühe sein Grinsen. »Dave hat mich vor ein paar Tagen angerufen. Er sagte, Penny wolle dich überraschen.«

»Das ist ihr gelungen.«

»Du siehst nicht gerade erfreut aus.«

»Ich stehe noch unter Schock. Warum ist Penny deiner Meinung nach so entschlossen, ihre Verwandten in Helsinki aufzustöbern?«

»Sie ist eben Penny. Das ist so ihre Art.«

»Ich weiß, aber meinst du nicht, sie sollte lieber Dave oder eines ihrer Kinder auf diese weite Reise mitnehmen, um diese Verwandten kennen zu lernen?«

»Sie möchte eben dich mitnehmen.«

»Warum? Ich meine, wenn wir so viel Geld hätten, würde ich ein neues Dach auf unser Haus setzen.«

Jeff kniete sich neben mich und gab mir einen herzhaften Kuss auf den Mund. »Jetzt analysiere doch nicht den ganzen Spaß aus dieser Reise heraus, Sharon. Geh mit. Genieß die Zeit! Und komm glücklich wieder nach Hause.«

Jeff erhob sich.

Ich griff nach seinem Arm. »Liebling? Eines solltest du noch wissen.« Ich zog das Handtuch von meinem Kopf und beobachtete den Gesichtsausdruck meines Mannes. Zu seinen Gunsten sei gesagt, dass Jeffrey Edgar Andrews den Mund hielt. Vierundzwanzig Jahre Ehe und vier Kinder hatten meinen energischen Mann ein paar Lektionen in der feinen Kunst der Zurückhaltung gelehrt.

Jeff sagte nur: »Es muss wohl Januar sein.« Ein Lachen unterdrückend ließ er mich allein auf dem Badezimmerboden sitzen, wo ich noch mehr seufzte und über meine Januarfehltritte nachdachte.

Denn anstatt zu Neujahr gute Vorsätze zu fassen, neigte ich dazu, impulsive Fehltritte zu begehen. Ich vermute, die trüben Vormittage des Januars im Nordwesten der Vereinigten Staaten veranlassten mich zu diesen vorübergehenden Verrücktheiten. Zu Beginn eines jeden neuen Jahres quälte mich der leidenschaftliche Drang, einen Bereich meines Lebens radikal zu verändern. Sobald ich etwas ausprobiere, zum Beispiel mein aschblondes Haar zu einem lebhaften Sommerblond ein wenig aufzuhellen, geht die Verrücktheit vorbei und ich bleibe für den Rest des Jahres normal.

In einem Januar, nach neun Jahren Ehe, war ich zu dem Entschluss gekommen, ich hätte genug von unserem altersschwachen Sofa. Und als hätte es so sein sollen, entdeckte ich in diesem Moment einen Lieferwagen der Heilsarmee, der vor dem Haus unseres Nachbarn anhielt. Ich lief also hinüber und sagte dem Fahrer, wenn er wolle, könne er auch unsere Couch mitnehmen.

Er nahm nicht nur unsere Couch mit, sondern auch eine wacklige ockerfarbene Lampe, eine Bratpfanne mit Dellen, zwei Kerzenhalter aus Plastik und unseren Mixer, der eine besondere Eigenart hatte. Der Mixer mixte sogar, wenn er gar nicht mixen sollte.

Einmal fing der Mixer um zwei Uhr morgens an zu mixen. Jeff sagte, es handle sich um einen Kurzschluss und ich solle nur daran denken, den Stecker zu ziehen. Doch ich vergaß immer, den Stecker aus der Steckdose zu ziehen und so kam es, dass er einmal, als wir mit Lebensmitteln beladen das Haus betraten, die Luft in der Küche durchmixte.

Also klebte ich einen Zettel an die Innenseite des Mixgefäßes mit der Bemerkung: »Muss repariert werden« und reichte ihn dem Fahrer des Wagens von der Heilsarmee. Er gab mir eine Empfangsbestätigung und sagte, ich sei ein freundlicher und großzügiger Mensch.

Voller Euphorie wegen meines guten Werkes und begeistert von dem Gedanken an eine neue Couch rief ich Jeff an, um ihm die gute Neuigkeit mitzuteilen. Jeff war ... nun, alles andere als euphorisch. Ich glaube, das war unser schlimmster Streit. Auf jeden Fall dauerte er am längsten. Sieben schreckliche Wochen vergingen, bevor wir endlich eine neue Couch auf Kredit anschafften. Und Jeffs Mutter hat mir nie verziehen, dass ich den Mixer weggegeben hatte, der ein Hochzeitsgeschenk von ihrer Schwester gewesen war. Das hatte ich natürlich vergessen.

Weil ich aus dieser Situation gelernt hatte, versuchte ich in den folgenden Januaren, diese vorübergehenden Anfälle von mangelndem Urteilsvermögen auf Bereiche zu beschränken, die nur mich betrafen.

Penny sagte immer, ihr gefiele es, wenn ich Anzeichen für den »Neujahrsanfall von Verrücktheit« zeigte, weil sie mich dann zu Dingen überreden konnte, die ich sonst weit von mir gewiesen hätte, wie zum Beispiel in dem Jahr, in dem wir einen Stepptanzkurs machten. Wir waren die einzigen Schüler, die älter waren als neun Jahre.

Zu unserer Ehre sei allerdings gesagt, dass wir die ganzen zehn Wochen durchgehalten haben. Sehr zur Erleichterung unserer Ehemänner und Kinder beschlossen wir jedoch, die Vorführung zum Abschluss des Kurses nicht mitzumachen.

Ich musste mich fragen, ob Penny auf den Tag genau ausgerechnet hatte, wann mein Anfall von Verrücktheit in diesem Januar zuschlagen würde. Sie hatte den Kauf dieser beiden Flugtickets zeitlich genau abgestimmt und sie so abgeschickt, dass sie mich in einer Stunde erreichten, in der ich besonders verletzlich war. Außerdem hatte sie meinen Mann vorher darauf vorbereitet.

Auch wenn ich nicht glaubte, dass dieses Vorhaben – ihr bisher überkandideltster Traum – vorhalten würde, bis er ganz ausgewachsen war, konnte es meiner Meinung nach nichts schaden, wenn ich mitspielte, solange er noch die Größe eines kleinen Kätzchens hatte. Also stopfte ich die Tickets in die oberste Schublade meiner Kommode, kleidete mich an und trug für den Rest des Tages die Baseballkappe meines Sohnes. Seltsamerweise wagte am Abendbrottisch niemand, mich nach der Kappe zu fragen. Entweder hatte Jeff die Kinder vorbereitet oder meine Theorie in Bezug auf die unsichtbare Mutter in unserem Haus war zutreffender, als ich gedacht hatte.

Am folgenden Morgen bekam ich um neun Uhr einen Termin bei Joanie im Friseursalon. Ich erzählte ihr von Pennys Finnlandplänen, während sie sich mit Zauberhand an meiner grünen Mähne zu schaffen machte. Sie verwandelte die Farbe wieder in einen Blondton, der sich zumindest innerhalb der normalen Farbskala für Menschenhaar befand.

Ich wollte Joanie ein zusätzliches Trinkgeld zukommen lassen. Sie schob mir jedoch alles Geld wieder zu. »Bitte, das geht auf mich. Sie behalten Ihr Geld für die Reise.«

»Nein, Joanie, nehmen Sie es.«

»Dieses Mal nicht, Sharon. Sparen Sie es für Finnland. Wenn Sie wollen, können Sie mir ja ein Souvenir kaufen.«

Die Schuldgefühle kamen mit breitem Flügelschlag angeflogen und ließen sich auf dem Dach meiner Psyche nieder. Es war eine Sache, dass Penny und ich eine große Wolke von Traumstaub aufwirbelten, aber Joanie sollte deswegen nicht auf ihr Geld verzichten. Ich verließ den Friseursalon und war entschlossen, Joanie bei meinem nächsten Besuch das Doppelte zu bezahlen.

Meistens stecke ich mein dünnes, glattes Haar mit einer Spange zusammen oder drehe es zu einem Knoten im Nacken. Dank Joanies meisterlicher Fähigkeiten umrahmte es nun weich mein Gesicht und fiel mir bis auf die Schultern. Darum beschloss ich, Passfotos machen zu lassen. So fuhr ich zum nächsten Einkaufszentrum, etwa 35 Kilometer entfernt auf der anderen Seite des Columbia River in Portland, Oregon. Ich fand einen Fotoladen, der mit einem Plakat warb: Sie können auf Ihre Passfotos warten.

Der junge Mann knipste leider los, bevor ich mich in Pose gesetzt hatte.

»Wollen Sie verreisen?«, fragte er, während ich einen Scheck für die beiden nicht besonders schmeichelhaften Fotos ausstellte.

Verwirrt sah ich hoch und hörte mich antworten: »Ja.« Sobald dieses Wort meine Lippen verlassen hatte, schlugen die Schuldgefühle mit ihren breiten Flügeln und krächzten: »Lügnerin! Lügnerin!«

Der junge Mann stand reglos mit hochgezogenen Augenbrauen und wartete auf meine Antwort.

»Ich, äh, ich fliege nach Finnland.«

»Cool. Das ist doch drüben in Europa, nicht?«

Ich nickte kaum merklich, bezahlte die Fotos und begab mich sofort zum Buchladen im Untergeschoss des Einkaufszentrums, wo ich einen Reiseführer für Skandinavien kaufte. Ich wusste nicht, dass Finnland neben Schweden lag. Ich wusste auch nicht, dass Finnland an Russland angrenzte. Helsinki befand sich auf der anderen Seite des Globus, eine halbe Welt entfernt von *Chinook Springs*. Sprach man dort überhaupt Englisch?

Anschließend ging ich zur Post, wo der halbtaube Onkel meines Mannes seit siebenunddreißig Jahren arbeitete. Onkel Floyd war nur zu gern bereit mir zu helfen und meinen Antrag auf einen Reisepass abzuschicken. Natürlich musste ich ihm Einzelheiten nennen und das mit lauter Stimme, sodass jeder im Umkreis von zweihundert Metern mich verstehen konnte. Dieses Mal drückte ich mich vorsichtiger aus und sagte: »Vielleicht fahre ich« und »wenn alles klappt.»

Begeistert reichte Onkel Floyd mir eine Zehn-Dollar-Note. »Das ist für dich, damit du auch wirklich viele Postkarten an alle zu Hause schickst. Sag ihnen, sie sollen mir die Briefmarken aufheben. Und versuche, Sondermarken zu bekommen, ja? Verlange die Marken, die sie nicht jeden Tag verwenden. Wirst du das für mich tun, Sharon?«

Ich verließ das Postamt und biss mir auf die Lippen. Wie konnte ich dem lieben Onkel Floyd die zehn Dollar zurückgeben, nachdem er und der Rest der Welt erkannt hatten, dass dieser Traum von Finnland ein Jux war?

Innerhalb von drei Tagen wussten alle in meinem kleinen Leben von der Reise und alle freuten sich für mich. Das heißt, alle außer Jeffs Mutter Gloria.

Oma Gloria und Opa Max kamen am Freitagabend zum Schulchorkonzert unserer Tochter. Kaylee hatte gerade mit der Highschool begonnen und durchlebte wilde Gefühlsschwankungen. Zwar ist das für Fünfzehnjährige durchaus normal, doch ich neigte nicht dazu, eine besonders verständnisvolle Mutter zu sein. An meine Zeit als Fünfzehnjährige erinnere ich mich nur wenig. Nur dass meine fest installierte Klammer endlich von meinen Zähnen abgenommen wurde, das weiß ich noch genau. Ich glaube, damals habe ich häufig gelächelt.

Kaylee schien alle anzulächeln, nur nicht mich.

Kurz bevor wir zu Kaylees Konzert aufbrechen wollten, bekleckerte sie ihre weiße Bluse mit ein wenig Apfelsaft. Ich versuchte sie zu säubern, indem ich mit einem nassen Lappen daran herumtupfte, aber natürlich machte ich alles nur noch schlimmer. Die großen nassen Stellen trockneten nicht schnell genug und Kaylee stürmte nach oben und jammerte, sie würde zu spät kommen.

Oma Gloria schüttelte den Kopf. »Dies sollte dir eigentlich die Augen öffnen, Sharon-Liebes. Wie sollen deine Kinder denn zurechtkommen, wenn du nach Island fährst?«

Oma Gloria vergaß gern die richtigen Namen für Personen und Orte, wenn sie ein schlechtes Licht darauf werfen wollte. Während meines letzten Jahres in der Highschool nannte sie mich immer »Sherrill«, statt »Sharon«, obwohl sie mich seit meiner Kindheit kannte. Nach meiner Hochzeit mit Jeff wurde ich dann zu »Sharon-Liebes«. Ich fand das besser als die vielen anderen Möglichkeiten, darum versuchte ich nicht, sie zu korrigieren.

»Ach, die Kinder werden prima zurechtkommen«, beruhigte Opa Max Gloria, während er die Teller zur Spüle brachte. »Ist das nicht so, Ben? Eine Woche werdet ihr doch auch mal ohne eure Mutter auskommen.«

»Zwölf Tage«, korrigierte Gloria ihn.

»Elf«, berichtigte ich sie.

»Und genau in der Zeit werden alle Klassenarbeiten geschrieben«, fügte Gloria missbilligend hinzu.

Mein zurückhaltender Sohn, der bereits wahlberechtigt war, räumte klugerweise auch weiterhin den Geschirrspüler ein und behielt seine Meinung zu diesem Punkt für sich.

Opa Max winkte unseren Zehnjährigen, der versuchte seinen Fuß in seinen Tennisschuh zu zwängen, ohne die Schnürsenkel aufzubinden, zu sich heran und meinte: »Komm, Josh. Du kannst mit mir zur Schule fahren. Wir werden für diese Trödler ein paar Plätze reservieren.«

Ich wagte mich nach oben und klopfte an Kaylees Zimmertür. Die verzweifelte Prinzessin bat mich herein. Sie hatte die »ruinierte« weiße Bluse auf den Boden geworfen. Die Bluse, die ich gewaschen, gebügelt und mit Stärke eingesprüht hatte, damit sie an diesem Abend perfekt war. Neunzig Minuten liebevoller Arbeit lagen zerknüllt zu ihren Füßen. Kaylee warf mir einen beleidigten Blick zu, als wäre die Katastrophe mit dem Apfelsaft meine Schuld.

Sie musste nun ein langärmeliges beiges T-Shirt anziehen, das früher ihrem ältesten Bruder gehört hatte.

»Das wird nicht gehen«, sagte ich.

»Ich wusste, dass du das sagen würdest. Aber was habe ich sonst?«

»Du kannst meine weiße Bluse anziehen.«

»Das glaube ich nicht!« Kaylee ging ihre Sommer T-Shirts durch. »Ich meine, das soll keine Beleidigung sein, Mutter, aber wir tragen nicht so ganz dieselbe Größe, weißt du!«

Kaylee zog sich das beige Shirt über den Kopf und ich bemerkte, dass jedes Stückchen Babyspeck an meiner Tochter verschwunden war.

Wo ist es geblieben?

Sie hatte wirklich eine hübsche kleine Taille. Und ihr BH schien ihr auf einmal zu klein zu sein.

Wann ist das alles passiert?

Kaylee hatte Recht. In meinem Schrank hing nichts, das klein genug für sie war – nicht einmal meine engsten Sachen.

»Ich weiß, ich soll kein T-Shirt tragen, aber ich habe keine Wahl.« Sie zog sich das verknitterte Baumwollshirt über ihre seidenweichen blonden Haare.

»Ich könnte es bügeln, wenn ...«

»Mom, wir haben keine Zeit mehr! Ich soll in fünf Minuten da sein!« Kaylee stopfte das Shirt in ihren schwarzen Rock und murmelte verärgert: »Jetzt ist meine Frisur im Eimer!«

An diesem Abend beobachtete ich mit neuen Augen, wie Kaylee mit den dreißig anderen Schülern auf die Bühne kam. Fast alle Mädchen trugen T-Shirts. Ich zählte nur drei weiße Blusen im Chor.

Kaylee stand in der ersten Reihe links. Im hellen Scheinwerferlicht waren die Falten in ihrem T-Shirt gar nicht so deutlich zu sehen, wie ich gedacht hatte. Sie passte genau in die Gruppe hinein. Kein anderer im Zuhörerraum würde je wissen, wie steif Kaylee Andrews an diesem Abend eigentlich auf der Bühne hätte erscheinen sollen. Ich fragte mich, ob ich zu einer aussterbenden Spezies von Müttern gehörte, die ein Bügeleisen besaßen und auch noch damit umgehen konnten.

Ich betrachtete die perfekte Haltung meiner Tochter, ihre gleichbleibende Konzentration und wie sie bei den langen Noten ihren Mund öffnete und ihr Kinn hob.

Sie war wunderschön.

Und sie war sich dessen nicht bewusst. Sie war sich ihrer Haltung und ihrer zunehmenden Schönheit nicht bewusst. Auf dem ganzen Weg zur Schule hatte sie über ihre unmöglichen Haare gestöhnt und gejammert, ihre Schuhe wären zu eng. Sie sagte sogar, sie wünschte, ihre Beine wären nicht so lang. Man stelle sich das einmal vor!

Wir saßen in der fünften Reihe und ich sah nichts anderes als eine atemberaubende junge Frau, die genau richtig und zum perfekten Zeitpunkt erblühte, Beine und alles. Das Leben würde ihr bald zeigen, welche ungeahnten, wundervollen Möglichkeiten sie hatte. Begabt mit einer Fülle an Kreativität, mit vielen Talenten und großer Intelligenz, stand meiner hübschen Kaylee alles offen. Sie konnte überallhin gehen. Alles tun. Die Möglichkeiten waren großartig und sie ließ sich von Apfelsaftflecken so herunterziehen, von ihren langen, seidenweichen, natürlich blonden Haaren und dem »Fluch« langer Beine.

Als der Chor das letzte Lied sang, kramte ich in meiner Tasche nach einem Taschentuch. Ich konnte die Tränen nicht zurückhalten.

Ich weiß nicht mehr, welches Lied sie sangen. Irgendetwas Patriotisches, bei dem vier Jungen in der hinteren Reihe im Quartett begannen. Beim Refrain straffte meine Kaylee die Schultern, schob ihr Kinn vor und sang, als hätten sie und Eva niemals eine Konfrontation mit einem Apfel gehabt. Während des Singens war sie frei. Frei und schön. Eine lebhafte junge Frau.

Ich weinte, weil meine Kaylee unzweifelhaft fünfzehn war.

Und ich unzweifelhaft einundvierzig.

Kapitel 2

Zweieinhalb Wochen nach dem Eintreffen der Helsinki-Tickets hatte sich die funkelnde Möglichkeit unseres Abenteuers zur Milchstraßengröße ausgeweitet. Am letzten Donnerstagabend im Januar rief ich Penny an, um ihr zu sagen, mein Pass sei noch nicht eingetroffen. Ich rechnete damit, dass wir am Ende unseres Gesprächs zur Vernunft gekommen sein und darin übereinstimmen würden, dass das Träumen und Pläneschmieden Spaß gemacht hätten, dass es nun aber an der Zeit sei, uns und allen anderen die Wahrheit zu sagen.

»Immer wieder bekomme ich Geld zugesteckt. Die Leute bieten mir an, mir Wanderschuhe und solche Dinge auszuleihen«, erzählte ich Penny. »Diese Reise ist zu einer großen Sache geworden. Einer sehr großen Sache.«

»Und das soll sie auch sein. Eine sehr große Sache. Du und ich werden nach Helsinki fliegen, Sharon. Hör mir genau zu. Wir – werden – nach – Helsinki – fliegen!«

Eine Pause folgte. Wenn Penny nicht die Worte aussprechen wollte, die den Enthüllungsprozess einleiten würden, dann würde ich das auch nicht tun.

Die nette Täuschung ging noch eine Woche weiter. Dann fingen alle an, mir Ratschläge zu geben.

Die Verkäuferin im Lebensmittelladen erzählte mir eine schreckliche Geschichte von ihrer Schwester. Sie hatte eine Kreuzfahrt in die Karibik gebucht. Im Flugzeug hatte sie versucht, ihr schweres Handgepäck ins Gepäckfach zu legen und sich dabei den Rücken verrenkt. Nach der Landung in San Juan hatten die Sanitäter sie auf einer Trage aus dem Flugzeug transportieren müssen. Die Woche ihrer Kreuzfahrt hatte sie in einem puertoricanischen Krankenhaus verbracht.

Von ihrer Geschichte ausreichend motiviert, fuhr ich in unserer

Nachbarschaft herum und maß vier Kilometer auf dem Kilometerzähler ab. Dann kehrte ich nach Hause zurück. Diese Strecke lief ich von da an jeden Morgen, nachdem die Kinder zur Schule gegangen waren.

Inspiriert von meiner Entschlossenheit kaufte sich Penny irgendwelche Knöchelgewichte und rannte damit in ihrem Vorort von San Francisco herum. Sie übertraf mich jedoch, indem sie jeden Tag sechs Kilometer lief und eine ihrer Proteindrink-Diäten machte.

»Hast du schon abgenommen?«, fragte ich Penny sechs Tage nach dem Beginn ihrer Diät.

»Noch nicht. Aber ich werde abnehmen. Ich muss. Das hat bisher noch immer funktioniert. Dieses Mal dauert es nur ein wenig länger. Ich schätze, ich muss eine ganze Menge abnehmen.«

Penny und ich waren etwa gleich groß und hatten ungefähr dasselbe Gewicht. Ihre Taille saß ein wenig tiefer als meine und sie hatte einen längeren Oberkörper. Im Laufe der Jahre haben wir unsere Schwangerschaftskleider ausgetauscht und beobachtet, wie wir in unterschiedlicher Geschwindigkeit zu- und wieder abnahmen.

Pennys größtes Problem, nachdem sie die Vierzig überschritten hatte, waren die Auswirkungen der Schwerkraft. Sie sagte, ihrer Meinung nach müsse die Mondlandung ein Scherz sein, denn die Schwerkraft sei ein unwiderlegbares Gesetz. Die Dinge fallen herunter, nicht hinauf.

Auch mir gefielen meine Figur oder die Auswirkungen der Schwerkraft nicht besonders, aber bis zu dieser Reise dachte ich vermutlich, dass das, was mit meinem Körper geschieht, unausweichlich sei. Auch wenn wir niemals ein Flugzeug besteigen oder das Gepäck ins Gepäckfach legen würden, fühlte ich mich nach dem Joggen einfach wohl. Diese wenige Motivation in meinem normalerweise langweiligen Leben war das Geld wert, das ich für den Reiseführer und den Pass ausgegeben hatte – den Pass, der am 6. Februar noch immer nicht eingetroffen war.

Am Abend des sechsten rief Penny an, um mir zu erzählen, ihr Pass sei da und sie würde mir einen Reiseführer über Skandinavien schicken, den sie gekauft hatte.

Ich fragte sie, warum sie das Buch mir schicken wolle, anstatt es selbst zu lesen.

»Ich habe keine Zeit zum Lesen«, erklärte sie mir. »Eigentlich herrscht um diese Zeit im Jahr im Immobiliengeschäft immer Flaute, aber im Augenblick geht es hier schlimm zu. Bevor wir aufbrechen, habe ich vielleicht noch ein weiteres Haus in Moraga verkauft.«

»Das ist toll, Penny.«

»Ich weiß. Ich schätze, Gott schenkt uns zusätzliches Geld für Souvenirs oder so etwas. Ich kann kaum glauben, dass dieses Jahr so großartig beginnt.«

Ich versuchte mir vorzustellen, wie das Leben mit »zusätzlichem Geld für Souvenirs« aussehen würde.

»Ich hoffe, du machst dir beim Durchlesen des Reiseführers Notizen«, mahnte Penny.

»Das mache ich.«

»Gut. Irgendetwas Interessantes?«

»Wusstest du, dass es in Finnland mehr Saunen gibt als Autos?«

»Im Ernst?«

»Nach dem Reiseführer kommt auf fünf Personen eine Sauna.«

»Das ist doch eine nützliche Information.« Penny ließ Wasser ins Spülbecken in der Küche laufen. »Denkst du, wir würden die finnische nationale Saunaquote durcheinander bringen, wenn wir die Bevölkerung für eine Woche um zwei Personen erweitern?«

»Finnland ist nicht so unbedeutend, wie du vielleicht denkst. Du solltest dieses Buch wirklich lesen, Penny. Finnland ist das einzige Land, das den Vereinigten Staaten eine Anleihe voll zurückgezahlt hat.«

»Eine Anleihe?«

»Nach dem Zweiten Weltkrieg haben wir dem Land viel Geld geliehen.«

»Sharon?« Penny hatte das Wasser abgedreht und ihre Stimme wurde leise. »Dir ist doch sicher klar, dass dies eine *Spaß* Reise werden soll. Die Einwanderungsbeamten werden uns sicher keiner Prüfung unterziehen, bevor wir in ihr hübsches Land einreisen dürfen.«

»Sehr lustig.«

»Was ist mit schönen Einkaufsmöglichkeiten? Sag mir, dass du auch das im Buch markiert hast.«

»Ich habe alles markiert. Auch Restaurants. Ich glaube nicht, dass du mir das andere Buch noch zu schicken brauchst.«

»Okay. Ich werfe es in den Koffer, falls noch Platz ist. Wir müssen jetzt nur noch auf deinen Pass und eine Antwort von meiner Tante warten.«

»Du hast noch nichts von ihr gehört?«

»Nein, aber das kommt schon noch.«

»Hast du versucht, sie anzurufen?«

»Ich habe nur eine Adresse. Sie wird mir bestimmt schreiben. Du wirst schon sehen.«

Die ganze Reise schien an einem seidenen Faden zu hängen. Ich wollte nicht diejenige sein, die den Faden durchtrennte.

Am Dienstagnachmittag in der zweiten Februarwoche kam Oma Gloria mit einem ganzen Wäschekorb voller Bastelmaterial vorbei.

»Du bist doch in der Familie diejenige mit dem größten Organisationstalent, Sharon-Liebes.« Sie pflanzte sich an den Küchentisch und holte aus dem Korb rote Bänder, Styroporbälle, eine Klebepistole und weiße Luftschlangen. »Du kannst mir helfen zu überlegen, wie man daraus eine Dekoration für das Gemeindefest am Sonntag machen kann.«

»Was hast du mit all diesen Sachen vor?«

»Nun, ich weiß nicht, Sharon-Liebes. Darum habe ich es ja mitgebracht. Wir brauchen neun Dekorationen, wie immer sie aussehen mögen. In diesem Jahr werden fünfzig Personen erwartet. Ist das nicht traurig? Ich weiß noch, als wir jedes Jahr hundert Leute waren. Einhundertundzwölf in einem Jahr. Hast du einen Kaffee?«

»Für die Dekoration?«

»Nein, Sharon-Liebes. Für mich. Ich würde jetzt gern eine Tasse Kaffee trinken, wenn dir das nicht zu viel Mühe macht. Ich möchte dir keine Mühe machen.«

Dies war einer der Lieblingssätze meiner Schwiegermutter. Nachdem sie ihn ausgesprochen hatte, saß sie mit zur Seite geneigtem Kopf da, bis jemand, meistens ich, sagte: »Das macht doch keine Mühe.«

Vom Morgen war noch genügend Kaffee übrig geblieben, aber leider hatte sich die Kaffeemaschine automatisch abgestellt. Mittlerweile würde der Kaffee lauwarm sein, das wusste ich, darum goss ich eine Tasse für Gloria ein und ging damit zur Mikrowelle.

»Mach ihn nicht heiß, Sharon-Liebes. Beim letzten Mal habe ich mir die Zunge verbrannt.«

»Aber er wird kalt sein.«

»Das ist schon in Ordnung.« Gloria nahm mir die Tasse ab. Sie nahm einen Schluck und verzog das Gesicht. »Aber der ist ja eiskalt!«

»Ich weiß. Ich mache ihn eben warm.«

»Oh nein, Sharon-Liebes. Das ist in Ordnung. Ich kann ihn auch so trinken. Ich dachte nur, du hättest vielleicht frischen Kaffee, das ist alles.« Mit einer Grimasse hob sie die Tasse an die Lippen.

Jeff und ich hatten nicht nur Stunden, Tage, sondern die entsprechende Anzahl an Wochen damit verbracht, über die Herausforderungen zu diskutieren, vor die wir durch seine Mutter gestellt wurden. Gloria war schon immer sehr eigensinnig und manipulativ gewesen. Niemand in der Stadt hätte uns in diesem Punkt widersprochen.

Während der letzten paar Jahre waren ihre Kommentare jedoch noch kritischer und beißender geworden. Jeder in unserer Familie hatte irgendwo eine Narbe von den gezackten Kanten davongetragen, die ihre Worte jetzt hatten. Es schien keinen Weg zu geben, eine Unstimmigkeit mit ihr auszuräumen, nachdem sie einmal eine Meinung gefasst hatte. Sie war entschlossener denn je und gleichzeitig beunruhigend unlogisch in ihrem Denken. Wir gestalteten unsere Beziehung zu ihr nach dem Motto: »Ehren ohne zu huldigen.«

Zwar bin ich sicher, dass dieser Ansatz eine gesunde Art ist, mit einer Person wie Gloria umzugehen, trotzdem ging ich oft den Weg des geringsten Widerstandes und diese Sache mit dem kalten Kaffee war ein solcher Fall. Wortlos setzte ich frischen Kaffee auf. Gloria protestierte, aber ich wehrte ab: »Das macht keine Mühe.«

Zufrieden gestellt spielte sie mit den Bändern. »Heute ist doch Dienstag, nicht? Wenn du möchtest, kann ich Kaylee heute nach der Schule zu ihrem Tanzunterricht bringen.«

»Kaylee nimmt keinen Tanzunterricht mehr.«

Gloria sah auf und blinzelte hinter ihren großen Brillengläsern. »Nicht? Das hast du mir gar nicht erzählt. Wann ist sie ausgestiegen?«

»Sie ist nicht ausgestiegen.« Ich biss die Zähne zusammen. »Kaylee hat vor einer ganzen Weile beschlossen, den Tanzunterricht aufzugeben.«

»Also wirklich, niemand erzählt mir so etwas!«

Mehr als zwei Jahre waren seit Kaylees letzter Tanzstunde vergangen. Natürlich hatten wir Gloria darüber informiert. Die Lücken in ihrem Gedächtnis wurden größer. Mir war klar, dass ich über das Thema besser hinweggehen sollte, anstatt sie zu korrigieren, darum entschuldigte ich mich, ich müsste die Wäsche aus dem Trockner holen.

Als ich die Küche verließ, dachte ich daran, wie Penny vor Jahren einmal versucht hatte, Gloria zu korrigieren, als sie sagte: »Das ist eine schöne Schweinerei.« Gloria verteidigte sich bis zum Ende und sagte, Schweine hätten mit diesem Ausdruck nichts zu tun. Doch alle wussten, dass sie »eine schöne Schweinerei« statt »eine schöne Bescherung« gesagt hatte.

Von diesem Tag an beschloss Gloria, meine unhöfliche, uninformierte Freundin nicht zu mögen. Penny war von da an nur noch

»Daves Frau«. Aus irgendeinem unerklärlichen Grund betete Gloria Dave an und fand, wir sollten unseren jüngsten Sohn nach ihm nennen. Einmal sagte sie vor unseren Kindern, sie könnte nicht verstehen, warum Dave Penny geheiratet hätte und sie bezweifle, dass Daves Frau »erlöst« sei.

Der damals vierjährige Joshua fragte: »Was bedeutet dieses Wort?«

Glorias Antwort werde ich nie vergessen. *»Erlöst* bedeutet, dass man nicht mehr unhöflich ist und ein freundlicher Mensch wird.«

Mein unschuldiger Sohn legte daraufhin den Kopf zur Seite. »Oma Gloria, bist du erlöst?«

Opa Max griff ein, indem er mit Josh zur Garage ging, um irgendeinen Phantomangelhaken zu suchen, den er, wie er sagte, bei uns vergessen hätte. Gloria wechselte das Thema.

Seit jenem Zwischenfall waren sechs Jahre vergangen. Während ich mich nun über den Trockner beugte und Handtücher faltete, dachte ich darüber nach, dass Penny vermutlich erlöster war als wir anderen, falls das möglich war.

Mit Gott war ich genauso groß geworden wie mit Jeff und all den anderen Menschen in *Chinook Springs*. Mit fünf Jahren sprach ich eines Abends mit meiner lieben Mutter ein einfaches Gebet. Ich bat Jesus, in mein Herz zu kommen. Das war's. Ich habe nie etwas anderes als Christi Vergebung und Gottes Fürsorge erlebt. Die Erlösung war mir durch dieselben liebevollen Hände gereicht worden, die mich jeden Abend mit einer weichen Decke zudeckten. Auf der einfachsten Ebene des kindlichen Glaubens übergab ich mein Leben Gott und seine Gegenwart in meinem Leben war so tröstlich wie der Schein des Nachtlichts im Flur.

Penny erlebte die Erlösung erst nach Wochen der Auseinandersetzung mit dem Einen, der die Sterne geschaffen und sie in der Galaxie verteilt hatte. Nachdem sie ein winziges Stück von ihm erfasst hatte, wollte sie nicht mehr loslassen, bis er sie segnete. Penny suchte Gott und bekämpfte ihn, bis sie über nichts anderes mehr nachdenken konnte. Sie unternahm lange Spaziergänge, damit sie sich allein mit ihm auseinander setzen konnte. Und schließlich hat sie sein Herz an demselben Tag gewonnen, an dem sie ihm ihres schenkte.

Mit einem Stapel gefalteter Handtücher kam ich in die Küche zurück. Der Kaffee war durchgelaufen. Während ich meiner Schwiegermutter eine Tasse eingoss, überlegte ich, was wohl der eigentliche Grund für ihren Besuch an diesem Nachmittag war. Ich stellte den Kaffee vor sie hin und nahm die Tasse mit dem kalten Kaffee fort.

»Sharon-Liebes, du wirst den doch nicht fortschütten, nicht? Ich habe dir doch gesagt, ich würde ihn noch trinken.«

»Er ist zu kalt.«

»Nun, kein Wunder, dass ihr Kinder immer so knapp bei Kasse seid, wenn du Essen wegwirfst. Weißt du überhaupt, wie teuer Kaffee heutzutage ist? Man sollte meinen, dass du jetzt, wo ein Sohn im College ist und der zweite im Herbst sein Studium aufnimmt, dein Geld doch besser zusammenhalten würdest.«

»Wir kommen gut klar.«

»Das scheint so. Wenn dir das Sparen wirklich so wichtig wäre, dann würdest du kein Geld für die Beantragung eines Reisepasses und für Reiseführer ausgeben.«

Bingo! Das war also der eigentliche Grund.

»Mir ist schleierhaft, wie du und Daves Frau auf eine so unvernünftige Idee kommen konntet. Ich habe Jeffrey gestern Abend gefragt, warum er dieser Scharade kein Ende setzt, wo wir alle doch wissen, dass ihr nie losfahren werdet.«

»Und was hat Jeff gesagt?« Ich bemühte mich, meine Stimme ruhig zu halten.

Gloria wandte sich ab und murmelte: »Er sagte, er fände, diese Reise sei eine gute Idee.«

»Sie ist auch eine gute Idee.« Ich lächelte innerlich über die unerschütterliche Unterstützung meines lieben Mannes. Meine Schwiegermutter sprach vielleicht dieselbe Sprache wie der Geier der Schuldgefühle, der seit Tagen über mir kreiste und darauf lauerte, meinen Traum zu verschlingen, sobald er seinen letzten Atemzug getan hatte, aber mein Jeff sprach eine andere Sprache. Er beschloss, die Wahrheit zu glauben, noch bevor ich es tat.

»Eine gute Idee? Sharon-Liebes, wie kann es eine gute Idee sein, seinen Mann und seine Kinder zu verlassen und sich mit Daves Frau in Island zu amüsieren? Ich hätte nie erwartet, dass du deine Familie so im Stich lassen und darauf bestehen würdest, diese selbstsüchtige Reise zu unternehmen.«

An diesem Punkt schnappte irgendetwas in mir ein. Innerlich schrie und schimpfte ich, fuchtelte zornig mit unsichtbaren Armen. Ich war kurz davor, Stöcke und Steine zu werfen und machte mich daran, diesen ominösen Geist der Schuldgefühle zu vertreiben, der versucht hatte, auf dem Dach meiner Seele ein Nest zu bauen. Ich schrie dieser dunkelflügeligen Mutter aller Schuldgefühle zu, sie solle verschwinden und Oma Gloria und ihren Korb mit Styroporbällen mitnehmen.

Die Worte, die in diesem Augenblick aus meinem Mund kamen, waren sogar für mich eine Überraschung. »Diese Reise ist ein Geschenk für mich, Gloria. Ich habe vor, es anzunehmen und nichts, was du sagst, wird mir Schuldgefühle darüber einimpfen.«

Ich fühlte mich stark. Stark genug, um für die Gelegenheit zu kämpfen, in sechzehn Tagen in dieses Flugzeug zu steigen und auf die andere Seite der Erde zu fliegen, ob meine Schwiegermutter dies nun billigte oder nicht.

Als ich am Abend im weichen Schein der Kerzen in unserem Schlafzimmer mit Jeff über diesen Zwischenfall sprach, griff er hinüber und strich mir mit seiner rauen Hand über den Arm. Er fragte mich, was seine Mutter darauf geantwortet hätte.

»Nichts.«

»Meine Mutter hat nichts gesagt?«

»Nein, weil in diesem Augenblick Josh mit zwei Freunden in die Küche platzte. Deine Mutter war den Rest der Zeit honigsüß.«

»Und was war mit der Dekoration?«

»Kaylee hat den Tag gerettet. Sie hat Papierherzen ausgeschnitten, die sie in Blumensträuße verwandelt und in die Styroporbälle gesteckt hat.«

»Wie nett von Kaylee.« Jeff rutschte herüber und der schwache Duft von Zedern, der von seinen zerzausten braunen Haaren ausging, drang mir in die Nase.

Darin waren Jeff und ich wirklich gut. Wir glaubten aneinander. Nähe war kein Problem für uns. Wir liebten uns noch immer. Wir beide wussten, ich konnte ihn und die Kinder für eineinhalb Wochen verlassen und brauchte deswegen keine Schuldgefühle zu haben.

»Weißt du, was ich gedacht habe, als ich deine Mutter heute Nachmittag beobachtet habe?«

»Hmm?« Jeff drückte seine Lippen an meine Schulter.

»Ich dachte über das Altwerden nach.«

»In meinen Augen wirst du immer achtzehn sein.«

Ich lächelte, als Jeff kleine Küsse in geordnetem Muster auf meiner Schulter verteilte.

»In Bezug auf unseren Verstand haben wir jedoch keine Garantie, nicht?«, meinte ich. »Deine Mutter ist doch erst knapp über sechzig. Sie ist bei guter Gesundheit, aber ihr Geist ist in einen Urwald abgewandert. Eines Tages verirrt sich mein Geist vielleicht in demselben Wald.«

Jeff zog sich leicht von mir zurück. Ich drehte mich zu ihm um. Sein fragender Blick ruhte auf mir.

»Ich dachte heute Nachmittag, dass der Geist eines Menschen, wenn er diesen Wald erst einmal betreten hat, nie wieder herausfindet, nicht? Das ist ziemlich gefährlich.«

»Was willst du damit sagen?« Jeff strich mir über die Haare.

»Ich will sagen, heute ist mir klar geworden, dass das Altwerden eine gefährliche Reise ist. Ich möchte nicht, dass meine Reise ins Alter die einzige riskante Reise ist, die ich je unternommen habe.«

Jeff blickte mich verwirrt an.

»Ich versuche zu sagen ...« Ich wartete auf das Schlagen der dunklen Flügel in meinem Innern, aber alles war ruhig. Alles war sonnig. »Ich weiß, dass es riskant ist, aber ich möchte nach Finnland fliegen, Jeff.«

»Das wirst du auch.«

»Ich weiß«, flüsterte ich. »Danke.«

Mit dem Herzen einer Achtzehnjährigen gab ich mich ohne Scheu meinem Mann hin, als wäre es das erste Mal und das letzte Mal und das Beste überhaupt, alles in einem.

Kapitel 3

An dem Tag, an dem mein Pass eintraf, brach sich mein Sohn das Handgelenk.

Benjamin, unser normalerweise eher zurückhaltender, wenig ehrgeiziger, kluger und sportlicher Sohn, behauptete, in einem Anflug von Wahnsinn sei er nach der Schule den Fahnenmast hinaufgeklettert. Drei der anderen Jungen der Klettermannschaft hatten es bis ganz nach oben geschafft. Sie hatten die Fahne berührt und waren unbeschadet wieder heruntergerutscht. Ben berührte auch die Fahne, doch beim Herunterrutschen verlor er irgendwie den Halt und stürzte auf den Asphalt.

Ich stelle mir vor, wie Bens Schutzengel dazwischen gesprungen ist und seinen Aufprall auf dem Asphalt abgefangen hat. Ben hätte sich leicht auch etwas anderes als nur das Handgelenk brechen können.

»Ein glatter Bruch«, so nannte es der Arzt. Er meinte, Ben würde einen Monat Gips tragen müssen. Höchstens sechs Wochen.

Auf der Heimfahrt vom Krankenhaus sagte Ben: »Ich habe gerade mein Stipendium verloren, nicht?«

Ich gab mir die größte Mühe, meine Tränen vor ihm zurückzuhalten. Seit zwei Jahren war es nun schon Bens Herzenswunsch, auf der *Rancho Corona University* in Südkalifornien zu studieren. Mit einem Stipendium hätte er die größten Chancen gehabt, dort aufgenommen zu werden. Am Ende seines ersten Jahres war er drittbester im Stabhochsprung. Jetzt würde er den ganzen Frühling über nicht trainieren und nicht an Wettkämpfen teilnehmen können. In einem einzigen Augenblick hatten sich Bens Collegepläne in Luft aufgelöst.

An diesem Abend war Jeff am Abendbrottisch sehr schweigsam. Seine Enttäuschung schien ihm schwer zu schaffen zu machen. Jeff hatte unserem zweiten Sohn den Namen Benjamin geben wollen, weil es »Sohn meiner rechten Hand« bedeutet. Jetzt konnte sein Benjamin seine rechte Hand nicht gebrauchen und richtete bei dem Versuch, sein Abendessen mit der linken zu essen, eine ganz schöne Sauerei an.

Im Laufe der folgenden Tage wurde die Hausarbeit zu einem Problem. Meine geistige und seelische Verfassung war ein Problem. Mein Mann hätte unseren Sohn am liebsten angeschrien, hielt seinen Zorn jedoch mühsam zurück. Und das war auch ein Problem.

Fünf Tage vor unserer Abreise rief ich Penny an und sagte ihr, ich könnte vermutlich nicht mitkommen, nicht in der jetzigen Situation. Ich hoffte auf ihr Verständnis und eine sinnvolle Lösung. Vielleicht könnte die Reise um einen Monat verschoben werden.

Penny schwieg eine Weile, dann sagte sie: »Das haben wir dann Ben zu verdanken.«

Ihr Tonfall gefiel mir nicht und so brauste ich auf und beschrieb erneut, dass Ben sich nur mit Mühe ankleiden und essen könne, ganz zu schweigen davon, dass es nicht möglich war, dass er beim Leichtathletiktraining mitmachte. Auch die unterschwellige Enttäuschung meines Mannes war ein wichtiger Faktor.

»Sharon, hör doch nur, was du sagst. Du kannst das nicht in Ordnung bringen. Benjamin ist alt genug, um in der Armee zu dienen. Er wird auch ohne dich mit seinem gebrochenen Handgelenk klarkommen. Du kannst nicht einfach zu Hause bleiben, nur um ihm das Hemd zuzuknöpfen und ihm das Fleisch klein zu schneiden. Sag Jeff, er soll ihn ruhig anschreien und seinen Zorn herauslassen.«

»Penny!«

»Aber das stimmt doch, Sharon. All dies bedeutet, dass du jetzt Gott noch mehr vertrauen musst als vor diesem Unfall.«

Mir fiel keine überzeugende Antwort ein.

»Schlaf darüber und ruf mich am Morgen an.«

Mir gefiel nicht, was Penny gesagt hatte. Mir gefiel nicht, dass Ben alt genug war, um in der Armee zu dienen. Mir gefiel nicht, was ich innerlich empfand. Und vor allem gefiel mir nicht, dass Oma Gloria mit einem süffisanten Lächeln auftauchte und Ben einen Teller mit Keksen reichte, während ich gerade noch mit Penny telefonierte. In meinem Bauch war kein Feuer mehr.

Anstatt »darüber zu schlafen« lag ich wach und machte mir Sorgen, bis mich in der Morgendämmerung schließlich die Erschöpfung übermannte. Auch wenn es mir nicht gefiel, Penny hatte die Wahrheit gesagt. Ich konnte Ben nicht gesund machen.

Nachdem ich die Kinder in die Schule geschickt hatte, rief ich Penny in ihrem Büro an. »Also gut«, sagte ich fest entschlossen. »Ich werde fahren.«

»Du scheinst nicht besonders glücklich über deinen Entschluss zu sein.«

»Das stimmt allerdings. Ich habe die ganze Nacht wach gelegen.«

»Hast du für den Jetlag geprobt?«

»Das war nicht mit Absicht.«

»Es ist die richtige Entscheidung, Sharon. Du wirst schon sehen.«

»Ich hoffe, du hast Recht.«

»Ich habe Recht.« Penny musste los zu einer Sitzung. Sie sagte, sie würde am Abend noch mal anrufen, aber ich hörte erst am kommenden Nachmittag von ihr, als sie mich auf dem Weg zu einem Haus über ihr Handy anrief.

»Geht es dir besser in Bezug auf Ben?«, fragte sie.

»Ja, ein wenig. Max ist heute Morgen herübergekommen und sagte, Gloria hätte irgendwelche Bauchschmerzen. Er fährt heute Nachmittag mit ihr zum Arzt.«

»Denkst du, dass alles in Ordnung ist?«

»Ich weiß nicht. Max wirkte besorgt.«

Penny hielt inne. Ich dachte, die Verbindung sei unterbrochen. »Ich hoffe, es ist nichts Ernstes und ich hoffe ...« Die Verbindung war schlecht, und ich konnte nur erraten, was Penny gesagt hatte. Vermutlich stellte sie Glorias Wahl des richtigen Zeitpunkts und die Echtheit ihrer plötzlichen Krankheit in Frage.

Es war besser, dass ich nicht verstand, was Penny sagte, weil ich meine Schwiegermutter sonst sofort verteidigt hätte. Egal wie nervtötend und lästig meine erweiterte Familie sein konnte, ich stellte mich jedes Mal auf ihre Seite.

»Hast du schon angefangen zu packen?«, fragte ich, nachdem das Rauschen nachließ.

»Gestern Abend habe ich ein paar Sachen zusammengesucht, aber ich habe noch nicht alles durchdacht. Vermutlich werden wir Schnee haben. Wie ist es mit dir? Nimmst du Stiefel mit?«

»Ja, meine alten braunen. Vor ein paar Tagen habe ich sie mit einem wasserabstoßenden Zeug eingesprüht. Es sind meine bequemsten Schuhe.«

»Was ist mit einem Badeanzug?«, fragte Penny. »Nimmst du deinen mit?«

»Das hatte ich nicht vor.«

»Nimm ihn mit. Ich nehme meinen auch mit. Vielleicht landen wir ja in einem Hotel mit einem geheizten Pool. Dave meint, ich solle auch eine Taschenlampe und einen Reisewecker einpacken. Ich habe das auf meine Liste gesetzt. Heute Nachmittag werde ich noch ein wenig einkaufen gehen. Ich brauche noch Filme für meine Kamera und – oh, habe ich dir das erzählt? Das Haus in Moraga wird morgen verkauft.«

»Das ist toll, Penny.«

»Ich weiß. Geld wird auf dieser Reise unsere geringste Sorge sein.«

Ich wollte gern glauben, dass Pennys Bemerkung sich auf mein Widerstreben, Ben allein zu lassen, und die mögliche Gloria-Krise bezog. Aber ich glaubte, noch etwas anderes aus ihrem Tonfall herausgehört zu haben.

Ich fragte, ob alles in Ordnung sei und sie sagte: »Könnte nicht besser sein.« Ich legte auf mit dem Gedanken, dass Penny einen ganzen Korb voller Sorgen verbarg, von denen sie mir nichts erzählen wollte. Sie neigte dazu, sehr wählerisch zu sein in Bezug auf den Zeitpunkt, zu dem sie über eine persönliche Krise sprach. Penny hatte kaum ein Wort über Dave und ihre drei Kinder verloren, das fiel mir jetzt auf.

Die gute Nachricht war, dass wir bald vierundzwanzig Stunden am Tag zusammen sein würden. Und da würde ich alles erfahren.

Mittwochnacht konnte ich nicht schlafen. Meine Koffer waren gepackt. Alles auf meiner Liste war abgehakt. Ich hatte bestimmt nichts vergessen, weil ich während der vergangenen zwei Tage nichts anderes getan hatte, als zu überlegen, zu überprüfen und zu packen.

Jeff würde mich um fünf Uhr am folgenden Morgen nach Portland zum Flughafen bringen. Ich würde meinem lieben Mann einen Abschiedskuss geben, ein Flugzeug nach San Francisco besteigen, mich dort durch den riesigen Flughafen kämpfen und schließlich im internationalen Terminal vor Penny stehen. Wir hatten uns seit fast zwei Jahren nicht mehr gesehen. Penny und ich würden gemeinsam ein Flugzeug besteigen und zwölf Stunden und dreiundzwanzig Minuten später in England landen. Und erneut würden wir durch einen riesigen Flughafen laufen und in ein anderes Flugzeug einsteigen. Am 26. Februar um 14 Uhr 15 Ortszeit würden wir in Helsinki landen.

Ich konnte mir das alles noch gar nicht richtig vorstellen. Ein Dutzend Mal ging ich die Einzelheiten durch, während ich mich auf meiner Seite unseres warmen Bettes zusammenrollte. Ich überlegte, was schief gehen könnte und was ich in jedem möglichen Katastrophenszenario tun würde.

Jeff schlief tief und fest.

Das Nachtlicht im Flur leistete mir während der langen dunklen Stunden Gesellschaft und dann klingelte der Wecker.

Ich duschte, zog mich an und sah noch mal nach, ob ich auch wirklich meinen Pass und das Flugticket in meiner Schultertasche hatte. Mit leisen Schritten ging ich zu jedem unserer drei Kinder, die noch in ihren Betten lagen.

Am Abend zuvor hatte ich Tyler, unseren Ältesten, in seinem Wohnheim angerufen, um mich von ihm zu verabschieden. Er sagte, er sei stolz auf mich, weil ich eine so coole Mutter sei und losziehen würde, um die Welt zu sehen.

Unser Jüngster, Joshua, weinte, als ich ihn küsste. Aber er sagte, es sei nur der Schlaf in seinen Augen und er würde während meiner Abwesenheit gut klarkommen.

Benjamin stieß mit seinem Gips gegen meinen Kopf, als er versuchte, mich zu umarmen. Ich versicherte ihm, es täte nicht weh, obwohl es doch weh tat. In der tiefsten Tiefe meines Mutterherzens schmerzte es sogar ziemlich stark.

Kaylee hauchte mir einen Kuss auf die Wange und erinnerte mich an die Liste mit Dingen, die ich ihr mitbringen sollte. Ihr Zimmer roch nach Nagellackentferner und wildem Jasmin. Ich küsste sie zweimal.

Dann schob ich mein Kinn vor und stieg mit geöffnetem Mund die Treppe hinunter, als wollte ich den höchsten Ton singen, den ich je herausgebracht hatte. Ich sah nicht zurück. Ich würde das durchziehen.

Auf dem Weg zum Flughafen summte Jeff vor sich hin. Zweimal sagte er, er würde mich vermissen, schob aber sofort den Satz nach: »Doch ich bin froh, dass du fährst.« Wir küssten uns viermal am Gate, bevor meine Sitzreihe aufgerufen wurde und ich zum zweiten Mal in meinem Leben ein Flugzeug bestieg.

Bis mein Sicherheitsgurt befestigt und das Tablett hochgeklappt war, vergoss ich keine einzige Träne über den emotionalen Kraftakt, meine Familie zu verlassen. Der Platz neben mir war frei, darum legte ich die Decke und das Kissen dort ab. Ich drehte mich zum Fenster und betrachtete den Schneematsch auf dem Rollfeld. Das Flugzeug setzte vom Terminal zurück. Und dann begann ich zu weinen.

Als die Räder des Flugzeugs in San Francisco aufsetzten, waren keine Tränen mehr übrig. Mit Erfolg hatte ich den zweiten Flug in meinem Leben hinter mich gebracht. Ich war nun bereit und wieder stabil. In wenigen Augenblicken würde ich Penny sehen. Meine Penny. Meine großzügige, lebhafte, verrückte Freundin, die mich als Reisegefährtin gewählt hatte. Von jetzt an standen keine Tränen mehr auf dem Programm.

Ich betrat den Terminal und umklammerte fest meine Schultertasche, während ich die Hinweisschilder überflog. Es war noch ausreichend Zeit und ich stand da und blickte in jedes vorbeigehende Gesicht und wartete auf Penny. Während dieser endlosen fünfzehn Minuten schwankte ich zwischen Vorfreude und Verzweiflung. Ich glaube, ich stand kurz vor einer Panikattacke.

Und wenn Penny nicht kommt? Und wenn sie woanders auf mich wartet? Und wenn das Flugzeug ohne mich losfliegt? Und wenn das alles nur ein schlechter Scherz war? Und wenn ...?

Ich erkannte, dass ich mich jahrelang in dem prickelnden Staunen von Pennys »und-wenn-nun«-Fragen gesonnt hatte. Das Unbekannte belebte sie. Meine »und-wenn-nun«-Fragen erstickten mich mit Furcht und drückten mich tiefer in mich selbst hinein.

In genau dem richtigen Augenblick sah ich auf und da kam das eine Gesicht, das zu sehen ich mich sehnte, auf mich zugerannt. Pennys!

Mit zwei voll gestopften Taschen über jedem Arm und einen Koffer hinter sich herziehend eilte Penny geradewegs auf mich zu. Sie strahlte mich an. Ihr kakaobraunes Haar tanzte ihr in sorgfältig frisierter Fülle um den Kopf, während ihr die Lesebrille vom Kopf rutschte. Sie trug eine schwarze Hose mit weiten Beinen, einen roten Rollkragenpullover und einen schmalen, schwarzen Regenmantel, der bei jedem Schritt, den sie machte, aufklappte. Sie sah aus, als würde sie so etwas jeden Tag machen.

Die dunkeläugige Penny mit ihren goldenen Ohrringen und ihren wundervollen wilden, funkelnden Augen packte mich und drückte mir den für sie so typischen Begrüßungskuss auf die rechte Wange.

»Sieh dich nur an! Du bist hier! Wir sind hier! Sharon, kannst du glauben, dass wir das wirklich durchziehen? Du siehst großartig aus!«

»Du auch!« Ich umarmte sie erneut.

»Dein Haar! Es gefällt mir! Du hast mir gar nicht erzählt, dass du es bis auf die Schultern hast wachsen lassen. Und die Farbe ist toll! Keine Spur von Grün mehr«, sagte sie mit einem Augenzwinkern. »Es kann gar nicht so schlimm gewesen sein, wie du gesagt hast. Dein Mantel gefällt mir. Ist der neu?«

»Nein, das ist derselbe, zu dem du mich vor sechs Jahren bei einem Weihnachtsausverkauf überredet hast. Ich ziehe ihn nur nie an.«

»Er sieht klasse aus! Du siehst toll aus! Ich kann kaum glauben, dass du hier bist! Komm, wir müssen uns beeilen. Zum Gate geht es hier entlang.«

Und schon setzten wir uns in Bewegung. Penny stürmte voran. Ich musste mich beeilen, um mit ihr Schritt zu halten. In der Galaxie hatte alles wieder seinen Platz eingenommen.

»Du würdest kaum glauben, was für einen Morgen ich hinter mir habe!«, rief Penny über die Schulter zurück. »Ich war so spät, dass ich Angst hatte, mein Gepäck einzuchecken. Ich dachte nicht, dass sie es noch rechtzeitig ins Flugzeug schaffen könnten. Ich bin so froh, dass du deinen Koffer durchgecheckt und nur eine Tasche dabei hast. Würdest du mir eine abnehmen, damit man mir nicht sagt, ich hätte zu viele Teile?«

Da ich noch die Geschichte mit dem Gepäckfach im Kopf hatte, wählte ich die kleinere Tasche und überließ Penny ihren Koffer und die Sporttasche.

»Wie hast du alles in einem Koffer untergebracht?«, fragte Penny. »Eigentlich wollte ich noch mehr mitnehmen. Ich sehe schon, an unserem ersten Tag dort werde ich mir einen größeren Koffer kaufen müssen.«

Wir standen in der Schlange zum Einchecken, als Penny auf einmal tief durchatmete. Sie sah mich an und ich wusste sofort, dass irgendetwas los war.

»Was ist?«, fragte ich sie.

»Was meinst du mit ›was ist‹?«

»Du willst wieder mal eine Überraschung loswerden.«

Penny wirkte schuldbewusst. »Woher wusstest du das?«

»Deine linke Augenbraue. Sie zieht sich nach oben, wenn du ein Geheimnis enthüllen willst.«

»Oh ja. Ich vergaß, dass du das weißt.« Sie berührte ihre linke Augenbraue. »Du und Dave, ihr seid die einzigen, die mir das sagen.«

»Also, was für eine Überraschung?«

»Ich habe uns auf die Business-Class gebucht«, gestand Penny. »Darum war ich auch so spät. Einer der Kollegen im Büro hat mir seine Coupons für die Hochstufung des Fluges angeboten und ich musste heute Morgen noch bei ihm vorbeifahren, um sie abzuholen.«

Als wenn diese ganze Reise nicht schon luxuriös genug gewesen wäre, gehörten Penny und ich auch noch zu der ersten Gruppe, die das große Flugzeug bestiegen und sich auf den Sitzen mit der zusätzlichen Beinfreiheit niederließen. Ich saß wieder mit Kissen und Decke am Fenster. Penny richtete sich auf dem Platz am Gang ein und wir plauderten miteinander so gemütlich, als würden wir an meinem Küchentisch sitzen.

»Ich war die ganze Nacht auf, um alles zusammenzusuchen.« Penny schüttelte den Kopf und griff nach ihrer Lesebrille, die ihr wieder vom Kopf zu rutschen drohte. »Ich kann kaum glauben, wie unorganisiert ich wieder mal in der letzten Minute war.« Sie suchte in ihrer großen Tasche nach dem Brillenetui. »Vermutlich warst du gestern Abend schon um acht Uhr fix und fertig und hast in der Nacht gut geschlafen.«

»Machst du Witze? Doch nicht ich. Ich hatte zwar gepackt, aber mein Gehirn war noch nicht bereit, sich schlafen zu legen. Ich habe kaum ein Auge zugetan.«

»Hast du einen Zettel für die Kinder hinterlassen?«

»Nein, ich habe sie aufgeweckt und mich von ihnen verabschiedet. Hast du ihnen eine Nachricht hinterlassen?«

Penny nickte. »Ich habe lange Liebesbriefe an jedes von ihnen und auch an Dave geschrieben. Eigentlich hatte ich vor, ihnen nur eine kleine Zeile auf dem Kopfkissen zu hinterlassen. Dann habe ich mit Nicoles Zettel angefangen, weil ich dachte, das wäre am leichtesten. Aber ich hatte Unrecht! Was ist das nur mit unseren Töchtern? Hast du auch so empfunden, als Kaylee elf Jahre alt war? Ich habe das Gefühl, als müsste jeder Schritt von da an sorgfältig bewacht werden. Weißt du, was ich meine? Als Noah elf war, habe ich nicht so empfunden.«

»Ich weiß. Die Tatsache, dass wir nur eine Tochter haben, trägt auch irgendwie dazu bei.«

»Genau!«, stimmte Penny zu. »Es ist, als hätte ich nur einen Versuch, mich neu zu definieren – und bevor du irgendetwas sagst, ich weiß, dass ich das alles nicht auf Nicole projizieren sollte. Sie ist nicht meine zweite Chance auf eine glückliche Kindheit. Es ist nur seltsam, wie viel ausgeprägter meine Muttergefühle bei ihr sind. Die Jungen sind leicht. Aber sie haben auch einen großartigen Dad.«

Ich lächelte, weil sie mich beobachtete und auf das Lächeln wartete. Dave liebte seine Frau und seine Kinder sehr. Penny wollte immer, dass alle Dave genauso sehr liebten wie sie selbst.

Einmal – fünf Jahre war das jetzt her – hatte Penny mir erzählt, sie frage sich, wie es wohl wäre, wenn man so durch die Ehe segeln würde, wie das bei Jeff und mir der Fall sei, und wenn man nicht jedes Schlagloch in der Straße mitnehmen müsste, wie sie es mit Dave erlebte. Sie sagte, sie würde über Jeff staunen, weil ihn nichts aufregen könnte. Wann immer irgendetwas Beunruhigendes geschah, wie zum Beispiel Bens gebrochenes Handgelenk oder der Verlust seines Stipendiums, zog sich Jeff in sich selbst zurück. Nur selten reagierte er nach außen sichtbar. Seine Emotionen schienen durch ein Dutzend Filter gesiebt zu werden. Und dann wachte er eines Morgens auf und es gab nichts mehr zu filtern. Er hatte seinen gleichmäßigen Rhythmus wieder gefunden.

Dave dagegen war ganz anders. Wenn er eine Meinung zu etwas hatte, dann teilte er sie auch mit. Wenn man etwas brauchte, dann wich er von seinem Weg ab, um es für einen zu holen. Wenn er zornig war, sagte er genau, aus welchem Grund, aber er vergab auch schnell wieder. Wenn er einen Menschen liebte, dann merkte man es. Und man zweifelte niemals daran.

Das Flugzeug war gestartet. Wir waren so in unser Gespräch vertieft, dass wir kaum etwas davon mitbekommen hatten. Penny öffnete den Mund weit und rieb sich die Stelle hinter ihrem linken Ohr. Ich empfand den Drang, dasselbe zu tun, auch wenn ich keinen Druckausgleich brauchte.

Penny erzählte weiter von den Liebesbotschaften, an denen sie die ganze Nacht gearbeitet hatte. Sie beschrieb, wie erstaunt sie gewesen sei über ihr Widerstreben, ihre Familie zu verlassen. »Ich hatte nicht mit einem solchen Gefühl gerechnet. Und weißt du was, Sharon? Ich muss mich für einiges entschuldigen. Erstens möchte ich mich dafür entschuldigen, dass ich auf die Sache mit Ben so gefühllos reagiert habe. Ich habe es nicht verstanden. Doch ich denke, jetzt verstehe ich es besser. Es tut mir Leid, ich war nicht gerade sehr mitfühlend.«

»Das ist schon in Ordnung. Ich musste hören, was du gesagt hast. Du hattest Recht. Ich bin froh, dass ich nicht von der Reise zurückgetreten bin.«

»Wirklich?« Pennys linke Augenbraue ging in die Höhe.

»Ja, wirklich. Warum fragst du? Wo ist die Überraschung?«

»Ist meine Augenbraue wieder oben?«

»Ja.«

»Mist! Daran muss ich arbeiten. Ich habe tatsächlich noch eine andere kleine Überraschung und ich denke, du wirst alle meine kleinen Gesichtseigenarten lesen müssen, wenn ich dir das erzähle.«

Ich blickte sie an. Ich hatte vergessen, wie eindringlich Pennys Blick sein konnte. Sie hatte eine Art, in die Menschen hineinzusehen, als hielte sie ein Licht, damit die Person nach etwas suchen könnte, das sie unterwegs verloren hatte. Ich weiß nicht, warum ich das zuließ. Ich könnte mich abwenden und ihr zuhören, ohne sie anzusehen. Aber ich tat es nicht. Ich gestattete ihren dunklen Augen, ihr gedämpftes hellbraunes Licht auf mich zu werfen, weil Penny Bescheid wusste. Sie erkannte bestimmte Dinge früher als ich. Im Augenblick suchte sie nach etwas. Offensichtlich hatte ich es.

»Das ist das andere, für das ich mich bei dir entschuldigen muss. In Finnland ist noch nicht alles so richtig organisiert. Was meiner Meinung nach in Ordnung ist, weil uns auf diese Weise alle Möglichkeiten offen stehen. Aber du solltest nicht das Gefühl haben ...« Penny suchte nach dem richtigen Wort. »Du solltest dich nicht unbehaglich fühlen.«

»Das ist schon in Ordnung. Was muss noch organisiert werden? Ich habe den Reiseführer dabei. Wir könnten jetzt mit der Planung beginnen.«

»Ja«, erwiderte Penny langsam.

»Was ist mit deiner Tante? Hat sie in ihrem Brief irgendwelche Einzelheiten genannt?«

Pennys Finger fuhr an ihre Lippen. »Nein. Weißt du, ich habe nichts von meiner Tante gehört. Und bevor du irgendetwas sagst, Sharon, das ist keine große Sache. Wir haben genügend Geld. Wir können die ganze Zeit in jedem Hotel übernachten, das wir uns aussuchen, wenn es sein muss. Ich hatte nicht unbedingt vor, bei meiner Tante zu wohnen. Ich wollte sie nur kennen lernen. Aber ich weiß nicht einmal, ob sie überhaupt noch am Leben ist. Das ist jedoch nicht so wichtig. Nach unserer Ankunft können wir uns sofort nach ihr erkundigen. Aber wenn wir sie nicht finden, dann genießen wir die Zeit eben ohne sie.«

Ich sagte erst einmal nichts. Ich bin sicher, meine beiden Augenbrauen waren unten. Penny beobachtete mich aufmerksam.

»Du willst mir also sagen, dass wir in dieses Flugzeug gestiegen sind und auf die andere Seite der Erdkugel fliegen und keine Ahnung haben, was wir nach unserer Ankunft machen werden?«

»Ja und nein. Wir nehmen ein Taxi und suchen uns ein Hotel. Oder wir mieten einen Wagen. Und wenn wir an einem Restaurant vorbeikommen, werden wir zu Abend essen oder zu Mittag oder was immer gerade dran ist. Und«, fügte sie hinzu, »wir werden beten und sehen, was Gott uns in den Weg legt.«

Ich wollte sie ausschimpfen. Ich wollte sagen: »Penny, Menschen wie wir tauchen nicht einfach mitten im Winter in großen Städten auf und suchen in einem Telefonbuch nach einem anständigen Hotel!«

Bevor ich den Mund aufmachen konnte, fügte Penny hinzu: »Ich weiß, ich hätte schon früher etwas sagen sollen, aber ich dachte immer noch, meine Tante würde sich in letzter Minute melden. Ich habe alle Informationen, die ich über sie besitze, mitgebracht. Wir werden einen Schritt nach dem anderen machen und jeden Tag so nehmen, wie er kommt. Wie ich schon sagte, wir haben genügend Geld.« In Pennys Augen tanzten Hoffnungsstrahlen. »Was immer passiert, ich weiß, es wird ein Abenteuer werden.«

Ich rief mir in Erinnerung, dass Pennys Ziel von Anfang an das »Abenteuer« gewesen war, bereits damals in der Krabbelstube der Gemeinde. Und ich hatte Jeff gesagt, ich wollte nicht, dass das Alter die einzige gefährliche Reise sei, die ich unternehmen würde. Das hier war so etwas.

Gefährlich. Abenteuerlich. Verrückt.

In diesem Augenblick war das geeignete Adjektiv nutzlos, denn wenn sich ein Mensch dreißigtausend Fuß in der Luft befindet, angegurtet in der Business-Class sitzt, dann ist er gefangen. Vor zwei Monaten hätte ich mir so etwas niemals träumen lassen. Vor zwei Tagen war ich noch immer dabei, allen Mut zusammenzunehmen, um in Portland dieses Flugzeug zu besteigen. Vor zwei Minuten jedoch ging Pennys Augenbraue nach oben und ich wollte es insgeheim. Ich wollte, dass Penny mich überrascht und mir ein unbehagliches Gefühl vermittelt.

»Was sagst du, Sharon?« Penny sah mich eindringlich an. »Ist es okay? Ich weiß, du magst es, wenn das Leben in geordneten Bahnen verläuft, aber die Sache ist die, dass wir jetzt vollständig Gottes Gnade ausgeliefert sein werden und nichts ist abenteuerlicher als das!«

Mit einem tiefen Seufzer machte ich meiner liebsten Freundin das Geschenk, das sie mir immer so freizügig gegeben hatte, das Geschenk, auf das sie wartete, als sie mir so tief in die Augen sah. Ich sagte, worauf sie hoffte: »Sicher, das ist in Ordnung. Wir werden einen Schritt nach dem andern tun.«

»Perfekt! Ich hatte gehofft, dass du nicht sauer bist! Das wird toll, du wirst schon sehen. Wir werden eine Reise erleben, wie sie in den Reiseführern nie beschrieben wird.«

Mein gesunder Menschenverstand sagte mir, ich sollte erwähnen, dass die Leute gute Gründe hatten, sich nicht willkürlich der Gnade

Gottes auszuliefern und dass aus gutem Grund solche ziellosen Reisen in den Reiseführern *nicht* beschrieben würden. Aber ich presste die Lippen aufeinander und genoss das Gefühl, wieder einmal im Kielwasser der fabelhaften, furchtlosen, fliegenden Penny zu schwimmen.

Kapitel 4

Voller Begeisterung dachten Penny und ich über unsere Möglichkeiten nach. Ein nettes, aber nicht zu teures, zentral gelegenes Hotel in Helsinki würde uns vollkommen genügen. Ein Taxi war einem Mietwagen vorzuziehen, weil es schneien könnte und keine von uns hatte Erfahrung beim Fahren im Schnee.

Wir gingen den Reiseführer durch, kreisten in Frage kommende Hotels ein und suchten die Telefonnummer eines Taxiunternehmens heraus. Bis zu unserer Ankunft konnten wir sonst nichts mehr machen.

Ich beugte mich gerade vor, um den Reiseführer wegzustecken, als etwas Außergewöhnliches geschah. Die Wolken, die in den vergangenen Stunden die Sicht behindert hatten, klärten sich auf und Sonnenschein drang durch das Fenster herein. Ich wollte den Sonnenschutz herunterziehen, starrte jedoch hinab auf die mit Schnee bedeckten Berge. Sie sahen aus wie eine Reihe von kleinen Mädchen, die sich für die heilige Kommunion feingemacht hatten. Sie schienen auf ihr Stichwort zu warten, um mit der Prozession zu beginnen. Nie hatte ich etwas so Reines und Majestätisches gesehen.

»Penny, sieh nur!«

Sie beugte sich über mich. »Ich frage mich, ob das die kanadischen Rockys sind. Oder sind wir mittlerweile daran vorbei? Wir fliegen doch nach Norden, nicht? In die Sonne hinein. Unser Wintertag wird kurz sein. Kanada ist so wunderschön.«

Penny erzählte eine Geschichte, die ich schon oft gehört hatte. Ich schätze, sie ist eine ihrer liebsten Erinnerungen, weil sie sie so oft erzählt. Zwei Sommer vor unserer Begegnung waren Penny und Dave auf seiner Harley von Kalifornien nach Banff in Kanada gefahren. Sie hatten von Elchfleisch und billigem Bier gelebt. Sieben Wochen lang hatten sie dieselben Jeans getragen und nur einen Satz Unterwäsche zum Wechseln dabei gehabt. Weil sie nur Trägertops getragen hatte, war die Haut auf ihren Schultern und dem oberen Teil des Rückens von Sonne und Wind auf Dauer ganz ausgetrocknet gewesen. Eines Nachts, als Penny und Dave unter den Sternen schliefen, hatte ihnen ein Bär einen Besuch abgestattet. Er hatte an dem Tank ihres Motorrads geleckt und war dann wieder im Wald verschwunden.

Ich hörte ihr zu, doch mein Blick hing gebannt an der wundervollen Welt unter meinem Fenster. In der Welt, die ich dort sah, konnte es keine Bären oder Frauen mit Trägertops auf Motorrädern geben. Von meinem Aussichtspunkt war die Welt unter mir in jeder Hinsicht perfekt.

Die Flugbegleiterin kam mit dem Mittagessen zu unserer Reihe und reichte uns unser Tablett. Auf der anderen Seite des Ganges neben Penny saß eine sehr elegante Frau, die in britischem Akzent fragte, wo sie ihren »Abfall« entsorgen könnte.

Unauffällig beobachtete ich, wie die Frau ihre Gabel in der linken Hand behielt, nachdem sie ihr Hühnchen geschnitten hatte, und sie zum Mund führte, ohne die Gabel wieder in die rechte Hand zu nehmen. Sie trug einen honigfarbenen Strickrock mit einem dazu passenden Pullover. Die Ärmel waren bis zum Ellbogen hochgeschoben und am rechten Handgelenk trug sie ein goldenes Armband, das auf ihrem gebräunten, bloßen Arm glitzerte. Ihre Haut war dunkel wie ein Obsidian. Noch nie hatte ich so dicht neben einer Person gesessen, die in jeder Hinsicht das Gegenteil von mir war: blass, blond und unkultiviert.

»Möchtest du mein Brötchen?«, fragte Penny mich, nachdem sie die Mahlzeit begutachtet hatte. »Ich versuche nur einmal am Tag Brot zu essen und auf dem Weg zum Flughafen habe ich bereits einen halben Bagel verspeist. Er schmeckte scheußlich; ich hätte ihn nicht essen sollen. Dieses Brötchen sieht viel besser aus. Aber ich werde es trotzdem nicht essen.«

»Ich möchte es auch nicht, danke.«

»Ich wollte dich eben schon fragen, wie es Gloria geht. Was hat der Arzt gesagt?«

»Er wird am Freitag einige Tests machen.«

»Hast du sie gestern Abend noch gesehen?«

»Ja, für etwa fünf Minuten. Natürlich hat sie darüber lamentiert, wie rücksichtslos ich bin und dass sie bei meiner Rückkehr vielleicht nicht mehr am Leben ist.«

»Was hat Opa Max gesagt?«

»Er sagte, seiner Meinung nach würde sie wieder gesund werden. Ich habe ihn gefragt, ob ich irgendetwas für sie tun könnte und er sagte: ›Ja, du kannst für ein paar Tage hier verschwinden und uns unsere Probleme zur Abwechslung einmal selbst lösen lassen. Es ist an der Zeit, dass du losziehst und dir selbst ein paar Probleme schaffst.‹«

»Ich habe diesen Mann immer bewundert«, sagte Penny mit einem breiten Grinsen. »Zu schade, dass Gloria ihn so behandelt.«

»So schlimm ist das nun auch wieder nicht.«

»Ist es doch.«

Ich zuckte die Achseln. »Ich kann sie nicht ändern, Penny. Ich habe den Punkt erreicht, wo ich beschlossen habe, dass sie mir nicht mehr weh tun kann.«

»Gut! Das ist ein neuer, verbesserter Ansatz. Gut für dich.«

»Es ist diese Reise«, erzählte ich Penny. »Ich weiß nicht genau, was an jenem Tag passierte, als Gloria mit diesen komischen Styroporbällen ankam und ich mich gegen sie behauptet habe. Aber als ich sie gestern Abend sah, war ich frei. Es hat mir gar nichts mehr ausgemacht, dass sie gegen diese Reise ist. Ich empfinde überhaupt keine Schuldgefühle.«

»Schön für dich.« Penny öffnete ihre kleine Packung Salatdressing mit den Zähnen. »Wir werden ein richtig lustiges Souvenir für Gloria finden und du wirst in ihren Augen als Heldin zurückkehren. Du wirst schon sehen.«

Während des Essens plauderte Penny über ihre Kinder. Ich hörte zu und sah dabei immer wieder aus dem Fenster.

Die untergehende Sonne befand sich jetzt hinter uns. Sie stand tief im Westen. Wir flogen nun in die Nacht hinein. Schichten dicker ätherischer Wolken bildeten eine duftige, rosafarbene Decke unter uns. Unsere 747 flog darüber hinweg.

Ich beobachtete, wie die Nacht hereinbrach. Oder vielleicht beobachtete ich uns, wie wir in die Nacht hineinrasten. Hin und wieder riss die Wolkendecke auf und tief unten konnte ich winzige Lichtpunkte entdecken, Hinweise auf Leben.

Und dann sah ich ihn. Den Mond. Rund und reglos schien dieser geheimnisvolle silberne Himmelskörper auf uns zuzukommen, als ritte er auf einem unsichtbaren, himmlischen Strom. Ich beobachtete, wie der Mond mich durch das Fenster hindurch ansah. Ich stellte mir vor, sein kühles, beständiges Licht zu spüren, wilder und entschlossener als der Schein jedes anderen Nachtlichts. Das Flugzeug flog eine leichte Rechtskurve. Ich wandte den Kopf, um den Mond im Auge zu behalten. Ich beobachtete und beobachtete und dann war er plötzlich im Nu hinter uns.

Leise sagte ich mir Bens Lieblingskinderreim auf: *Hey diddle, diddle, die Katze und die Fiedel, die Kuh sprang über den Mond; der kleine Hund lachte, als er das sah und der Teller rannte mit dem Löffel davon.*

Ich blickte erneut zum Fenster hinaus und war sicher, dass sich der Mond nun unter uns befand. Mit einem Ausdruck verwirrten Staunens drehte ich mich zu Penny um und sagte: »Weißt du was? Wir sind gerade über den Mond gesprungen!«

Penny lachte. »Wie die Kuh?«

»Ja, genau wie die Kuh. Wir sind über den Mond gesprungen!«

Die Flugbegleiterin holte mein Tablett ab und Penny brach in Gelächter aus. »Sieh jetzt nicht hin, aber dein Teller läuft gerade mit deinem Löffel davon!«

Unsere kleinen Scherze waren eigentlich gar nicht so lustig, aber wir waren so müde, dass sie uns lustig erschienen. Wir lachten, doch dann verspürte ich einen Druck auf der Blase. Ich entschuldigte mich und stellte mich bei der Toilette an. Ich trat von einem Fuß auf den anderen und sah mich dabei unter den Fluggästen um. Hatte irgendeiner von ihnen bemerkt, dass wir uns auf der anderen Seite des Mondes befanden? Keines der Gesichter, die ich betrachtete, schien erstaunt zu sein. Ich würde für uns alle staunen müssen. Erstaunt und erfreut und ein wenig nervös, Gottes Gnade ausgeliefert zu sein, wie Penny es ausdrückte.

Als ich zu meinem Platz zurückkam, unterhielt sich Penny gerade mit der Frau auf der anderen Seite des Ganges. »Sharon, das ist Monique. Monique, das ist Sharon.«

Ich nickte der Frau mittleren Alters zu. Ihre Augen waren strahlend blau, wie zwei Steine in einem Gebirgsbach.

»Sie kommt aus England«, erklärte Penny.

»Sie kommen aus England?« Ich versuchte meine Ungläubigkeit zu verbergen. Bestimmt sah man mir meine Gefühle an. Monique war die erste Engländerin, der ich begegnete. Bestimmt war offensichtlich, dass ich erwartete, jemanden wie die Queen Mum zu treffen oder zumindest jemanden mit einem britischen Namen anstatt eines französischen.

»Ja, ich lebe seit meinem sechzehnten Lebensjahr in England.« Mit einem anmutigen Lächeln fügte Monique, bestimmt mir zuliebe, hinzu: »Ich wurde auf Jamaika geboren.«

»Oh.« Ich räusperte mich.

Penny unterhielt sich weiter in ihrer offenen Art und plauderte, als wären wir drei Kundinnen in Joanies Friseursalon. »Meine Mutter hat mir immer erzählt, mein Vater sei ein Pirat aus Jamaika gewesen. Sie hat alle möglichen abenteuerlichen Geschichten über ihn erfunden. Ich habe meinen Dad nie kennen gelernt, wissen Sie, darum hat mir gefallen, dass meine Mutter ihn zu einem Helden machte.«

»Ich weiß nicht, ob meine Verwandten damit einverstanden wären, einen Pirat aus Jamaika als Helden zu betrachten.« Moniques Akzent war faszinierend.

»Wenn man sechs ist, dann gibt es nichts Schöneres, als erzählt zu bekommen, man würde von einem Pirat aus der Karibik abstammen.«

Penny sprach nicht oft über ihre Kindheit oder ihren Vater, der gestorben war, bevor sie auf die Welt kam. Als Penny Mitte zwanzig war, war auch ihre Mutter gestorben und da Penny keine Geschwister hatte, wurden wir beide Ersatzschwestern und unsere Kinder Adoptivcousins.

»Meine Mutter kam aus Finnland«, fuhr Penny fort. »Sharon und ich sind auf dem Weg nach Helsinki. Ich hoffe, dort die Schwester meiner Mutter zu finden.«

»Das wäre doch wirklich schön für Sie«, erwiderte Monique.

Penny sagte, sie wüsste nicht genau, ob wir ihre Tante ausfindig machen könnten, doch immerhin wären wir zu einem Abenteuer unterwegs.

Monique beugte sich vor, um mich anzusehen. »Sind Sie nicht die Mutige?«

Hatte Monique nicht gemerkt, dass Penny die Initiatorin dieser Verrücktheit war und dass ich sie nur begleitete? Ich brachte ein halbes Grinsen als Reaktion auf Moniques Bemerkung zu Stande.

»Ich schätze, es könnte nicht schaden, einen Ausweichplan zu haben«, meinte Monique. »Wenn Sie nicht Ihren ganzen Urlaub in Finnland bleiben möchten, könnten Sie sich vielleicht auch ein wenig in unserem Land umsehen.«

»Wir könnten Sie beim Wort nehmen«, erwiderte Penny. »Da unser Terminplan noch vollkommen offen ist und alles ...«

Monique entschuldigte sich, dass sie keine Visitenkarte zur Hand hatte. Auf die Rückseite einer Serviette schrieb sie ihre Adresse und ihre Telefonnummer und reichte sie Penny. »Wenn Sie tatsächlich nach England kommen, dann rufen Sie mich doch bitte unter dieser Nummer an.«

Penny und Monique plauderten noch ein wenig miteinander über Fingernägel, die Vorteile von Vitamin C gegen Jetlag und Moniques Reise nach San Francisco. Meine Augenlider wurden im Laufe der Nacht immer schwerer. Als der zweite Film begann, zog ich mir die Decke bis ans Kinn, legte das Kissen gegen das Fenster und schlief ein.

Auch Penny schlief ein wenig während des langen Fluges, was hilfreich war, denn als wir in Heathrow landeten, brauchten wir alle unsere Energie, um aus dem Flugzeug zu steigen und uns zum Gate für unseren Weiterflug zu schleppen.

Monique blieb bei uns, bis wir uns am Zoll trennten. Sie wünschte uns alles Gute für unsere Suche nach Pennys Verwandten und wiederholte die Einladung, sie zu besuchen, wann immer wir im Land seien. Ich bezweifelte, dass wir noch einmal nach England kommen oder uns mit ihr in Verbindung setzen würden. Jedoch war ich sicher, dass ihre Schönheit und ihre Anmut mir lebhaft in Erinnerung bleiben würden.

Als wir zum Zoll kamen, ging Penny vor mir durch. Mir fiel auf, dass der Zollbeamte sich Pennys Pass ansah und ihr anscheinend etwas vorzusingen begann. Ich konnte nicht verstehen, was gesagt wurde, aber ich hörte dann, wie er in Gelächter ausbrach.

Penny lächelte und nickte höflich.

Ich fragte mich, ob es an ihrem Passfoto lag. War ihres genauso unschmeichelhaft wie meines? Offensichtlich waren nicht alle Briten so höflich wie Monique.

Ich trat an die Scheibe und wappnete mich innerlich für den Fall, dass der Zollbeamte mein Passfoto genauso erheiternd finden würde. Er sah mich einen Augenblick lang an, stellte ein paar Fragen und schon konnte ich weitergehen. Penny hatte ihr schweres Gepäck auf den Boden gestellt und zog ihren Mantel aus.

»Worum ging es?«, fragte ich. »Er hat doch nicht etwa über dein Foto gelacht, oder?«

Penny schüttelte den Kopf und hielt mir ihren Pass hin. »Ich hätte damit rechnen müssen. Sieh nur.«

Ich betrachtete ihr Foto und dachte, dass ihres viel schmeichelhafter war als meines. Mir fiel nichts Ungewöhnliches auf.

»Siehst du?«, fragte Penny. »Du bist genauso immun dagegen wie ich. Wie die meisten Leute in den Vereinigten Staaten. Aber nicht in England, schätze ich.« Ein Lächeln stahl sich auf ihr Gesicht. »Es ist wirklich ziemlich lustig, wenn ich so darüber nachdenke.«

Und dann erinnerte ich mich an all die Witze, die Penny im Laufe der Jahre über ihren Namen gemacht hatte. Sie sagte, das einzig Ärgerliche an ihrer Heirat mit Dave Lane sei, dass jetzt aus ihr eine Penny Lane geworden wäre.

»Ich denke, ich habe diesem Zollbeamten den Tag gerettet. Er musste mir natürlich den ersten Vers vorsingen. Zum Glück hat er aufgehört, als er zum Refrain kam.«

Ich lachte. Ich weiß, ich hätte nicht so herzlich lachen sollen, aber der Ausdruck auf Pennys Gesicht und die Vorstellung, dass ein Mann mit einem glänzenden Namensschild und einem zackigen britischen Akzent ihr bei ihrem Besuch eines fremden Landes etwas vorsang, reizte mich zum Lachen. Ich konnte nicht mehr aufhören.

»Ich weiß, ich weiß. Lach ruhig weiter«, sagte Penny. »Es ist ja auch lustig. Ich schätze, ich werde später lachen. Jetzt bin ich zu müde, um die Komik dieser Situation schätzen zu können. Komm schon, wir setzen uns jetzt besser in Bewegung.«

Ich griff nach einem von Pennys schwereren Gepäckstücken. »Ich werde dies hier tragen.«

»Bist du sicher?«

»Ja, das muss doch schwer für dich sein.«

»Ich weiß das wirklich zu schätzen, Sharon. Du hast Recht. Dieses Zeug fängt an, eine Tonne zu wiegen. Wenn wir auf einem Schiff wären, würde ich das Überflüssige einfach über Bord werfen. Ich wette, du bist froh, dass du deinen Koffer eingecheckt hast.«

»Ich glaube nicht, dass er ins Gepäckfach gepasst hätte. Bestimmt habe ich genauso viele überflüssige Sachen mitgenommen wie du, nur habe ich sie in einen größeren Koffer gepackt.«

Mit jedem Schritt schien Pennys Gepäck schwerer zu werden. Als wir unsere Plätze im Flugzeug nach Helsinki erreichten, schwitzte ich sehr stark. Ich kramte aus meiner Tasche ein kleines Parfümfläschchen und tupfte mir den Blumenduft großzügig auf meine Handgelenke und meinen Nacken, um den unangenehmen Geruch zu überdecken. In meiner Eile hatte ich heute Morgen wohl vergessen, mein Deodorant zu nehmen.

Penny nieste zwei Mal. »Was ist das?«

»Ich weiß nicht genau.« Ich versuchte die verblassten Buchstaben zu erkennen. »Eau de irgendwas.«

»Eau de puh!« Penny nieste noch einmal. »Im Ernst, Sharon, ich kann das nicht ertragen, was immer es ist.« Sie drehte alle drei Düsen der Luftzufuhr über uns in meine Richtung, um den Duft zu vertreiben.

Zwischen Penny und mir befand sich ein leerer Sitz, der offensichtlich für einen großen Herrn in einem grauen Anzug und mit einer Aktentasche reserviert war. Er blieb im Gang stehen, nahm seine Bordkarte und sah Penny an, die sich auf den Platz zum Gang hingesetzt hatte.

»Möchten Sie gern hier sitzen?«, fragte Penny, als hätte sein stummer Blick ihr die Worte entlockt. »Ich kann Ihren Platz in der Mitte nehmen.« Sie glitt hinüber und richtete die mittlere Düse direkt auf sich. Der Herr nickte dankend und wortlos ließ er sich auf den Sitz am Gang sinken.

Der Platz für jeden Reisenden war eindeutig knapper bemessen als in der Business-Class. Penny war arm dran, eingezwängt in der Mitte und erstickt von meinem Parfüm. Ich roch es kaum, doch ich versuchte, den Duft mit einem Taschentuch abzuwischen. Wäre Penny mein Körpergeruch vielleicht lieber gewesen? Ich bemerkte, dass Penny und ich dicht aneinandergedrängt saßen, Hüfte an Hüfte.

Sie nieste erneut.

Ich hatte Pennys empfindliche Nase vergessen. Als die Kinder klein waren, haben wir sie immer geneckt, weil es ganz schrecklich für sie war, eine Windel zu wechseln. Sie roch eine Katze auf fünfzig Meter und unseren alten Hund Bosco sogar, wenn er draußen war. Die Fenster in Pennys Haus standen neun Monate im Jahr offen.

Ich versuchte mich klein zu machen. Es war unmöglich. Wir mussten den unruhigen Flug mit all seinen Unbequemlichkeiten erdulden und wir taten es, indem wir so taten, als würden wir schlafen.

Meine Gedanken wanderten zu kleinen Annehmlichkeiten wie Snacks, Kissen und einem heißen Bad. Ich war froh, dass uns keiner von Pennys Verwandten vom Flugzeug abholte und mit nach Hause nahm, wo wir vermutlich die ganze Nacht geredet hätten. Ein ruhiges Hotelzimmer klang wundervoll. Zimmerservice wie ein Traum.

Alle meine privaten Träume zerplatzten, als der Pilot ankündigte, das Flugzeug könnte wegen des starken Windes nicht in Helsinki landen. Wir kreisten fast eine Stunde über der Stadt, bevor uns mitgeteilt wurde, wir würden auf einem Ausweichflughafen landen.

»Das ist nicht gut«, murmelte Penny vor sich hin.

Ich griff nach dem Reiseführer und suchte eine Landkarte. »Denkst du, wir werden nach Stockholm fliegen? Das scheint ziemlich weit weg zu sein.«

Penny vertiefte sich in die Karte. »Russland scheint näher zu sein, nicht? Sie werden uns doch nicht nach Russland fliegen, oder?« Seit dem Zusammenbruch der ehemaligen Sowjetunion waren erst ein oder zwei Jahre vergangen und Russland war für den Durchschnittsamerikaner kein Reiseziel.

Unsere Landung verlief rau. Das Flugzeug setzte hart auf und hoppste noch einmal für drei Sekunden in die Luft, bevor die Räder wieder Bodenkontakt bekamen. In unserem engen Quartier reagierten die Passagiere mit einem lauten Aufseufzen.

Draußen schlug der Graupel von der Seite gegen die Maschine. Beim Rollen konnte ich die Umrisse des Terminals kaum erkennen.

Vor mir und hinter mir hörte ich das Klicken der Sicherheitsgurte, die gelöst wurden.

Die Flugbegleiterin sprach über die Bordsprechanlage in drei Sprachen. Englisch kam zuletzt. Mittlerweile stöhnten die Leute um uns herum, während die Botschaft in den ersten beiden Sprachen übermittelt wurde. Daraus schlossen wir, dass es sich um keine gute Nachricht handeln konnte.

»Wir bitten Sie, auf Ihren Plätzen sitzen zu bleiben«, sagte die Stimme schließlich auf Englisch. »Wir werden an diesem Flughafen nicht aussteigen. Nach den neuesten Wettervorhersagen soll der Sturm nachlassen. Unser Pilot hat um Starterlaubnis gebeten, um nach Helsinki zurückzukehren.«

Ich starrte wortlos auf meine Hände. Die große hakenförmige Narbe auf meinem rechten Handrücken wirkte größer als normal. Sie hatte eine blasse, graue Farbe angenommen.

Die Narbe hatte ich während meines Sommerjobs – Erdbeerpflücken auf Gelsons Farm – bekommen, als ich gegen einen Traktor gestürzt war. Die Fahrt zum Krankenhaus dauerte zwanzig Minuten und ich beschmierte den Vordersitz von Mrs Gelsons neuem blauen Ford Karawan mit Blut, obwohl ich ein Geschirrtuch um die Hand gewickelt und auf die Wunde gedrückt hatte, wie sie mir gesagt hatte.

In diesem Augenblick fühlte ich mich ähnlich wie damals in der Notaufnahme des Krankenhauses. Was immer als Nächstes passierte, konnte nicht angenehm sein.

Kapitel 5

Mehr als eine Stunde lang standen wir auf dem kleinen, geheimnisvollen Flughafen. Die Flugbegleiter boten uns Kaffee an.

»Können wir die Toilette benutzen?«, fragte Penny.

»Natürlich. Kommen Sie jedoch so schnell wie möglich wieder zu Ihrem Platz zurück. Wir rechnen damit, bald die Starterlaubnis zu bekommen.«

Ich beschloss, dass es besser war, Penny zur Toilette zu begleiten, solange ich noch die Gelegenheit dazu hatte. Der Herr am Gangplatz stand schweigend auf, um uns herauszulassen. Alle Toiletten waren besetzt. Penny und ich streckten uns, ohne miteinander zu sprechen oder uns anzusehen.

»Penny.« Ich berührte sie an der Schulter. In der vergangenen Stunde hatten wir kaum ein Wort miteinander gewechselt. »Wenn wir zu unseren Plätzen zurückkehren, könntest du doch den Platz am Fenster nehmen. Du hast zwar gesagt, du würdest nicht so gern am Fenster sitzen, weil es so kalt ist, aber du kannst gern meinen Mantel als Polster benutzen.«

Ihr Gesichtsausdruck wurde weicher. »Bist du sicher, dass das in Ordnung ist?«

»Natürlich. Ich hätte nichts dagegen. Du brauchst etwas mehr Raum zum Atmen.«

»Danke, Sharon.«

Die Toilettentür wurde geöffnet und ich ließ Penny den Vortritt. »Nach dir.«

»Danke. Ich schulde dir was.«

Das war eine komische Bemerkung für Penny. Sie schuldete mir überhaupt nichts. Ich war diejenige, die wegen dieser ganzen Reise in ihrer Schuld stand.

Ich drückte mich gegen die Wand, um Platz zu machen für eine junge blonde Frau mit einem schreienden Baby. »Es ist nicht sehr zufrieden, nicht?«, fragte ich.

Sie antwortete in einer Sprache, die ich nicht verstand, aber als sie ihm den Knöchel ihres Zeigefingers in den Mund steckte, fragte ich: »Bekommt es Zähne?«

Sie blickte mich erschöpft an und erwiderte: »Ja«, bevor sie das schluchzende Baby auf ihre andere Hüfte setzte. Wir kommunizierten in der universellen Sprache aller Mütter: Baby-Mitgefühl. Mein Herz flog ihr entgegen.

Ich streichelte sanft die feuchte Wange. »Es ist in Ordnung«, sagte ich leise. »Es ist in Ordnung.« Das Baby blickte mich mit seinen runden, feuchten Augen an und hörte auf zu schreien.

»So ist es besser. Soll ich dich ein wenig halten, damit deine Mami sich einmal ausruhen kann?«

Ich streckte ihr die Arme entgegen und die Mutter legte mir nur zu gern das Bündel in den Arm.

»Wie alt ist es?«

Die Mutter schüttelte den Kopf. Sie schien meine Frage nicht zu verstehen.

»Ungefähr neun Monate?« Ich setzte den neugierigen kleinen Kerl auf meine linke Hüfte und hielt meine Finger in die Höhe, als würde ich zählen.

»Ah! *Ja, nio.«* Sie hielt neun Finger hoch.

»Das habe ich mir gedacht. Meine ersten beiden Jungen waren auch so propper.« Ich klopfte ihm sanft auf den Rücken und er machte ein Bäuerchen.

Penny kam aus der Toilette und blickte mich erstaunt an. »Wie hast du es geschafft, in den vergangenen drei Minuten ein Baby zu bekommen?«

»Es mag mich«, erklärte ich Penny. »Es hat aufgehört zu schreien.«

Die Mutter sagte wieder etwas und deutete auf die nun freie Toilette.

»Gehen Sie nur zuerst«, erwiderte ich zuversichtlich, als hätte ich jedes Wort verstanden. »Ich werde ihn für Sie halten.«

Penny blieb neben mir stehen und starrte mich an. »Ich gehe zu unseren Plätzen zurück.«

»Ich komme gleich ...« Meine Antwort ging in einem jammernden Schrei des kleinen Jungen unter.

Penny sah mich ergeben an und verschwand schnell.

Ich wiegte das Kind, berührte seine Wange und versuchte es zu trösten. »Es ist ja alles gut. Deine Mami wird gleich wieder da sein.«

Er legte das Kinn auf meine Schulter. Ich tätschelte ihm den Rücken. »So, siehst du, es ist alles gut.«

Mit einem unterdrückten Schluchzen fuhr sein Kopf nach oben und schlug fest gegen mein Kinn. Ich biss mir auf die Zunge. Und dann zuckte der kleine Prinz ohne Vorwarnung zurück und spuckte halb verdaute Brezel und saure Milch über mich.

Die Toilettentür öffnete sich. Ich streckte der Mutter das Baby entgegen und deutete mit dem Kopf auf die Katastrophe. Mit überschwänglichen Entschuldigungen in welcher Sprache auch immer verschwand sie mit ihrem Sohn in der Kabine und schloss die Tür. Ich stand da und merkte, wie das Erbrochene des Babys langsam durch meine Bluse drang und sich in meinem BH sammelte.

Irgendwie ist das Erbrochene der eigenen Kinder nicht so widerwärtig als wenn es sich um das Erbrochene eines anderen Kindes handelt.

Die zweite Toilettentür wurde geöffnet und ich eilte hinein und verschloss die Tür. In der kleinen Kabine war der Gestank überwältigend und ich hätte mich beinahe selbst übergeben. Ich versuchte die Schweinerei zuerst mit Papiertüchern zu beseitigen. Ich warf sie in die Toilette, bevor mir bewusst wurde, dass ich sie damit vielleicht verstopfen würde. Ich war wirklich ein trauriger Anblick. Ich versuchte, das Erbrochene von meiner Bluse zu tupfen, machte aber alles nur noch schlimmer. Ich befeuchtete weitere Papiertücher, gab jedoch schließlich auf und zog mich bis zur Taille aus.

Ich hatte gerade meinen Büstenhalter ausgewrungen, als ein rotes Licht aufleuchtete. Ich starrte das Licht an und betrachtete mich dann im Spiegel.

»Was machst du hier eigentlich?«, fragte ich die Frau, die oben ohne in dieser winzigen, stinkenden Toilettenkabine vor mir stand, mitten in einem Schneesturm gefangen auf der Landebahn irgendeines unbekannten Flughafens, der vermutlich innerhalb der Grenze der ehemaligen Sowjetunion lag.

Die absurd aussehende Frau im Spiegel antwortete nicht. Das übernahm dagegen eine unsichtbare Flugbegleiterin. Sogar in drei Sprachen. »Bitte kehren Sie zu Ihren Plätzen zurück«, forderte die Stimme über die Bordsprechanlage.

»Ich würde gern zu meinem Platz zurückkehren«, antwortete ich höflich. »Aber Houston, wir haben hier ein Problem.«

Natürlich konnte mich niemand hören, doch mein Geplänkel half mir, nicht die Fassung zu verlieren. »Meine Bluse ist ruiniert«, fuhr ich fort. »Mein Büstenhalter ist durch und durch nass. Können Sie mich riechen? Ich kann mich riechen. Wenn ich mich riechen kann, dann kann Penny ... nun, dann wird Penny ...«

Ich versuchte meinen Büstenhalter zu trocknen, indem ich ihn zwischen Papiertüchern ausdrückte.

Jemand klopfte an die Toilettentür.

»Ja, ich komme gleich.«

»Sie müssen an Ihren Platz zurückkehren«, forderte die herzlose Stimme.

»In Ordnung. Ich komme.«

Ich kann noch immer nicht glauben, dass ich das gemacht habe, aber ich hatte keine Wahl. Ich zog meinen nassen Büstenhalter an und das stinkende, feuchte Shirt über den Kopf, dann schloss ich die Tür auf und kehrte mit gesenktem Kopf an meinen Platz zurück. Ich war sicher, dass alle Passagiere in dem Flugzeug mich anstarrten. Vermutlich waren auch alle Nasen auf mich gerichtet.

Die arme Penny! Dieser Ausdruck auf ihrem Gesicht! Sie wandte sich von mir ab und starrte aus dem Fenster, während ich ihr eine verkürzte Erklärung lieferte.

Ich schluckte und versuchte nur flach zu atmen. Meine Zunge war angeschwollen, weil ich mir ja draufgebissen hatte, kurz bevor Junior sich über mich erbrochen hatte. Ich spürte ein kaltes, feuchtes Rinnsal über meinen Bauch laufen. Es durchnässte den Bund meiner Jeans.

Der Mann auf dem Platz unmittelbar vor mir drehte den Kopf und funkelte mich über seinen Sitz hinweg an.

»Ich weiß«, murmelte ich zerknirscht. »Es tut mir Leid. Auch für mich ist das nicht gerade angenehm.«

Unser Start war schrecklich. Das Flugzeug schien viel zu groß zu sein, als wir uns in die Lüfte erhoben. Wir durchflogen ein Dutzend Luftlöcher und schwankten wie ein Schiff auf hoher See.

Penny schnappte sich die Tüte aus der Sitztasche vor sich und hielt sie sich vor den Mund. Sie musste nicht spucken, aber ich bin sicher, sie stand kurz davor.

Um 7 Uhr 20 landeten wir in Helsinki. Wortlos marschierten Penny und ich in den Terminal und direkt zur Toilette.

»Hier.« Penny schob ihren Koffer in die erste freie Toilettenkabine, bevor ich mir einige nasse Papiertücher schnappen konnte. »Was immer du anziehen möchtest, es gehört dir.«

Ich empfand neues Mitgefühl für meine Tochter. *So hat Kaylee sich also gefühlt, als ich ihr gesagt habe, sie könnte eine meiner Blusen bei der Schulvorstellung tragen.*

Pennys Unterwäsche war groß. Nicht zu groß. Sie saß nur locker und es war ein seltsames Gefühl. Der Büstenhalter und der Slip waren jedoch aus schwarzer Seide und von viel höherer Qualität als alles, was ich je besessen hatte.

Dass auch ihre Kleider weiter waren, machte nichts, weil ich eine sackige Sweathose und einen gelben Pullover auswählte, die leicht aus dem Koffer zu ziehen waren.

Meine verschmutzten Sachen steckte ich in eine Tüte und verließ die Kabine. Eine ganze Schlange Frauen wartete davor. Penny stand in der Nähe der Waschbecken. »Du wirst deine Sachen doch wegwerfen, nicht?«

Das hatte ich eigentlich nicht vorgehabt. Ich wollte sie fragen, ob sie eine Plastiktüte hätte. Bestimmt gab es in Finnland doch gute Waschmaschinen. Mit dem richtigen Waschmittel könnte ich diese Sachen wieder ins Leben zurückholen.

Penny kam näher, als sie mein Zögern bemerkte. »Wenn ich Recht habe«, sagte sie mit leiser Stimme, »ist dein Büstenhalter mindestens acht Jahre alt und steht kurz davor, sich in seine Bestandteile aufzulösen.«

Penny wusste nur zu gut, an welchen Dingen ich im Laufe der Jahre gespart hatte, um meine vier heranwachsenden Kinder auszustatten.

»Und wenn ich richtig rate, dann hat diese Bluse Mitte der achtziger Jahre den Weg in dein Leben gefunden. Ihr Regalleben ist beendet, Sharon. Du musst dieses arme Ding freilassen.«

Ein Teil von mir war froh, dass Penny wieder zu ihrer Fröhlichkeit zurückgefunden hatte. Das war ein gutes Zeichen. Aber ihre schmerzlich zutreffenden Bemerkungen über meine Garderobe machten mir zu schaffen.

»Ich will bestimmt nicht gemein sein«, warf Penny schnell ein. »Sieh mal, du hast gesagt, du hast genügend Sachen mitgenommen. Und ich habe viel mehr eingepackt, als ich brauche. Wir sollten mit dem, was wir haben, auskommen, bis wir dein Gepäck haben. Wenn nicht, werden wir einkaufen gehen und neue Sachen kaufen. Wäre das so schlimm?«

Ich hob den Deckel des Abfalleimers und warf gänzlich gegen meine sparsamen Instinkte die durchaus noch brauchbaren Kleidungsstücke fort.

»Tut das nicht gut?«, fragte Penny.

»Nein. Im Augenblick tut nichts gut.« Ich schob die Ärmel des weiten gelben Pullovers hoch und begann meine Hände und Arme zu waschen. Meine klebrige Brust und der Bauch würden warten müssen. Hier waren zu viele Leute und ich wollte so schnell wie möglich diesen Waschraum verlassen.

»Danke, dass du mir deine Kleider geliehen hast«, sagte ich, als Penny und ich zum Gepäckband gingen. Die Wegweiser führten die Passagiere in drei Sprachen zu den entsprechenden Sektionen. Englisch stand ganz unten. Ich bemerkte, wie still der Flughafen war.

»Natürlich kannst du gern alles, was du willst, von mir ausleihen.« Pennys Stimme klang ungewöhnlich laut, als sie sich mir zuwandte. »Ich sage es nur ungern, aber ich kann dich noch immer riechen.«

»Ich weiß. Ich muss mich unbedingt noch irgendwo gründlicher waschen.«

»Warum hast du das nicht im Waschraum getan?«

»Da waren zu viele Frauen, die mich beobachtet haben«, erklärte ich mit gesenkter Stimme.

Penny lachte. »Aber denk doch nur! Du hättest als internationales Model für Unterwäsche Karriere machen können.«

»Nicht in deiner schwarzen Seidenwäsche«, murmelte ich.

»Was?« Pennys Stimme klang noch immer laut.

Ich schüttelte den Kopf und formte die Worte: »Ist egal.« Flüsternd fügte ich hinzu: »Es ist so still hier.«

Penny lauschte einen Augenblick. »Tatsächlich.«

Wir betrachteten die Leute an den Boardingbereichen. Einige sahen uns an. Einige lasen. Einige tranken an kleinen runden Tischen Kaffee aus weißen Keramikbechern. Es gab keine lauten Durchsagen. Keine Musik wurde über die Lautsprecher gespielt. Wir waren an einem düsteren Ort gelandet.

»Das ist unheimlich«, murmelte Penny. »Ich bin an Hintergrundgeräusche gewöhnt.«

»Ich finde es heiter«, flüsterte ich.

Anscheinend hatte sie mich nicht verstanden, denn Penny erwiderte: »Ich weiß. Es ist ein Schrei, nicht?« Sie lachte. Ihr Lachen hallte in dem großen Terminal wider. Penny legte ihre freie Hand auf den Mund und wir gingen weiter zum Gepäckband.

Uns war nicht klar, dass wir noch einmal durch den Zoll mussten. Dieses Mal winkte der Beamte uns beide gemeinsam an den Schalter, vermutlich weil er den Eindruck hatte, dass wir gemeinsam reisten.

Der Beamte schlug zuerst Pennys Pass auf. Er betrachtete sie und sagte dann deutlich: »Penny Lane?«

Penny lächelte und erwiderte leichthin: »Ja, ja, ich weiß. Ich bin in ihren Augen, in ihren Ohren und unter dem blauen Himmel und all das. Ja, das ist mein richtiger Name.«

Er zuckte nicht mal mit der Wimper.

Penny lächelte den Beamten noch strahlender an. »Werden Sie denn nicht anfangen, mir das Lied vorzusingen?«

Stille.

»Die Beatles, wissen Sie? Penny Lane? Oder sind die Beatles hier in Helsinki nicht bekannt?«

Ich wand mich.

Der Beamte wiederholte: »Penny Lane?«

»Ja, das ist mein Name. Mein richtiger Name. Ich bin Penny Lane.«

»Danke.«

»Bitte.«

»Besuchen Sie Finnland aus geschäftlichen Gründen oder machen Sie Urlaub?«

»Ich mache Urlaub.«

»Dauer Ihres Aufenthalts?«

»Etwa eineinhalb Wochen.«

Ohne eine Regung zu zeigen, stempelte der Mann ihren Pass ab und griff nach meinem.

»Sharon Andrews?«

»Ja.«

Unberührt von Pennys lebendigem Monolog stellte der Beamte mir dieselben Fragen.

Schließlich waren wir beide durch den Zoll und kamen zum Gepäckband. Meinem Koffer war es jedoch nicht so gut ergangen. Mein Gepäck hatte es nicht bis nach Helsinki geschafft.

Nachdem Penny und ich jedes noch übrig gebliebene Gepäckstück untersucht, uns in einer Schlange angestellt, den notwendigen Papierkram erledigt und mit zwei höflichen und einem ungeduldigen Angestellten der Fluglinie gesprochen hatten, bekamen wir als einzige Hoffnung eine Telefonnummer, die wir am folgenden Morgen anrufen sollten.

»Wie viel Uhr ist es?«, fragte Penny, als wir dem Ausgang zustrebten in der Hoffnung, ein Taxi zu finden, das uns zum nächstgelegenen Hotel bringen würde.

»Ich weiß nicht genau, ob ich meine Uhr richtig gestellt habe, aber ich glaube, hier ist es etwa Viertel nach zehn.«

»Abends?«, fragte Penny.

»Ja.«

»Und hier ist Freitag, richtig?«

»Ich glaube schon.«

»Ich bin irgendwie ganz durcheinander.« Penny schob die Tür auf und wir beide traten hinaus in den dunklen, eiskalten finnischen Abend.

Bis zu diesem Augenblick hatte ich nicht gewusst, was das Wort *eiskalt* bedeutete. Ein eisiger Wind umklammerte unsere Gesichter mit rasierklingenscharfen Fingern und schnitt durch unsere Kleider, als trügen wir Papiertüten.

Penny stieß einen unterdrückten Schrei aus. »Sind wir etwa am Nordpol gelandet? Es ist ja eiskalt! Wo sind die Taxen? Dort drüben? Komm mit!« Mit wilder Entschlossenheit, die mich schon vor Stunden verlassen hatte, drängte sie weiter. »Sharon«, rief sie über die Schulter zurück, »hol den Reiseführer aus der Tasche, damit wir dem Fahrer den Namen von einem der Hotels sagen können, die wir uns ausgesucht haben!«

Trotz meiner erstarrten Taubheit fand ich es komisch, dass ich den Reiseführer hatte. Ich hatte keine Kleider. Keine Unterwäsche. Kein Deo. Keinen Schlafanzug. Keine Zahnbürste. Aber ich hatte den Reiseführer.

Der Fahrer warf Pennys Gepäck in den Kofferraum und Penny und ich kauerten uns auf den Rücksitz und blätterten in dem Reiseführer.

»Das hier.« Penny deutete auf eines der aufgeführten Hotels mit dem höchsten Rating. »Mann, ist das kalt.«

Ich begegnete dem Blick des Fahrers im Rückspiegel und versuchte zu sagen: »Hotelli Suomi in der Mannerheimintie 8.«

Ich rieb meine Hände aneinander und berührte meine kalte Nase und die Wangen. Im Taxi war es wärmer als draußen, aber immer noch nicht annähernd warm genug für uns.

Der Fahrer fragte: »Aus welchem Teil Amerikas?«

»Ist das so offensichtlich zu erkennen?« Penny lächelte ihn professionell an, als könnte sie diesem Mann eines ihrer Häuser für mehr als eine halbe Million Dollar verkaufen. »Ich komme aus San Francisco. Sharon hier kommt aus dem Staat Washington.«

»Sie wollen einen guten Nachtclub?«, fragte er, nachdem er losgefahren war. »Ein gutes Tanzlokal?«

»Nein danke«, lehnte ich schnell ab. Ich konnte kaum glauben, dass er uns eine solche Frage stellte! Hatte der Mann denn eine Ahnung, wie alt wir waren?

Penny beugte sich vor. »Haben Sie eine Empfehlung?«

Mir blieb der Mund offen stehen, als der Fahrer uns den komplizierten Namen irgendeines Nachtclubs in Helsinki nannte und anbot, uns später vom Hotel abzuholen.

»Das ist ein nettes Angebot«, erwiderte Penny. Ich stieß sie in die Seite und sie beendete den Satz mit den Worten: »Aber vermutlich sind wir heute Abend zu müde. Trotzdem vielen Dank.«

Er drehte sich um und lächelte Penny auf eine Art an, die mir einen Schauer über den Rücken jagte. Ich zitterte bereits, aber das hier war etwas anderes. Ich war schockiert.

Nichts war mehr sicher. Dieser Wagen nicht, der Fahrer nicht und ganz bestimmt nicht das Hotel, da er wusste, wo wir abstiegen. Was dachte sich Penny eigentlich?

Ich drückte mich in die Ecke der Rückbank, als Penny den Fahrer fragte, wo man gut einkaufen und essen könnte. Draußen war es viel zu dunkel, um zu erkennen, wie die Welt außerhalb dieses Taxis aussah. Wenn es notwendig sein sollte, war ich jedoch bereit, hinaus in die schwarze Nacht zu springen und Penny mitzunehmen, falls dieser Fahrer irgendetwas Seltsames probieren sollte.

Er lachte über eine von Pennys Bemerkungen zu einem Schild, an dem wir vorbeigefahren waren, und verlieh seinem Mitgefühl Ausdruck, als Penny erzählte, mein Gepäck sei nicht angekommen. Wir erreichten das Hotel, ohne dass ich meine Fluchtpläne in die Tat umsetzen musste.

Ein Türsteher öffnete uns die Tür und nahm sich unseres Gepäcks an. Penny holte eine Kreditkarte hervor, um das Taxi zu bezahlen.

»Haben Sie denn keine *Markkas?«*, fragte der Fahrer.

»Nehmen Sie keine Kreditkarte?«

Er schüttelte den Kopf.

»Wir haben vergessen, am Flughafen Geld zu tauschen.« Penny überlegte, wie sie sich Geld beschaffen könnte, um ihn zu bezahlen. Frierend standen wir vor dem Hotel und uns fiel keine Lösung ein.

Schließlich holte der Taxifahrer eine Visitenkarte aus der Tasche und schrieb den Betrag auf die Rückseite. »Werden Sie das Geld für mich an der Rezeption hinterlegen?«

»Gewiss!« Penny sah mich an, als könnte sie kaum glauben, wie gutgläubig dieser Mann war.

Ich dachte, dass der Fahrer bei meiner vertrauensseligen Freundin irgendeine Masche ausprobierte.

»Morgen Mittag wird es für Sie bereitliegen. Wäre das in Ordnung?«

»Ja. Gut.« Er nickte mir zu und kehrte zum Taxi zurück, das er mit laufendem Motor stehen gelassen hatte.

Penny und ich eilten in die geheizte Lobby des luxuriösen Hotels. Meine Wangen brannten von der Temperaturschwankung.

»Es ist schön hier«, sagte Penny.

»Ja, warm«, bestätigte ich zitternd. Die Vision einer heißen Suppe und eines gemütlichen Bades stand mir vor Augen.

Wir traten an die Rezeption. Höchst professionell sagte Penny: »Hallo. Wie geht es Ihnen heute Abend?«

Der junge Mann in Uniform nickte höflich.

»Wir möchten gern einchecken. Nur wir beide. Ein Doppelzimmer bitte.«

»Haben Sie reserviert?«

»Nein, wir hofften, wir würden keine Reservierung brauchen.« Penny machte eine lässige Handbewegung.

Sie erinnerte mich an unsere Jungen, wenn sie im Garten *Star Wars* gespielt haben. Josh spielte zu gern die Filme nach, die er sich ansah. *Star Wars* gehörte zu seinen Lieblingsfilmen. Eines Tages kam Josh in Jeffs Bademantel zu mir und sagte mir, er sei ein Jedi-Meister. Durch das Küchenfenster beobachtete ich, wie Josh die Hand aus dem weiten Ärmel zog, unserem Hund Bosco zuwinkte und sagte: »Dies sind nicht die Androiden, nach denen du suchst.«

Ich liebe diese Erinnerung an Josh. Aber ihm gefällt es überhaupt nicht, wenn ich davon spreche.

Pennys lässige Handbewegung schien bei dem Hotelangestellten jedoch nicht zu funktionieren. Er machte einige Eingaben in seinen Computer vor sich. Schließlich sah er uns mit klaren Augen an und sagte: »Ich habe für heute Nacht kein Doppelzimmer mehr.«

Kapitel 6

»Wären Sie so freundlich, noch einmal nachzusehen?«, fragte Penny den Hotelangestellten.

Ich trat zurück. *Es war nicht die Schuld dieses armen Kindes, dass wir kein Zimmer reserviert hatten,* dachte ich.

Penny wirkte ziemlich gelassen.

»Madam, wir haben zwar noch eine Suite, aber bis Montagabend kein Doppelzimmer mehr. Möchten Sie die Suite nehmen?«

Penny hielt inne. Ich hatte den Eindruck, dass sie überlegte, was ich wohl dachte. Eine Suite in einem solchen Hotel wäre viel zu teuer. Wir könnten ein Taxi rufen – ein anderes Taxi – und zum nächsten Hotel auf der Liste fahren.

Penny hatte sich offensichtlich eine andere Taktik überlegt. »Kann ich mit dem Manager sprechen?«

»Selbstverständlich, Madam.«

»Was willst du ihm denn sagen?«, fragte ich Penny.

»Keine Sorge, Sharon. Ich weiß Bescheid. Ich habe immerzu mit solchen Leuten zu tun.«

»Mit was für Leuten? Neunzehnjährigen Studenten, die als Portier jobben? Wir haben nicht reserviert, Penny.«

»Das sollte eigentlich nichts ausmachen. Weißt du, es gibt noch leere Zimmer.«

»Das weiß ich nicht. Und du weißt es auch nicht. Wir hätten gleich vom Flughafen aus ein Zimmer reservieren sollen. Wenn wir nicht so viel Zeit beim Gepäckband vergeudet hätten ...«

»Genau!«, warf Penny ein. »Und das ist genau mein Argument. Ich werde dem Manager unsere spezielle Situation erklären.«

»Unsere spezielle Situation?«

Pennys Blick wanderte an mir vorbei. Ich beobachtete, wie ihr Gesichtsausdruck weicher wurde und sie ein gewinnendes Lächeln aufsetzte.

»Hallo.« Sie streckte dem herannahenden Manager die Hand hin. Er war ein älterer, distinguiert wirkender Herr in einem dunklen Anzug und er sah nicht aus wie jemand, der sich gern an die Rezeption holen ließ, um sich »unsere spezielle Situation« erklären zu lassen.

»Wie geht es Ihnen heute Abend? Ich bin Penny Lane.« Sie hielt inne und wartete auf eine Reaktion.

Die Reaktion des Managers fiel genau so aus, wie Penny es sich anscheinend erhofft hatte.

»Penny Lane?«, wiederholte er mit einem kontrollierten Lächeln.

»Ja, Penny Lane.«

»Wie kann ich Ihnen helfen, Miss Lane?«

»Ich benötige eine Empfehlung von Ihnen. Sehen Sie, wir sind gestern Morgen in San Francisco abgeflogen und mit Verspätung in Helsinki eingetroffen. Das Gepäck meiner Freundin ist verloren gegangen und wie Sie sich vorstellen können, sind wir ziemlich erschöpft.«

Sie klang sehr sachlich und professionell. Das war eine Seite von Penny, die ich nur selten gesehen hatte.

»Ich hoffe, Sie können uns eine Empfehlung geben«, fuhr Penny fort. »Wir möchten eineinhalb Wochen in Finnland bleiben, aber wie ich höre, haben Sie erst ab Montag wieder Doppelzimmer frei.«

»Das ist korrekt.«

»Ich verstehe. Nun, könnten Sie uns denn ein anderes Hotel hier in Helsinki empfehlen? Wir suchen ein Hotel, das so schön ist wie Ihres.«

Das unterdrückte Grinsen auf dem Gesicht des Managers verwandelte sich in ein aufrichtiges Lächeln. »Sind Sie schon einmal bei uns abgestiegen, Miss Lane?«

»Nein, dies ist unser erster Aufenthalt in Finnland. Meine Mutter ist hier aufgewachsen. Ich möchte Verwandte besuchen.«

»Oh, dann kommen Sie also aus Finnland?«

»Meine Mutter.«

»Darf ich Ihnen einen Vorzugspreis machen?« Er gab etwas in den Computer ein, während der junge Mann ihm mit erstauntem Gesicht zusah. »Ich habe eine Junior Executive Suite, die pro Nacht nur zehn Prozent mehr kostet als unser Doppelzimmer.«

»Perfekt!«, strahlte Penny. »Ich denke, das wäre in Ordnung. Vielen Dank.«

»Es war mir ein Vergnügen, Miss Lane. Joona kann die Reservierung für Sie vornehmen. Ich hoffe, Sie verbringen eine angenehme Zeit mit Ihren Verwandten.«

»Danke. Wir wissen dies sehr zu schätzen.«

Der Manager nickte mir zu und überließ uns Joonas fähigen Händen.

»Wie heißt ›Danke‹ auf Finnisch?«

»Kiitos.«

»Bitte sagen Sie Ihrem Manager *kiitos* von mir.«

Er nickte. »Zahlen Sie mit Kreditkarte?«

»Ja. Und ich muss noch etwas Geld umtauschen, um den Taxifahrer zu bezahlen, der uns hergefahren hat. Ich habe ihm gesagt, ich würde das Fahrgeld hier an der Rezeption hinterlegen. Er wird es morgen Vormittag abholen.«

»Ich kann das für Sie übernehmen«, erbot sich Joona.

Penny reichte ihm die Kreditkarte und die Visitenkarte des Taxifahrers mit dem fälligen Betrag auf der Rückseite.

Ich trat von einem Fuß auf den anderen und war vollkommen erledigt. Wenigstens hatte Penny mich nicht überredet, am Flughafen auch noch meine alten braunen Stiefel wegzuwerfen, nur weil ich noch ein Paar Tennisschuhe im Koffer hatte. Alle meine schönen warmen Socken lagen in meinem Koffer, zusammen mit meinem Lieblingsschlafanzug. Während Penny die Formalitäten erledigte, war ich traurig darüber, dass ich das Geld für die Souvenirs und Geschenke für Unterwäsche und warme Socken würde ausgeben müssen, falls mein Koffer nicht mehr auftauchte.

Ein junger Page lud Pennys Gepäck auf einen Wagen und sah mich fragend an, wo mein Gepäck denn sei.

»Kein Gepäck«, sagte ich leise und hob meine leeren Hände.

Er brachte uns im Aufzug zu unserer Suite und öffnete die Tür. Ich schnappte nach Luft. Hotelzimmer wie dieses hatte ich in Filmen gesehen, aber noch nie hatte ich in einem so eleganten Zimmer übernachtet.

Zu der modernen Einrichtung gehörte eine Ledercouch und ein Sessel in einem getrennten Wohnbereich mit Fernsehgerät. In der Ecke stand ein hübscher Schreibtisch. Die beiden Betten waren überdurchschnittlich groß. Darauf lagen einladende weiche Daunendecken.

»Was möchtest du essen?«, fragte Penny, sobald der Page gegangen war. »Ich werde etwas beim Zimmerservice bestellen.«

»Irgendetwas. Und je eher desto besser. Ich bin halb verhungert! Du hast doch nichts dagegen, dass ich in die Badewanne steige, während du bestellst?«

Penny sah mich ungläubig an und brach dann in Gelächter aus. »Ob ich etwas dagegen habe? Hast du das gefragt? Ob ich etwas dagegen habe, wenn du diesen abscheulichen Gestank von deinem Körper entfernst?« Sie schnappte sich ein Kissen vom Bett und warf es nach mir. »Nein, ich denke, ich habe nichts dagegen.«

Ich warf das Kissen zurück und lachte ebenfalls. »Und vermutlich hast du auch nichts dagegen, wenn ich dein Shampoo benutze.«

»Alles was du willst oder brauchst, gehört dir. Bedien dich.«

Ich durchsuchte ihren Koffer nach ihrer Kulturtasche, während Penny die Speisekarte studierte.

»Reichst du mir meine Tasche?«, bat sie. »Ohne meine Brille kann ich die Speisekarte nicht lesen.«

»Ich kann mich nicht erinnern, dich schon mal mit Brille gesehen zu haben.«

»Ich weiß. Ich habe sie erst seit etwa sechs Monaten. Es ist sehr traurig, wenn man so alt und schwach wird.«

»Penny, du bist doch alles andere als alt und schwach.« Ich reichte ihr die Schultertasche und bemühte mich dabei, in angemessener Entfernung zu bleiben, damit sie mich nicht riechen musste.

Penny setzte die Brille auf und sagte: »Oh, viel besser. So, was haben wir? Wie klingt *kalakukko?«*

»Was ist das?«

»Fisch und Schweinefleischpastete.«

Ich verzog das Gesicht. »Was gibt es noch?«

»Rentierfleisch, aber das steht nur auf der Speisekarte für das Abendessen. Dafür sind wir zu spät.« Penny lehnte sich auf dem Stuhl am Schreibtisch zurück und blätterte die Seite um, als hätte sie eine interessante Lektüre für den Abend gefunden.

Ich sammelte ihre Utensilien zusammen und begab mich ins Bad, wo ich einen Drahtkorb mit allen Kosmetikartikeln entdeckte, die ich brauchte. Die duftigen weichen Handtücher waren auf einem Regal gestapelt. Zwei dicke Bademäntel hingen an Haken an der Wand.

»Es gibt einen Käseteller mit Früchten für sechs bis zwanzig Personen«, rief Penny. »Wie hungrig bist du?«

»Gibt es denn nicht etwas Einfaches?«

»Woran hattest du denn gedacht? Cheeseburger und Pommes frites?«

»Nein, natürlich nicht. Ich habe an ein Omelette gedacht.«

»Ausgezeichnete Idee. Ich rufe in der Küche an und höre, was sie haben. Es wird eine Überraschung.«

Ich schloss die Badezimmertür und hielt einen Augenblick inne. *Oh Penny-Mädchen, du und deine Überraschungen!*

Ich drehte den Wasserhahn auf und sah zu, wie das erfrischend klare Wasser in die große, tiefe Wanne lief. Innerhalb weniger Minuten war das Bad voller Dampf. Ich wickelte ein Stück nach Mandeln duftender Seife aus der Verpackung und ließ mehr Wasser ein, als ich es zu Hause je getan hätte.

Nachdem ich mich ausgezogen hatte, stieg ich vorsichtig mit einem Fuß in das Wasser. Der andere Fuß folgte bereitwillig. Genüsslich ließ ich mich ins Wasser gleiten, bis das herrliche Element mich bis zum Hals bedeckte.

Es war nicht genug. Ich schloss die Augen und atmete tief ein. Dann glitt ich noch tiefer, ganz unter Wasser. Ich spürte, wie mein Haar meinen Hals umschwebte wie kleine Fische in einer tropischen Lagune. Das schimmernde Wasser trug mein Gewicht und wusch den ganzen Gestank von mir ab. Ich trieb in einem freien, unkomplizierten Zustand der Ruhe.

Ich hob den Kopf aus dem Wasser und schnappte nach Luft. Die Seife trieb gegen die Seite der Badewanne und ich versuchte sie zu fangen. Treibend wie ein Ruderboot, das aus seiner Vertäuung gerissen worden war, hatte die nach Mandeln duftende Seife keine Wahl, als ihre reinigenden Kräfte für mich freizusetzen. Zufrieden blieb ich eine ganze Weile in dem warmen Seifenwasser liegen. Ich verdrängte den Gedanken, dass dies nicht meine Badewanne war und dass dieses Wasser nicht das Wasser von *Chinook Springs* war. Es war besser, still zu liegen und zu atmen und nichts weiter.

Duftend, frisch und frei. Meine ganze Anspannung blieb in der Wanne zurück und ich beobachtete, wie sie in einem Strudel durch den Abfluss gezogen wurde, nachdem ich den Stopfen gezogen hatte.

Ich musste unentwegt lächeln.

Es ist doch nur ein Bad!, schimpfte mein Verstand, als ich nach dem duftigen weißen Handtuch griff.

Oh, aber was für ein Bad!, erwiderte mein Herz. Das Herz kennt Wahrheiten, die der Verstand in seinem Elfenbeinturm nie erkennen könnte. Ein solches Untertauchen und wieder Auftauchen kann heilen, beruhigen und wieder beleben.

Wenn Frauen die Welt regierten, müsste ein solches Untertauchen vor dem Abschluss wichtiger Verträge für alle Individuen Pflicht sein. Ach ja, und alle Verhandlungen würden direkt zum Weltfrieden führen.

Nachdem ich in den flauschigen Bademantel geschlüpft war, verließ ich mein privates Shangri-la mit der Anmut einer herrschenden Königin.

»Badest du zu Hause oft?«, fragte ich Penny.

»Nein. Und das ist eigentlich schade, weil wir eine Badewanne mit Whirlpooldüsen haben. Nicole nutzt sie häufiger als ich.«

»Ein Bad ist wundervoll«, sagte ich träumerisch.

»Du riechst ganz gewiss frisch und freundlich. Wie ein Glückskeks.«

Ich hätte beinahe gefragt, ob Glückskekse tatsächlich riechen würden, aber Pennys feine Nase in Bezug auf Nachtisch in Frage zu stellen, war sinnlos.

»Der Zimmerservice ist unterwegs«, erklärte Penny.

Ich bemerkte, dass sie den Inhalt aller drei Koffer auf ein Bett geräumt hatte und nun eifrig sortierte und stapelte. Ganz eindeutig hatte sie genug Kleider für uns beide dabei. Für einen ganzen Monat.

»Was hast du bestellt?«

»Omelettes und noch etwas anderes.«

»Was anderes?«

»Ich habe keine Ahnung. Ich hatte ein lustiges Gespräch mit der Frau in der Küche. Ich habe ihr erzählt, dies sei unsere erste Mahlzeit im Land meiner Vorfahren und wir könnten zu den Omelettes noch etwas Festliches gebrauchen.«

»Und wenn das Festliche für sie eingelegtes Tintenfischgehirn bedeutet?«

»Ich schlug irgendetwas Schokoladiges vor und sie sagte, sie hätte genau das, was wir bräuchten.«

»Schokolade ist ein Wort, das Frauen auf der ganzen Welt verstehen, nicht? So ungefähr habe ich mich gefühlt, als ich mich im Flugzeug mit dieser jungen Mutter unterhalten habe. Schokolade und Babys kennen keine Sprachbarrieren.«

»Ja, was hast du eigentlich mit dieser Mutter verhandelt?«, fragte Penny. »Hat sie Englisch gesprochen?«

»Ich glaube nicht.«

»Und wie kamst du dann zu ihrem Baby?«

»Ich hatte Mitleid mit ihr. Das meinte ich mit der ungesprochenen universalen Sprache aller Mütter. Erinnerst du dich nicht mehr, wie es war, als deine Kinder noch klein waren? Wir konnten nie etwas tun, ohne dass so ein kleiner Koala sich an uns klammerte.«

»Das scheint schon so lange her zu sein. Ich erinnere mich nicht mehr so gut wie früher daran. Ich glaube, in meinen wilden Jahren habe ich mir zu viele Gehirnzellen verbrannt.« Penny legte den Kopf zur Seite. »Da wir gerade von wilden Jahren sprechen, hast du wirklich geglaubt, ich hätte uns von dem Taxifahrer zu einem Nachtclub bringen lassen?«

»So wie du mit ihm geflirtet hast, war ich nicht sicher.«

»Ich mit ihm geflirtet? Ich habe nicht geflirtet!«

»Und was war das dann?«

»Das war Öffentlichkeitsarbeit. Das ist mein Job.«

»Und mit dem Hotelmanager? Und dem Küchenchef? Ist das auch Öffentlichkeitsarbeit?«

»Ja, Öffentlichkeitsarbeit mit einem Hauch von Schmeichelei. Perfektes Rezept für Erfolg, meinst du nicht?«

Ich antwortete nicht.

Penny legte die Hand auf ihre Hüfte. »Was? Denkst du, ich hätte mich falsch verhalten?«

»Ich weiß nicht. Ich bin es nicht gewöhnt, in deiner Nähe zu sein, wenn du schmarotzt.«

»So läuft das in der Geschäftswelt. Ich lüge nicht. Ich steuere die Situationen nur kreativ zu den gewünschten Ergebnissen.«

Ich verschränkte die Arme vor der Brust.

»Was?«

»Es könnte auch als Manipulation betrachtet werden, Penny. Du weißt, wie du bekommen kannst, was du willst. Das war schon immer so.«

»Und ist das so übel?«, fragte Penny. »Ich meine, sag mir, wenn du denkst, ich hätte ein Integritätsproblem.«

»Nein, ich werfe dir nicht vor, dass du ein Integritätsproblem hast.«

»Und was tue ich dann, das falsch ist?«

Ich dachte darüber nach, dass Pennys »Öffentlichkeitsarbeitstechniken« weder unehrlich noch unhöflich waren. Sie öffnete sich anderen gegenüber und sprach frei und offen. Ich glaube, sie erwartete, dass andere mit gleicher Großzügigkeit reagierten.

»Ich weiß nicht«, sagte ich nach einer Weile.

»Nun, denk darüber nach, während ich dusche. Du kennst mich besser als jede andere Frau, Sharon. Wenn du etwas bei mir entdeckst, das nicht richtig ist, möchte ich das erfahren.«

Penny war immer offen und lernfähig gewesen. Aber ich konnte mich nicht erinnern, jemals jemanden gebeten zu haben, mein Verhalten zu bewerten oder unerwünschte Eigenschaften in meinem Leben aufzuzeigen.

Ich dachte zurück an die Zeit, als unsere Freundschaft noch jung war und Penny mich bat, ihr bei dem zu helfen, was sie bei ihrer Taufe sagen sollte. In unserer Gemeinde wurden eher Kinder getauft als Erwachsene. Ich denke, Penny war klar, dass sie und Dave aus der Norm fielen, und sie wollte die alten Damen nicht mit ihrem »würzigen Zeugnis«, wie sie es nannte, schockieren. Ich konnte Penny stoppen, bevor sie mir die vier Seiten vorlas, die sie aufgeschrieben hatte. Ich sagte ihr, ich wolle gar nicht alles aus ihrer Vergangenheit wissen. Ich schlug vor, sie solle sich auf drei oder vier Sätze beschränken und sich darauf konzentrieren herauszustellen, dass sie Christus nun gehorsam nachfolgte.

Ich glaube, das war das Schlimmste, das ich ihr je angetan habe.

Bei ihrer Taufe stieg Penny ins Wasser. Es fiel ihr schwer, gelassen zu bleiben. Ich kannte ihre Begeisterung. Alle Augen waren auf sie gerichtet. Alle hörten zu. Ruhig sagte sie einige allgemeine Sätze Christianesisch auf, dann hielt sie sich die Nase zu und wurde untergetaucht. Beim Auftauchen strahlte sie und warf die Arme in die Luft. Sie war so voller Leben.

Da wusste ich, dass ich sie und die Anwesenden der wahren Leidenschaft für Gott beraubt hatte, die in Pennys Leben explodierte. Ich hatte sie zensiert. Ich hatte ihren Geist verwässert in dem Bemühen, aus ihr einen Christen wie mich zu machen, damit sie für Menschen wie Gloria akzeptabel war.

Ich nahm mir vor, so etwas nie wieder zu tun. Ich würde nie versuchen, Penny zu verändern. Sie war eine eifrige Frau und durch und durch aufrichtig. Aber sie war auch demütig und lernfähig.

Ich nahm das Handtuch vom Kopf und lehnte mich zurück. *Warum habe ich noch immer das Gefühl, es sei meine Aufgabe, sie zu korrigieren und in ihre Schranken zu weisen, obwohl ich mir vorgenommen habe, das nie wieder zu tun?*

In der Hoffnung, eine Bürste zu finden, griff ich nach meiner Schultertasche und schüttete den Inhalt auf mein Bett. Meine Habseligkeiten bildeten einen kleinen Haufen. Ich blickte hinüber auf die Stapel auf Pennys Bett und dann wieder zu meiner mageren Sammlung.

Der Kontrast erinnerte mich an damals, als wir Dave und Penny kennen lernten. Zu Beginn ihrer Ehe besaßen sie nur sehr wenig. Sie beschlossen zu heiraten, als sie feststellten, dass Noah unterwegs war. Damals wohnten sie in einer Einzimmerwohnung auf einer ehemaligen Farm, die sich unter Hochspannungsleitungen und in der Nähe einer Pfirsichplantage befand.

Als ich sie zum ersten Mal in ihrer armseligen Behausung mit einer Kiste Schwangerschaftskleidern besuchte, hatte ich Tyler, unseren Ältesten, dabei. Er war drei und er fand, auf dem Topf zu sitzen und bei Dave und Penny zu duschen, sei das Wundervollste auf der Welt. Das Seifenwasser lief unter der schief hängenden Badezimmertür hindurch und über den Linoleumboden hinweg zu einem Abfluss. Zu Hause fragte Tyler Jeff, ob wir in unserem Haus auch einen Abfluss mitten in den Fußboden legen könnten.

Mein lieber Mann ging daraufhin bei einigen Gemeindemitgliedern sammeln und sorgte dafür, dass Dave und Penny vor Noahs Geburt in eine winzige Zweizimmerwohnung ziehen konnten. Dave hatte damals einen Vollzeitjob und belegte zusätzlich noch Computerkurse am College. Penny hatte sich ein Buch über Immobilienwirtschaft aus der Bibliothek ausgeliehen und fand einen Weg, dieses kleine Zweizimmerhäuschen zu kaufen.

Eineinhalb Jahre später gelang es der cleveren Penny, ein Kleinkind auf den Hüften und ein weiteres Baby unterwegs, eine kreative Finanzierung auf die Beine zu stellen. So kauften sie ein hübsches Häuschen in einer schönen Umgebung und vermieteten ihr kleines Heim. Penny benutzte die Babysachen, die ich ihr geliehen hatte. Sie wirtschafteten knapp und wir beide schufteten tagelang, um ihr schrecklich heruntergekommenes Haus in Schuss zu bringen. In dem Haus gab es vier Schlafzimmer und wir waren sicher, dass in drei davon Hühner gehalten worden waren.

Innerhalb von vierzehn Monaten hatte Penny diesen Hühnerstall in ein Schmuckstück verwandelt und vor der Geburt ihres dritten Kindes Nathan hatte sie es für den dreifachen Kaufpreis weiterverkauft. Daraufhin kauften sie ein Haus in unserer Straße und dort wohnten sie neun Jahre lang. Ich denke, das waren die schönsten Jahre für uns alle. Damals war mir nicht klar gewesen, was für ein Geschenk es war, so nah beieinander zu wohnen. Unser Leben war miteinander verflochten und das machte unsere beiden Familien stärker.

Und dann bekam Dave einen unglaublichen Job im Silicon Valley angeboten. Dave hatte keinen Collegeabschluss, aber seine außergewöhnlichen Programmierungstalente waren im Computerbereich gefragt.

Als sie vor zwei Jahren nach San Francisco zogen, schaffte es Penny, erneut ein stark renovierungsbedürftiges Haus zu kaufen und wieder zu verkaufen, um schließlich in die Gegend zu gelangen, in der sie wohnen wollten. Ich hatte ihr neues Haus noch nicht gesehen, das sie fünf Monate zuvor gekauft hatten, aber ich hatte Fotos gesehen. Nach *Chinook Springs*-Maßstäben lebten sie in einer Villa.

Wie die kontrastierenden Stapel an Habseligkeiten auf unseren Hotelbetten anzeigten, lebten Penny und Dave nun in gesegnetem Reichtum, während ich diejenige mit dem Abfluss mitten in meinem Budget war.

Ein Klopfen an der Tür riss mich aus meinen Gedanken. Eine junge Frau brachte unsere Omelettes. Jeder Teller war mit einer silbernen Haube abgedeckt.

»Sind Sie Penny?«, fragte sie herzlich.

»Nein.«

»Bitte sagen Sie Penny, wir haben eine schöne Schokoladencreme für Sie zubereitet. Ich hoffe, es wird Ihnen schmecken.«

»Das wird es ganz bestimmt. Danke.«

Ich hob eine der silbernen Hauben an und fand ein köstlich aussehendes Omelette und ein Dessertglas mit einem Schokoladendessert, verziert mit einem Zahnstocher mit der finnischen Flagge.

Penny öffnete die Badezimmertür. »Ist das Essen gekommen?«

»Ja und warte nur, bis du es siehst. Unsere erste Mahlzeit im Land deiner Vorfahren wird zusammen mit der finnischen Flagge serviert!«

»Solange Schokolade dabei ist«, bemerkte Penny. »Ich bin sicher, es wird denkwürdig sein!«

Kapitel 7

Nach unserem späten Festessen vom Zimmerservice waren wir überhaupt nicht mehr müde. Penny beschloss, ihre Kleider in den Schrank und die Kommode zu räumen. Ich stellte das Fernsehgerät an und dann saßen wir beide erschöpft auf dem Bett und zappten durch die Kanäle. Wir verstanden nicht ein einziges Wort.

Gegen zwei Uhr morgens entschied Penny, wir sollten zu Hause anrufen und unseren Familien mitteilen, dass wir sicher angekommen waren. An der Westküste kamen unsere Kinder gerade aus der Schule nach Hause. Ich sprach fünf Minuten lang mit Kaylee und Josh und trug ihnen auf, ihrem Vater auszurichten, alles sei in Ordnung. Josh fragte mich, warum ich nicht schon gestern angerufen hätte und ich versuchte ihm die Zeitverschiebung und den langen Flug zu erklären.

Mein liebevoller Zehnjähriger sagte: »Mom, könntest du uns jeden Tag anrufen, wenn wir aus der Schule nach Hause kommen? Dann werde ich dich nicht so vermissen.«

»Schatz, hier ist es jetzt mitten in der Nacht. Ich werde dich nicht jeden Tag um diese Zeit anrufen können, weil ich dann normalerweise schlafen werde. Jetzt bin ich nur wach, weil wir erst vor Kurzem angekommen und noch auf sind.«

»Oh. Kannst du uns denn zu anderen Zeiten anrufen?«

»Sicher. Ich werde euch anrufen, wann immer es geht, okay?«

»Okay. Mom, können wir den Rest des Kuchens essen?«

»Welchen Kuchen?«

»Oma Gloria hat gestern einen Kuchen vorbeigebracht, aber ich habe kein Stück bekommen, weil Dad gesagt hat, ich solle zuerst meine Hausaufgaben machen, aber nachdem ich fertig war, sagte er, es sei zu spät und ich müsste zu Bett gehen.«

Ich war froh zu hören, dass es meiner Schwiegermutter so gut ging, dass sie einen Kuchen backen und meiner Familie bringen konnte. »Sind deine Hausaufgaben für heute denn schon fertig, Josh?«

»Mom, es ist Freitag.«

»Oh. Wie war dein Diktat?«

»Nicht gut. Aber kann ich trotzdem etwas Kuchen haben?«

Ich konnte mich nicht erinnern, jemals über das Telefon meine Kinder erzogen zu haben. Ich gehörte zu den Frauen, die immer zu Hause waren. Meine Aufgabe war es, die Zwischenmahlzeiten und Hausaufgaben der Kinder zu überwachen.

»Ja, du darfst ein Stück Kuchen essen. Und Josh?«

»Nein, Mom, ich bin es, Kaylee. Josh ist losgegangen, um sich Kuchen zu holen.«

So viel dazu, dass mein Sohn mich vermisst!

»Habt ihr Spaß, Tante Penny und du?«

Über meine Antwort musste ich nachdenken. Hatte diese Reise bisher tatsächlich Spaß gemacht?

»Es ist ein Abenteuer gewesen«, erwiderte ich ihr.

»Denkst du, Dad würde erlauben, dass ein paar meiner Freundinnen heute bei mir übernachten?«

»Wie viele sind ein paar?«

»Nur vier. Rachel, Laurel, Sarah und Emma.«

»Was hat dein Dad gesagt?«

»Ich habe ihn noch nicht gefragt. Ich dachte, wenn du sagst, es sei in Ordnung, dann würde er nichts dagegen haben.«

»Kaylee, du musst Dad fragen. Er koordiniert den Haushalt, solange ich weg bin.«

»Aber du hast immer Ja gesagt.«

»Dad wird vermutlich auch Ja sagen. Aber du musst ihn fragen.«

Kaylee seufzte. »Also gut. In Ordnung. Ich hoffe, ihr habt Spaß.«

»Danke, Schatz. Ich habe dich lieb.«

»Ich dich auch. Tschüss.«

Penny sprach mit ihren Kindern viel länger als ich. Sie fragte nach Einzelheiten zu ihren Hausaufgaben und Nicoles Probe für ein Theaterstück, bei dem sie mitwirkte. Penny berichtete allen Kindern in allen Einzelheiten von unserer Reise. Sie berichtete auch von dem kranken Baby, meinem verlorenen Gepäck und unserem luxuriösen Hotelzimmer.

Ich merkte, dass ich meinen Kindern nichts von dem erzählt hatte, was mir passiert war. Ich fragte mich, ob sich in meinem Alltag zu

Hause wirklich so wenig ereignete, dass die Kinder daran gewöhnt waren, mit ihren Angelegenheiten immer im Mittelpunkt zu stehen.

Pennys Kinder schienen an ihrem Leben viel mehr teilzunehmen. Kam das daher, dass sie viel eher ein Leben hatte als ich? Oder war der Grund der, dass sie sich ihren Kindern gegenüber mehr öffnete? Was hätte Kaylee gesagt, wenn ich ihr erzählt hätte, dass ich meine Kleider weggeworfen hatte? Dieses Thema schien mir nicht wichtig genug, um es in einem teuren Ferngespräch zu erörtern. Kuchen und Freundinnen zur Übernachtung.

Ich erinnerte mich an die Zeit, als unsere Kinder noch klein waren und Penny mich bei allem um Rat gefragt hatte. Es hatte mir gefallen, die Expertin zu sein. Meine ersten beiden waren geboren, bevor ihr Noah auf die Welt kam, darum konnte ich ihr zum Thema Windeln und Vorbereitung auf den ersten Kindergartentag jede Menge Ratschläge geben. Während ich zuhörte, wie Penny so offen mit ihren drei Kindern telefonierte, wurde mir klar, dass auch ich einiges von ihr lernen konnte. In all den Jahren unserer Freundschaft hatte ich einen solchen Gedanken, soweit ich mich erinnern kann, nicht gehabt.

Ist es möglich, dass sich hinter der Maske des »Erfahrener-Seins« Arroganz verstecken kann? Habe ich mich die ganzen Jahre über für besser gehalten als Penny, nur weil ich nicht diese Erlebnisse aus der Kindheit und Teenagerzeit zu überwinden hatte?

Das war mein letzter Gedanke, bevor ich in einen tiefen Schlaf fiel. Als ich am folgenden Morgen erwachte, war es später Vormittag.

Penny saß im Bett und las in ihrer Bibel. Als sie merkte, dass ich sie ansah, schob sie ihre Lesebrille auf den Kopf und lachte. »Rate, wo wir sind, Sharon? Wir sind in Helsinki!«

Ich lächelte. Dann erinnerte ich mich an mein verlorenes Gepäck und runzelte die Stirn. »Denkst du, es ist noch zu früh, um am Flughafen anzurufen und nach meinem Gepäck zu fragen?

Penny blickte mich mitfühlend an. »Ich habe bereits vor einer Stunde telefoniert. Ich dachte, du hättest nichts dagegen; du hast so tief geschlafen.«

»Was haben sie gesagt?«

Penny schüttelte den Kopf. »Sie sagten, bisher sei dein Koffer noch nicht aufgetaucht. Wir sollen uns heute Abend noch einmal melden.«

Ich zog mir die Decke über den Kopf.

»Schlaf jetzt nicht wieder ein. Du weißt, was das bedeutet? Wir müssen jetzt ein paar Kleider für dich einkaufen gehen!«

»Willst du denn nicht erst mal herumtelefonieren und versuchen, deine Tante ausfindig zu machen?« Ich schlug die Decke zurück und stützte mich auf meinem Ellbogen auf.

»Telefonieren können wir, wenn wir zurückkommen.« Penny sprang aus dem Bett. »In Zeiten wie diesen muss man Prioritäten setzen! Ganz oben auf unserer Liste stehen im Augenblick neue Kleider.«

Und so zogen wir los.

Ein schweigsamer Taxifahrer fuhr uns unter dunklen, grauen Wolken durch die Straßen der Innenstadt von Helsinki. Ich starrte die soliden Steingebäude an. Einige waren alt, mit Kuppeln und architektonischen Einzelheiten einer lang vergangenen Ära. Moderne Gebäude ragten in unvorhersehbaren Lücken in die Höhe, gerade, kompromisslos und glatt und glänzend wie Silber. Stille hing über der Stadt und über uns.

Der Taxifahrer setzte uns vor einem hohen Ziegelgebäude ab und Penny bezahlte ihn mit den finnischen Mark, die sie vor unserem Aufbruch im Hotel eingetauscht hatte.

Wir flitzten in ein Kaufhaus, bevor der kalte Wind Gelegenheit hatte, uns aufzustöbern. Rechts neben der Tür entdeckten Penny und ich eine Ecke mit Back- und Schokoladenwaren.

Grinsend wandten wir uns um und sagten wie mit einer Stimme: »Ja, bitte!« Über unseren alten Witz lachend, marschierten wir zu den Süßigkeiten, bevor wir das Kaufhaus erkundeten.

Ich kaufte zwei kleine Kekse mit Schokoladenüberzug und einen Mokkatrüffel.

»Ist das Frühstück oder Mittagessen?«, fragte Penny mich, bevor sie ihre Bestellung aufgab.

»Beides?«, meinte ich vorsichtig.

»Das habe ich auch gedacht. Dann werde ich das Doppelte nehmen.«

Wir suchten den Aufzug und fuhren hinauf in den vierten Stock. Unterwegs bissen wir von unseren Leckereien ab.

Wir fanden die Damenabteilung und sahen die Ständer mit den Hosen durch. Die Größenangaben auf den Etiketten unterschieden sich von denen in den USA. Und wir hatten keine Ahnung, wie der Umtauschkurs war, darum bedeutete uns auch der Preis nichts.

Penny zeigte mir eine schwarze Hose. »Was meinst du? Gut zu kombinieren. Und sie scheint warm zu sein.«

»Wo kann ich sie nur anprobieren?«

Eine Frau mit einer schmalen Nickelbrille trat zu Penny und mir und fragte etwas auf Finnisch.

»Tut mir Leid«, erklärte Penny. »Wir sprechen nur Englisch.«

»Kann ich Ihnen helfen?« Die Frau wechselte problemlos in unsere Sprache über.

Es erstaunte mich, dass jeder, den wir bisher getroffen hatten, Englisch sprach.

»Haben Sie irgendwo Kabinen, wo meine Freundin diese Hose anprobieren kann?«

»Ja. Hier entlang, bitte.«

»Einen Augenblick«, wandte ich ein. »Ich denke, ich sehe mich noch etwas um.«

Die junge Frau nickte, nahm mir die Hose ab, um sie für mich zu halten, und folgte mir höflich in angemessenem Abstand. Ich suchte noch zwei andere Hosen aus, einen langen braun-roten Rock mit Blumenmuster und fünf oder sechs Oberteile, darunter auch einen hübschen roten Pullover, der hervorragend zu dem Rock passen würde.

Das einzige Teil, das mir passte, war jedoch die »praktische« schwarze Hose, die Penny aufgestöbert hatte. Und wieder einmal erinnerte ich mich daran, warum ich das Einkaufen so verabscheute. Wie geht dieser Vers noch einmal über die verzögerte Hoffnung, die das Herz krank macht? So fühlte ich mich, wenn ich einkaufen ging. Ich fand immer hübsche Sachen, die gut zusammenpassten und ein nettes Outfit ergeben würden. Ich suchte alles gut aus. Dann probierte ich die Sachen an und alle meine Hoffnungen zerplatzten. Nie passte etwas so, wie ich es mir vorstellte.

»Sieh nicht so düster drein«, sagte Penny. »Wir haben jede Menge Zeit.«

»Ich schmolle nicht über die Fülle der Zeit, die wir haben. Ich schmolle über die Fülle anderer Dinge.« Ich klopfte mir auf die Hüfte. »Du wirst diese Sweathose doch nicht vermissen, wenn ich sie die ganze Woche trage, oder?«

Penny legte den Kopf zur Seite und betrachtete mich vorsichtig. »Nein. Du kannst die Hose gern haben. Aber du wirst diese Hose doch kaufen oder? Und ein paar neue Oberteile?«

Ich ließ mich von Penny zu einem himmelblauen Rollkragenpullover mit einer passenden langen Strickjacke überreden. Sie war sicherlich extrem teuer, denn die Wolle fühlte sich weicher an als alles, was ich je besessen hatte. Vermutlich Kaschmir.

»Jetzt siehst du aus wie eine Weltreisende«, sagte Penny. »Ich habe schon überlegt, was ich dir als frühes Geburtstagsgeschenk schenken könnte und ich denke, das hier ist perfekt.«

»Penny, ich habe doch erst im Oktober Geburtstag.«

»Ach ja? Dann werde ich endlich einmal früh genug sein. Und jetzt brauchst du noch neue Unterwäsche und dann wirst du dein verirrtes Gepäck kaum vermissen.«

Die Verkäuferin, die uns in angemessener Entfernung folgte, fragte, ob mein Gepäck bei einem Flug verloren gegangen sei. Ich bejahte und sie erklärte mir, die Fluggesellschaften würden die Kosten für den Ersatz verlorener Kleidung erstatten.

»Mein Mann saß gestern in einer Maschine«, erzählte die Verkäuferin. »Sie wurde wegen des schlechten Wetters umgeleitet.«

»Unser Flug wurde auch umgeleitet«, bemerkte Penny.

Die Verkäuferin beugte sich zu uns vor und vertraute uns an: »Ich war sehr ärgerlich, weil ich am Donnerstag Namenstag hatte und mein Mann sagte, wir würden am Freitag feiern, wenn er nach Hause käme. Aber er kam zu meiner Party zu spät.«

»Gestern war Ihr Geburtstag?«, fragte Penny.

»Nein, mein Namenstag. In Finnland ist jeder Tag Namenstag für einen unterschiedlichen Namen. Ich heiße zum Beispiel Tuija. Das bedeutet grüner Busch.«

»Grüner Busch?«, fragte Penny.

»Ja, ein Busch, der aus Schönheitszwecken vor ein Haus gepflanzt wird. Am Donnerstag haben alle Frauen in Finnland, die Tuija heißen, ihren Namenstag gefeiert. Hier, ich zeige es Ihnen.« Tuija holte einen Kalender unter der Theke hervor. Sie zeigte uns den Monat Februar und deutete auf den fünfundzwanzigsten. »Tuija-Tag. Sehen Sie?«

»Nun, alles Gute zum Namenstag, wenn auch ein paar Tage zu spät.« Penny öffnete ihre Tüte mit den Leckereien aus der Bäckerei im Erdgeschoss. »Hier, feiern Sie mit einem Stück Schokolade.«

Tuija lachte. »Danke, aber während der Arbeitszeit darf ich nicht essen.«

»Dann nehmen Sie es für später«, forderte Penny sie auf.

Wieder einmal reagierte Penny auf jemanden mit ihrer unerschütterlichen Freundlichkeit, die keine Fremden kannte. Vielleicht war ich zu kritisch in Bezug auf ihr Talent im Umgang mit Menschen gewesen.

Tuija gab nach und nahm einen Trüffel, den sie für später aufheben wollte. Sie rechnete die Beträge für meine neue Hose und das Twinset zusammen und fragte: »Bleiben Sie lange?«

»Nur eineinhalb Wochen.« Penny holte ihre Kreditkarte hervor.

»Das ist lange. Die meisten Touristen bleiben nur einen Tag oder zwei.«

»Ich hoffe, einige Verwandte besuchen zu können«, erklärte Penny.

»Leben sie in Helsinki?«

Penny und ich sahen sie an. Ich versuchte, auch den leisesten Anflug von Missbilligung aus meinem Gesichtsausdruck zu verbannen.

»Ich weiß nicht genau.« Penny erzählte ihre Geschichte und fügte sogar hinzu, dass wir bei diesem Abenteuer auf die Gnade Gottes angewiesen seien.

Tuija hielt beim Eingeben der Beträge in die Kasse inne und lächelte Penny an. »Ich denke, Gott hat Ihnen heute Gnade geschenkt.«

»Ganz bestimmt«, stimmte Penny zu. »Nicht jeden Tag können Sharon und ich einkaufen gehen und Kekse und Trüffel zum Frühstück essen.«

»Nein, nein. Da ist noch etwas anderes. Mein Mann arbeitet für die Regierung.« Tuija fuchtelte aufgeregt mit den Händen. »Ich kenne das englische Wort nicht, aber er macht Aufnahmen für alle Menschen in Finnland.«

»Er ist Musikproduzent?«, fragte Penny.

»Nein, nein!« Tuijas Wangen röteten sich. »Ich habe nicht das richtige englische Wort. Er hat alle Informationen über den Aufenthaltsort der Menschen. Er verwaltet die Informationen über die Telefone und die Häuser in ganz Finnland.«

Penny und ich sahen uns an und versuchten unsere aufgeregte finnische Verkäuferin zu verstehen. »Was ich meine ist, dass mein Mann Ihre Tante finden kann.«

Tuija machte einen Telefonanruf und erklärte uns, wir könnten ihren Mann in seinem Büro aufsuchen, wenn wir sofort aufbrechen würden. Normalerweise arbeite er samstags nicht, erklärte sie, doch an diesem Tag war er ins Büro gefahren, um nach seiner Geschäftsreise die liegen gebliebene Arbeit aufzuarbeiten.

So musste ich den Kauf neuer Unterwäsche zurückstellen, da wir losrannten, um ein Taxi zum Regierungsgebäude zu bekommen.

»Da sind doch wirklich die Fingerspuren Gottes zu erkennen, nicht?«, sagte Penny, als wir im Taxi saßen. »Und wenn du dein Gepäck nicht verloren hättest und wir nicht heute in diesem Kaufhaus einkaufen gegangen wären und ...«

»Und wenn du nicht so gut im Smalltalk gewesen wärst?«, fügte ich hinzu. »Und wenn du Tuija keine Schokolade angeboten hättest?«

Penny grinste. »Also ist es doch nicht ganz so übel, dass ich mit den Leuten ins Gespräch komme? Willst du das sagen?«

»So ungefähr.«

Als wir bei der Regierungsbehörde ankamen, wurden wir von einem Wachposten auf finnisch begrüßt. Nachdem Penny ihm auf Englisch erklärt hatte, dass wir verabredet seien, bat er uns zu warten. Kurz darauf trat eine junge Frau aus dem Aufzug und begrüßte uns mit den Worten: »Wenn Sie mir bitte folgen wollen?«

Sie brachte uns in den dritten Stock und deutete auf eine Reihe gerader Stühle in einer kleinen Halle. Da wir dies als Aufforderung verstanden, auf Tuijas Mann zu warten, nahmen wir wortlos Platz und beobachteten die beiden Frauen, die sich ein paar Meter von uns entfernt auf Finnisch unterhielten. Es war das erste Mal, dass wir uns in einem Raum befanden, in dem nicht sofort jeder Englisch zu sprechen begann, sobald wir auftauchten. Ich rutschte auf meinem Stuhl herum und ignorierte das beunruhigende Gefühl, das sich in mir breit machte. Wir saßen auf unseren Stühlen wie auf dem Präsentierteller.

»Haben wir eigentlich einen bestimmten Termin oder versucht ihr Mann nur, uns dazwischenzuschieben? Hat Tuija irgendetwas gesagt?«

Penny zuckte die Achseln. »Ich weiß es nicht. Ich schätze, wir warten einfach und sehen, was passiert. Wie kannst du dir ihren Namen merken?«

»Tuija?«

»Ja«, erwiderte Penny. »Ich glaube nicht, dass ich ihn behalten kann.«

»Hat deine Mutter früher manchmal Finnisch gesprochen?«

»Selten. Die Leute sollten sie für eine Amerikanerin halten. Ich weiß, sie hat sich große Mühe gegeben, ihren Akzent abzulegen, als sie sich um einen Job in der Filmindustrie bemühte.«

»Das wusste ich nicht. Wollte sie Schauspielerin werden?«

»Nein, sie wollte nur für einen großen Hollywoodboss arbeiten. Das hat sie auch ein paar Jahre lang getan. Ich glaube, ich war in der vierten oder fünften Klasse, als sie bei MGM anfing. Vielleicht war es auch

Warner Brothers. Ich erinnere mich nicht mehr. Einmal hat sie mir gesagt, es liefe alles viel zu politisch und sie wurde entlassen.«

»Das ist schade.«

»Danach hat sie für einen Chirurgen gearbeitet, ungefähr fünfzehn Jahre lang. Das Seltsame daran war, dass die Frau des Chirurgen aus Schweden stammte. Sie und meine Mutter wurden enge Freundinnen und sie sprachen immer Schwedisch miteinander.

»Deine Mutter hat drei Sprachen beherrscht?«, fragte ich. »Das ist erstaunlich.«

»Ich weiß. Ich beherrsche kaum die englische Sprache. Ich glaube, auch Französisch konnte sie leidlich sprechen, wenn sie musste. Schwedisch ist hier die zweite offizielle Sprache. Das hast du dir gedacht, nicht?«

»Nein. Wurde das im Flugzeug gesprochen?«

»Ich vermute es«, erwiderte Penny. »Erinnerst du dich, dass der Taxifahrer uns erzählt hat, die Aufschrift der Schilder am Flughafen sei auf Finnisch, Schwedisch und Englisch?«

»Nein. Ich schätze, ich habe den größten Teil deiner charmanten Konversation mit diesem Herrn ausgeblendet.«

»Ich nicht«, meinte Penny augenzwinkernd. »Ich erinnere mich sogar noch, wo der Nachtclub ist. Der Name fällt mir nicht mehr ein, aber ich denke, ich könnte einem Taxifahrer klarmachen, wohin er uns bringen soll.«

Wortlos betrachtete ich Pennys Gesichtsausdruck.

»Ich mache nur Spaß!« Sie stieß mich freundschaftlich an. »Ich mache nur Spaß! Ich würde doch nicht mit dir in einen Nachtclub gehen. Es sei denn, du würdest mich darum bitten.«

Eine der geschlossenen Türen wurde geöffnet und ein schlanker Mann trat heraus. Er begrüßte uns auf Englisch und wir folgten ihm in sein Büro.

Penny erklärte ihr Anliegen und zog aus ihrer Tasche die wenigen Informationen, über die sie verfügte. Sie hatte eine Kopie von der Geburtsurkunde ihrer Mutter, irgendein Schuldokument und zwei Weihnachtskarten von ihrer Tante. Penny zeigte ihm den zurückgesendeten Brief an ihre Tante und er bestätigte Pennys Verdacht.

»Ja, auf dem Umschlag steht, dass diese Person unter der angegebenen Adresse nicht mehr wohnt. Vermutlich ist sie umgezogen. Oder ...«

Er blickte zuerst mich und dann Penny an. »Sie könnte auch tot sein. Haben Sie auch diese Möglichkeit in Betracht gezogen?«

»Ja«, erwiderte Penny ernst. »Ich bin sicher, diese Möglichkeit ist durchaus nicht von der Hand zu weisen. Sie muss mindestens Anfang siebzig sein. Das heißt, wenn sie noch am Leben ist.«

Tuijas Mann fragte, ob er von den Dokumenten und Fotos, die Penny ihm gezeigt hatte, Kopien anfertigen könnte. Er hatte eine tiefe Stimme und klang wie ein echter Detektiv, als er sagte: »Ich werde die Antwort für Sie finden. Wo kann ich Sie erreichen, Miss Lane?«

Penny nannte ihm den Namen des Hotels, in dem wir abgestiegen waren, und fragte, wie lange es seiner Meinung nach dauern würde, bis er eine Spur finden würde.

Er verstand ihre Frage nicht und bat sie, sie zu wiederholen.

»Wann, denken Sie, werden Sie etwas wissen?«, fragte Penny.

»Ich werde dieser Sache am *maanantai* meine Aufmerksamkeit widmen.«

Wir blickten ihn verständnislos an.

»Maanantai. Ach ... Montag. Ja, Montag werde ich sehen, was ich für Sie herausfinden kann.«

»Danke.« Penny schüttelte ihm die Hand.

Ich fügte hinzu: *»Kiitos.«*

»Ole hyvä.«

Beim Verlassen des Gebäudes sagte Penny: »Wenn du nicht mal die kleine Miss internationale Botschafterin der guten Manieren bist!«

»Was? Weil ich *kiitos* gesagt habe?«

»Ja. Ich bin beeindruckt.«

»Brauchst du nicht. Es ist nicht so schwer auszusprechen, Penny. Die Menschen scheinen es zu mögen, wenn man versucht, sich mit ihnen in ihrer Sprache zu verständigen.«

»Im Augenblick ist meine Sprache Hunger und ich hoffe, du bist daran interessiert, mit mir über etwas Köstliches und Sättigendes zu kommunizieren, denn ich habe schreckliche Kopfschmerzen und ich hoffe, ein gutes Essen wird dagegen helfen.«

»Ich habe auch Hunger. Ich hätte unseren Reiseführer mitnehmen sollen. Wir hätten eines der Lokale ausprobieren können, die wir angekreuzt haben.«

»Angekreuzt oder nicht. Komm mit.« Penny hakte sich bei mir unter. »Wir werden ein Restaurant finden und irgendwann in unserem eigenen Reiseführer darüber schreiben. Wäre das nicht lustig? Wir könnten es tun. Ich kenne eine Verlegerin in San Francisco.«

»Natürlich könntest du es machen.«

»Wie wäre es? Wir könnten das Buch nennen *›Launisches Finnland‹* oder *›Glücklich in Helsinki‹*. Was meinst du, Sharon?«

»Ich denke, du solltest beim Schmeicheln bleiben und Häuser verkaufen.«

»Wirklich?«

»Ja, das denke ich.«

»Gut, denn das habe ich auch vor. Ich hatte gedacht, du könntest das Buch schreiben. Ich würde das Projekt fördern. Ich kenne einen Künstler, der ein hervorragendes Cover für uns entwerfen könnte und ... was? Was ist so lustig?«

»Du. Du tickst durch.«

»Wie?«

»Penny, ich könnte niemals ein Buch schreiben.«

Penny blieb mitten auf dem Bürgersteig in der eiskalten Innenstadt von Helsinki abrupt stehen und richtete ihren funkelnden Blick auf mich. Ich wandte mich nicht ab.

»Sharon Marie Andrews, ich werde das nur einmal sagen. Du hörst also besser mit beiden Ohren zu.«

Ich zuckte mit keiner Wimper.

»Du bist viel begabter und fähiger als du annimmst. Du hast noch nicht einmal angefangen, alle Möglichkeiten zu erforschen, durch die du dein Leben für die Ewigkeit wertvoll machen kannst. Kraft und Würde sind deine Kleidung. Es ist an der Zeit, dass du deinen Eimer tief in den Brunnen der Möglichkeiten eintauchst, den du all die Jahre ignoriert hast. Lass ihn ganz hinunter und sieh, was du heraufziehst.«

Ich ließ meinen Atem entweichen. Eine duftige Wolke eiskalter Luft hing einen Augenblick lang zwischen uns und verschwand.

»In Ordnung.« Das war alles, was mir in diesem eisigen Moment einfiel. Gedanklich sollte ich noch oft zu dieser Straße vor dem grauen Steingebäude zurückkehren. Und wenn ich zurückkehrte, würde ich mich nicht an die Kälte, den Wind oder den Hunger erinnern. Ich würde mich jedoch an die Intensität von Pennys Stimme erinnern, die funkelnden ockerfarbenen Punkte in ihren Augen und an die Art, wie sie mich ansah, als hätte sie schon vor langer Zeit beschlossen, mir ihre Gunst und ihre Freundschaft zu schenken und nichts auf der Welt würde etwas daran ändern. Ich würde mir diesen Augenblick in Erinnerung rufen und darüber nachdenken, wie eine Frau wie ich gekleidet in Kraft und Würde wohl aussah.

Aber für den Augenblick sagte ich nur: »In Ordnung.« Und mit dieser Antwort gab sie sich zufrieden. Arm in Arm liefen wir weiter und suchten nach einem Restaurant.

Kapitel 8

Mit zugeknöpftem Mantel und beieinander untergehakt marschierten Penny und ich mehrere Blocks weit. Der eiskalte Wind wirbelte um die hohen Gebäude. Alles wirkte alt, trotzdem aber gut erhalten. Ein paar vermummte Geschäftsmänner und -frauen eilten an uns vorbei.

»Denkst du, wir sollten einen von ihnen fragen, ob sie ein gutes Restaurant hier in der Nähe kennen?«, fragte ich.

»Nein. Wir gehen weiter und sehen, was wir finden.«

Meine Ohren brannten vom Wind. Ich trug Handschuhe und trotzdem waren meine Hände kalt. Der Februarhimmel über uns schien seine wolkendicken Augenlider langsam zu schließen. Der Tag würde schon bald dem Abend weichen. So weit im Norden wirkte das Licht dünn und schüchtern. Ich fragte mich, ob wir bisher mehr Mitternacht gesehen hatten als Tageslicht.

»Hier!« Penny zog mich in ein kleines Restaurant. »Das ist perfekt.«

»Das sieht italienisch aus. Bist du sicher, dass deine erste Mahlzeit in Finnland italienisch sein soll?«

»Warum nicht?« Penny lächelte einen der Kellner an, der auf uns zukam und etwas auf Finnisch sagte.

»Tisch für zwei?« Penny hielt zwei Finger in die Höhe.

»Ah, ja.« Der Kellner hielt ebenfalls zwei Finger in die Höhe. »Kommen Sie bitte.«

Er führte uns zu einem Tisch am Fenster. Das war nett, denn so konnten wir von einer warmen, gemütlichen Ecke aus die Welt draußen betrachten.

»Haben Sie heißen Tee?« Penny schlug ihre Speisekarte auf.

»Ja.« Er wandte sich an mich und hob erneut zwei Finger. »Zwei?«

Ich nickte und benutzte erneut mein nützliches Wort. *»Kiitos.«*

Er lächelte und nickte.

»Ist dir aufgefallen, wie sauber hier alles ist?«, flüsterte ich Penny zu.

Sie sah sich um. »Was meinst du mit ›sauber‹?«

»Das Hotel, das Kaufhaus, das Bürogebäude und jetzt dieses Restaurant. Alles wirkt sehr sauber. Sauber und ordentlich.«

»Wir sind doch erst ein paar Tage unterwegs, Sharon. Empfindest du schon wieder den starken Drang, Staub zu saugen?«

»Nein, ich empfinde den starken Drang, etwas zu essen. Denkst du, hier gibt es diese typisch skandinavischen Fleischklöße?«

»Ich werde versuchen herauszufinden, ob es Lasagne gibt.«

Unser Kellner kehrte mit zwei Tassen heißem Wasser zurück, in denen jeweils ein Teebeutel hing. Ich zog meine Handschuhe aus und legte die Hände um meine Tasse. Ach, wie schön war es, warme Hände zu haben.

Wir blieben mehr als zwei Stunden an unserem Fenster sitzen und blickten in die für uns so neue Welt. Der Tee machte uns fröhlich, obwohl die Dunkelheit schnell hereinbrach. Hohe Kerzen in dicken Weinkrügen wurden im ganzen Lokal angezündet und immer weitere Menschen trafen ein und füllten die Tische. Um uns herum war das leise Gemurmel von dahinplätschernden Gesprächen zu hören. Ganz anders als das Essen unter den hellen Lichtern in Larrys Familienrestaurant in *Chinook Springs*. Wir hatten das Gefühl, uns nicht beeilen zu müssen. Wir brauchten nur unsere Stimmen zu senken und uns damit an die so ganz andere Atmosphäre in diesem finnischen Restaurant anzupassen. Penny erzählte viel von ihrem Job bei dem Immobilienmakler und wie sehr es ihr gefiel, jungen Paaren Häuser zu zeigen und den Ausdruck in ihren Augen zu beobachten, wenn sie sich ihren Traum vom ersten Heim erfüllten.

»Ich denke noch immer daran, wie es für Dave und mich war, als wir damals aus der Einzimmer-Traktorhütte ausgezogen sind.«

»Mit dem Abfluss im Boden«, fügte ich hinzu.

»Ja, der Abfluss im Boden. Wir haben es dir und Jeff zu verdanken, dass wir dort ausziehen und in unser erstes Heim einziehen konnten.«

Ich senkte den Blick und steckte verlegen eine Haarsträhne hinter mein Ohr.

»Ich glaube nicht, dass ich dir und Jeff jemals genügend danken kann für alles, was ihr für uns getan habt. Ich habe Dave gesagt, dass das mit ein Grund ist, warum ich dich bei dieser Reise dabeihaben wollte. Ich wollte dir danken. Danke für deine Freundschaft, Sharon. Manchmal frage ich mich, wo ich ohne dich wäre, und das ist ein beängstigender Gedanke. Vermutlich würde ich tot in irgendeiner Gosse liegen. Oder ich säße zumindest im Gefängnis.«

Ich lachte.

»Du denkst, ich mache Witze. Wolf hat mir damals prophezeit, ich wäre noch vor meinem dreißigsten Lebensjahr tot.«

»Wolf?«

Penny rührte sich nicht, zog nur die linke Augenbraue in die Höhe. Ihre mit Lasagne gefüllte Gabel erreichte ihren Mund nicht. Sie grinste mich mit geschlossenem Mund an wie ein Opferlamm. »Ich habe dir nie von Wolf erzählt, nicht wahr?«

»Ich denke, ich würde mich daran erinnern, wenn ich von jemand mit Namen Wolf gehört hätte.«

Penny legte ihre Gabel auf den Teller, faltete die Hände und beugte sich über unseren kleinen Tisch. »Wolf war sozusagen mein erster Mann.«

Ich trug meinem Gesicht auf, keine Regung zu zeigen.

»Ich habe dir nie von ihm erzählt, weil er zu meinem verpfuschten Leben vor Jesus und vor Dave gehörte und bevor ich überhaupt wusste, wer ich war. Du hast mir einmal gesagt, du wolltest von all den Dingen nichts wissen.« Sie schien auf eine Absolution zu warten oder zumindest auf eine Aufforderung.

»Ich habe nichts dagegen, jetzt davon zu hören«, hörte ich mich selbst sagen. »Ich würde gern mehr von Wolf erfahren, wenn du darüber reden möchtest.«

Erleichterung machte sich auf Pennys Gesicht breit. »Nun, er war wild und ich war es natürlich nicht minder. Ich war siebzehn und weißt du, meine Mom hatte keine Ahnung, was in meinem Leben passierte. Es war damals in den sechziger Jahren und ein paar meiner Freunde fuhren gleich zu Beginn der Sommerferien mit ihrem VW-Bus hoch nach San Francisco. Ich dachte, ich wäre nur für eine Woche unterwegs, doch dann blieb ich den ganzen Sommer über dort.«

Bruchstücke von ihrem Sommer in San Francisco hatte ich bereits gehört, aber Penny hatte mir nie Einzelheiten anvertraut.

»An unserem ersten Tag in San Francisco traf ich Wolf im Park. Seine Haare gingen ihm bis zur Hüfte, er trug eine Nickelbrille, bunte Perlenketten, was Blumenkinder eben damals so anhatten. Er fiel wirklich auf. Groß, mit großen Füßen in Ledersandalen, die er sich selbst gemacht hatte. Gleich bei unserer ersten Begegnung war mir klar, dass er der coolste Typ war, den ich je gesehen hatte. Er saß unter einem Baum und sah zu mir hoch. Dann stand er auf, kam zu mir herüber und sagte: ›Hey Mondschein, möchtest du tanzen?‹«

»Mondschein, ja?«

»Ja, Mondschein. Er sagte, Wölfe würden gern den Mond anheulen und er wollte mich anheulen.«

»Das ist wirklich ein cleverer Einstieg.«

»Es hat funktioniert. Aber damals war ich siebzehn. Er sagte auch, ihm würde meine Bluse gefallen. Es war eine von diesen bestickten mexikanischen Hochzeitsblusen. Erinnerst du dich noch an die?«

Ich schüttelte den Kopf.

»Na ja, wie auch immer. Wolf sagte, ihm gefiele meine bestickte Bluse und mein langes Haar. Ich fand sein ›Johannes der Täufer-Aussehen‹ auch cool, nur leider hatte er sich überall mit Patschuli parfümiert. Erinnerst du dich noch an Patschuli?«

Erneut schüttelte ich den Kopf. Penny und ich hatten zwar während derselben Ära gelebt, aber offensichtlich hatte ich sie nicht so erlebt wie sie.

»Ich habe Patschuli nie gemocht. Es ist ein extrem starker Geruch – nach süßem Moos. Aber wie dem auch sei, wir haben zu einer Flötenmusik getanzt, die ein Mädchen ein paar Meter entfernt gespielt hat. Irgendwann merkte ich dann, dass meine Freunde mich im Stich gelassen hatten. Ich hatte keinen blassen Schimmer, wo sie abgeblieben waren. Also blieb ich bei Wolf.«

»Für wie lange?«

»Etwa drei Monate.« Penny senkte den Blick und stieß die Gabel wieder in ihre Lasagne.

»Wow«, sagte ich leise.

»Ja, wow. Verrückt, nicht?«

Ich murmelte nur: »Ja, wirklich verrückt.«

»Bist du sicher, dass du das alles hören willst, Sharon?«

Ich zögerte nur eine Sekunde, bevor ich sagte: »Ja, ich bin sicher. Ich möchte über dein ganzes Leben Bescheid wissen, nicht nur über die Teile, die du zunächst säubern musstest, bevor du sie mir erzählt hast. Ich habe gestern Nacht darüber nachgedacht, Penny. Ich hätte dich nie zensieren sollen.«

»Mich zensieren?«

»Du weißt, was ich meine. Zum Beispiel bei deiner Taufe. Ich habe dir damals gesagt, du solltest nur über das sprechen, was Gott in deinem Leben getan hat und deine bewegte Vergangenheit besser außen vor lassen.«

Penny blickte mich erstaunt an. »Das ist doch schon so lange her. Und du hattest Recht. Es war viel besser, Christus in den Mittelpunkt zu stellen und nicht mich.«

»Ich versuche dir zu sagen, dass du dich frei fühlen sollst, mir alles zu erzählen, was du mir erzählen möchtest. Du sollst nichts zurückhalten, weil du denkst, ich wäre vielleicht zu empfindlich.«

»Danke, dass du das sagst, Sharon. Es tut wirklich gut, nach all diesen Jahren über Wolf zu sprechen.«

»Was ist also während dieses Sommers mit Wolf passiert?«

Penny hielt inne und blickte mich an, als böte sie mir einen letzten Ausweg, bevor sie in die Geschichte eintauchte. Als ich mich nicht rührte, sagte sie: »Also gut. Die ungekürzte Fassung des Sommers, als ich siebzehn war. Zunächst sollte ich sagen, dass Wolf in diesem Sommer viele Drogen genommen hat. Ich nicht, denn ich war nie besonders gut in diesen Sachen und vielleicht ist das darauf zurückzuführen, dass ich gern alles unter Kontrolle habe. Auf jeden Fall konnte ich es nicht ertragen, nicht bei wachem Verstand zu sein.

Wolf und ich haben viel über die Drogen gestritten. Ansonsten haben wir für unseren Lebensunterhalt irgendwelches Zeug gebastelt und es an jedem Wochenende auf dem so genannten Hippie-Markt verkauft.«

»Was habt ihr denn gebastelt?«

»Hanfarmbänder, Halsketten aus Perlen und diese Makramee-Dinger, in denen man Pflanzen aufhängen kann. Wolf stellte Ledergürtel und Sandalen her. Irgendwann im Juli haben wir dann am Strand geheiratet. Der Pastor sagte zwar, es sei legal, aber ich hatte da so meine Zweifel. Natürlich war mir das damals egal. In unserem handgeschriebenen Trauschein stand: ›An diesem Tag wurden Wolf und Mondschein von Bob, dem Diener des Weltfriedens, miteinander vereint‹.«

»Oh, Penny.« Ich legte die Hand auf meinen Mund und versuchte nicht zu lachen.

»Ich weiß, du kannst ruhig lachen. Jetzt erscheint mir das auch unglaublich. Als ich fünf Jahre später David kennen lernte, überprüfte ich, ob ich nicht noch rechtmäßig mit Wolf verheiratet war. Ich ging mit meinem Trauschein zum Standesamt und der Standesbeamte lachte so sehr, dass ich schleunigst aus seinem Büro wieder verschwand.«

»Was ist aus ihm geworden? Aus Wolf, meine ich.«

»An einem kalten Augustabend hatten wir einen schrecklichen Streit und bevor du irgendetwas sagst, ja, die Sommerabende in San Francisco können sehr kalt sein. War es nicht Mark Twain, der sagte, der kälteste Winter, den er je erlebt hätte, sei ein Sommer in San Francisco gewesen?«

Ich zuckte die Achseln.

»Wie auch immer. Ich hatte es satt, ein Blumenkind zu sein. Ich wollte San Francisco verlassen und nach Hause zurück. Ich schlug Wolf vor, dass wir gut bei meiner Mutter leben könnten, bis wir schließlich ein eigenes Heim hätten. Wolf sagte, ich sei verklemmt, gefangen im Establishment und würde bestimmt ausgebrannt sein und sterben, bevor ich dreißig sei.«

»Das war wirklich eine heftige Bemerkung.«

»Ich sagte noch schlimmere Dinge zu ihm. Die ganze Angelegenheit war ziemlich hässlich, weißt du? Wir waren gefangen in dieser großen Täuschung, wir seien frei und lebten immerwährend in einem Sommer des Friedens und der Liebe. Aber wir waren weder frei noch friedlich noch liebevoll. Vielmehr waren wir einsam und schrecklich dumm. Meine Mutter war eine Heilige, dass sie mich wieder bei sich aufgenommen hat, ohne viele Fragen zu stellen.«

Ich starrte in das flackernde Kerzenlicht auf unserem Tisch. »Fragst du dich manchmal, ob Wolf derjenige ist, der tot war, bevor er dreißig wurde?«

»Gute Frage. Wer weiß? Wolf könnte aber auch wie Dave die Computerindustrie entdeckt haben und jetzt ein gemachter Mann sein. Er war sehr intelligent und hatte schon damals eine große Begabung dafür, Lösungen zu entwickeln.«

»Hast du je gedacht, wie seltsam es ist, dass Dave und du jetzt in San Francisco leben?«

Penny nickte. »Ich mag San Francisco jetzt viel mehr als damals. Die Parks sind noch immer ziemlich dieselben. Einmal war ich mit den Kindern dort und ich hatte den Eindruck, Flötenmusik zu hören. Ich stand dort in diesem Park und dachte so bei mir: *Ist das wirklich damals hier passiert? Oder habe ich das nur geträumt und dieser Park scheint dem von damals nur zu ähneln?* Ich bin jetzt ein ganz anderer Mensch.« Sie seufzte. »So viel zu Wolf.«

»Danke, Penny. Danke, dass du mir deine Geschichte erzählt hast.«

»Meine Geschichte. Ja, das ist es wohl.« Sie schob ihren Teller zurück. »Es ist definitiv meine Geschichte, egal wie. Ich kann sie nicht ändern. Ich bin nur dankbar, dass Gott es getan hat.«

Wir tranken schweigend unseren warmen Tee und fanden Trost im goldenen Schein der Kerzen. Draußen flogen kleine Schneeflocken gegen das Fenster, als versuchten sie hereinzukommen und diesen Augenblick mit uns zu teilen. Ich fühlte mich beschützt. Nicht nur vor den entschlossenen Schneeflocken. Ich hatte das Gefühl, als wäre ich mein ganzes Leben lang vor der kalten Welt dort draußen beschützt gewesen.

Der Kellner legte die Rechnung auf den Tisch und Penny holte ihre Kreditkarte hervor. »Ich würde morgen gern zum Gottesdienst gehen«, sagte sie. »Wie ist es mit dir?«

»Sicher.« Ich erinnerte mich an meine begrenzte Garderobe und fügte hinzu: »Wenn du mir etwas Hübsches zum Anziehen borgst.«

Schließlich trug ich einen von Pennys langen Röcken mit meinem neuen blauen Twinset, aber ich zog meinen Mantel gar nicht erst aus, darum war es auch eigentlich egal, was ich darunter anhatte. Wir saßen ganz hinten im Gemeindesaal. Eine eisige Kälte drang unter unserer Bank hervor und ich bekam eine Gänsehaut an den Beinen.

Bei der Liturgie mussten wir uns immer wieder erheben und dann wieder hinsetzen, sodass ich ständig in Bewegung blieb. Der Gottesdienst wurde natürlich auf Finnisch gehalten. Die Sprache hat einen so sanften Rhythmus, dass ich die Augen schloss und mir die Worte als ein langes, hübsches Gedicht vorstellte.

Ganz besonders gefiel mir die Feierlichkeit der Anbetung. Ich liebte die solide Schönheit dieses alten Kirchenschiffes und dass dies definitiv jeden Tag der Woche eine Kirche war. Kein Mehrzweckraum mit Klappstühlen und angeschraubten Basketballkörben wie in unserer Gemeinde in *Chinook Springs*. Wir saßen ehrfürchtig an einem heiligen Ort, der für einen ganz bestimmten Zweck errichtet worden war und weil ich diesen Zweck mit den anderen Anwesenden teilte, war die Sprache kein Hindernis.

Ich starrte eines der bunten Glasfenster an, auf dem Jesus dargestellt war, wie er am Ufer stand und den fischenden Jüngern etwas zurief. Ich schätzte, es war die Szene, in der die Jünger die ganze Nacht hindurch gefischt und nichts gefangen hatten. Jesus trug ihnen auf, ihre Netze auf der anderen Seite des Bootes auszuwerfen und als sie taten, was er gesagt hatte, konnten sie die vielen Fische, die sie gefangen hatten, gar nicht richtig an Land ziehen.

Das Sonnenlicht fiel durch das Fenster und zeigte die silbrigen Fische so deutlich, als würden sie jeden Augenblick aus dem Netz springen und auf dem gelb-grünen Lichtstrahl bis ins Boot reiten. Ich dachte an diese vertrauensvollen Jünger. Was für eine unlogische Anweisung das gewesen war: »Werft eure Netze auf der anderen Seite des Schiffes aus.« Warum? Warum gab es auf der einen Seite eine Fülle von Fischen, wo sie auf der anderen Seite die ganze Nacht über nichts gefangen hatten?

Meine Gedanken wanderten zu Pennys und meiner unlogischen Reise. War es möglich, dass Christus so etwas auch heute noch seinen Jüngern auftrug? Wenn wir über den Mond sprangen, bat Jesus dann, unsere Netze auf der anderen Seite der Welt auszuwerfen, um mehr zu fangen – mehr was?

Ich wurde aus meinen Gedanken gerissen, als die Leute sich erhoben und nach vorne gingen, um das Abendmahl zu feiern. Solange ich denken konnte, war das Abendmahl mir gebracht worden; ich war noch nie nach vorn gegangen. Stattdessen wurde mir das Abendmahl stets auf einem Tablett in Form von kleinen, gepressten Brotkugeln und in kleinen Plastikbechern mit Traubensaft gereicht.

Penny und ich erhoben uns mit den anderen Gottesdienstbesuchern und schritten den Gang entlang nach vorn, während eine Sopranstimme von der Empore ein Lied sang. Ich hatte das Gefühl, ins Mittelalter zurückversetzt worden zu sein und an einem alten Ritual teilzunehmen.

Und dann wurde mir klar, dass das tatsächlich so war.

Wie viele Millionen Gläubige waren in den Tausenden von Jahren zu Hunderttausenden von Altären wie diesem gekommen, auf den wir jetzt zugingen? Wie oft hatten jene Gläubige getan, was Penny und ich jetzt im Gedenken an Christus tun wollten?

Auf diesem Tisch, der mit einem weißen Leinentischtuch gedeckt war, brannte eine einzige Kerze. Ein wertvoller Becher stand neben einem runden Laib dickkrustigen Brotes. Das Brot war in der Mitte durchgebrochen worden. Ich beobachtete, wie Penny ein Stück nahm, dann trat ich vor, brach mir ein Stück Brot ab und tauchte es in den Becher. Ich schloss die Augen und betete im Stillen, als das Brot meine Zunge berührte. Mein Mund wachte auf.

Das war Wein. Der Becher ist mit Wein gefüllt!

Alle meine Sinne waren nun geweckt, als ich den anderen Pilgern den Gang hinunter folgte. *Dein Blut, Jesus. Dein Blut. Für mich vergossen. Dein Leib. Gebrochen. Für mich.*

Die Tränen, die zu fließen begannen, als ich das kleine Stück scharfer, heiliger Erinnerung schluckte, kamen unerwartet. Wenn ich nach Hause kam, würde mir das Abendmahl viel mehr bedeuten als je zuvor, weil ich das Opfer Christi mit neuen Augen gesehen hatte.

Ich setzte mich mit gesenktem Kopf auf meinen Platz und ließ die Tränen auf meine gefalteten Hände fallen. Die Gemeinde erhob sich, um ein letztes Lied zu singen. »Heilig, heilig, heilig.« Ich kannte den Text fast vollständig auf Englisch, darum sang ich mit, während mir die Tränen auch weiterhin über die Wangen liefen. Der Gottesdienst endete mit einem Segen, aber ich wollte nicht gehen. Ich wollte an diesem heiligen Ort verweilen. Ich beobachtete die Gesichter des Volkes Gottes, als sie die Kirche verließen. Eine ältere Frau mit Hut hatte meinen Blick aufgefangen. Ich lächelte und sie lächelte zurück.

Ich werde dich im Himmel wieder sehen, nicht wahr, du freundliche Frau? Ich konnte mich nicht erinnern, im Gottesdienst zu Hause jemals Gedanken wie diese gehabt zu haben.

»Ich wünschte, ich hätte meine Bibel dabei«, sagte ich zu Penny, als wir drei Blocks weit zu einem Restaurant gingen, das wir auf dem Weg in die Kirche entdeckt hatten.

»Ist sie in deinem Koffer?«

»Nein, ich habe sie zu Hause vergessen. Ich vermisse sie. Ist das nicht seltsam? Ich habe nichts außer den Sachen in meiner Handtasche und den Kleidern, die ich trage, aber ich vermisse nur meine Bibel.«

Während des einfachen Mittagessens bestehend aus Vollkorntoast, Jogurt und hart gekochten Eiern unterhielten wir uns über den Gottesdienst. Penny hatte ähnliche Gefühle wie ich erlebt.

Ich erzählte ihr von meinen Gedanken, als ich die schimmernden Fische auf dem bemalten Glasfenster betrachtet hatte und sie sagte: »Das klingt fast so, als hättest du heute beim Abendmahl dein Netz tatsächlich auf der anderen Seite deines Lebens ausgeworfen. Sieh dir nur die schimmernden Teile der Herrlichkeit an, die du jetzt hereinholst!«

Das gefiel mir. Schimmernde Teile der Herrlichkeit. Mir gefiel die Vorstellung, ein Leben zu führen, das voll war von silbrigen Teilen schimmernder Herrlichkeit. Ich hatte das Gefühl, als würden alle

Zäune und Filter von meinem behüteten Leben abfallen. Penny hatte mir ihre Geschichte erzählt, unzensiert. Ich nahm das Abendmahl, rein. Alles, was ich bisher nur schattenhaft verstanden hatte, nahm nun in meinen Gedanken eine feste Form an.

Während des restlichen Tages spürte ich die verweilende Schönheit des Gottesdienstes und die stechende Erinnerung in meinem Mund von dem Moment, in dem ich das Brot und den Wein geschmeckt hatte.

In dem blassen Wintersonnenschein sahen wir uns anschließend zwei wunderschöne Parks in der Innenstadt von Helsinki an. Als uns zu kalt war, um noch weiter zu laufen, kehrten wir in einem kleinen Lokal ein, in dem wir dicken, starken Kaffee mit Zuckerwürfeln und kleinen Sahnehauben serviert bekamen. Penny bestellte ein Stück Kuchen mit einem Pudding ähnlichen Überzug und ich entschied mich für ein Stück Brombeertorte mit Sahne. Penny probierte von meinem und sagte, ich hätte entschieden die bessere Wahl getroffen.

Nach dem Abendessen kehrten wir in unser Hotel zurück und sanken in dem Gefühl, den Sabbat wirklich geheiligt zu haben, wie Penny es ausdrückte, ins Bett.

Am Montagmorgen setzten wir uns zuerst mit dem Flughafen in Verbindung, um uns nach meinem Gepäck zu erkundigen. Der Angestellte am anderen Ende der Leitung sagte, sie hätten eine mögliche Spur, wo mein verirrtes Gepäck gelandet sein könnte, aber diese Information sei noch nicht bestätigt.

»Bitte rufen Sie heute Abend noch einmal an«, erklärte die näselnde Stimme am anderen Ende der Leitung.

»Das werde ich. Glauben Sie mir, ich rufe wieder an.«

Penny fand, wir sollten uns erst am Nachmittag bei Tuijas Mann im Regierungsbüro melden. So blieb der Vormittag für weitere Einkäufe. Die Kaufhäuser waren sonntags geschlossen gewesen und das war gut so. Denn so hatten wir den Tag wirklich in Ruhe verbringen können, waren im Park spazieren gegangen und hatten uns über ein Dutzend anderer Dinge unterhalten als immer nur über uns und unseren Körper.

Wir nahmen ein Taxi zu dem großen Kaufhaus, das wir am Samstag entdeckt hatten, und Penny schlug vor, wir sollten dieses Mal erst später in der Süßwarenabteilung vorbeigehen, weil sie dort viel kaufen und ihre Einkäufe nicht durch das ganze Kaufhaus schleppen wollte. So marschierten wir geradewegs in die Wäscheabteilung.

An dieser Stelle sollte ich anmerken, dass ich mein ganzes Leben lang meine Unterwäsche in dem einzigen Kaufhaus in unserem Gebiet gekauft habe, dreißig Jahre, bis dann schließlich die Westland Mall gebaut wurde. Ich bin sicher, meine Mutter ist schon mit mir dorthin gegangen, um mir den ersten Büstenhalter zu kaufen und von da an war es der einzige Ort, an dem ich einkaufte, was meine Mutter das »Unaussprechliche« nannte.

Als ich mit Penny im Aufzug fuhr, dachte ich: *Wie kann ich die Unaussprechlichen in Helsinki kaufen, wo ich mich kaum überwinden kann, sie zu Hause zu kaufen? Zumindest weiß ich dort, wo ich suchen muss und wo alles liegt und das beschleunigt die Angelegenheit.*

Wenn ich mich dieser Aufgabe hätte entziehen können, bis ich nach Hause kam, hätte ich es getan. Aber ich wollte keinen weiteren Tag in Pennys viel zu weiter Seidenwäsche herumlaufen.

Die Auswahl von Slips erwies sich als einfach. Kaylee bezeichnete meine Unterwäsche, wenn sie mir half, die Wäsche zu falten, als »einfache Mama-Bomber«. Offensichtlich waren sie ein Standardmodell in der ganzen Welt, denn ich fand sofort eine Packung weißer »Mamas«.

»Du und deine ›Mamas‹«, neckte Penny. »Erinnerst du dich noch, als wir diese ›Mama-Jeans‹ verbrannt haben?«

»Ja. Diese Hose war wirklich schlimm!«

»Ich weiß. Ich kann kaum glauben, dass wir sie nicht aufgehoben und versucht haben, damit ins *Guinness Buch der Rekorde* für die ›ausgeleiertste und hässlichste Hose‹ zu kommen.«

Das Vermächtnis der Mama-Jeans begann, als ich zum ersten Mal schwanger war. Die Jeans hatte eine seltsame Farbe, ein hässliches, verblasstes Khaki-Grün. Meine Schwägerin Bonnie hatte mir die weite Hose übereignet, als ich im dritten Monat war. Sie hatte gesagt, sie hätte in den ersten Monaten, bevor sie Schwangerschaftskleider benötigt hatte, und in den ersten Monaten nach der Geburt gern weite Kleidung getragen.

Sie hatte Recht. Ich wusste den ausgeleierten und elastischen Bund zu schätzen. Ich trug sie, als ich mit Tyler und Ben schwanger war und lieh sie dann Penny nach der Geburt von Noah aus. Wir reichten diese hässliche Hose während unserer insgesamt sieben Schwangerschaften immer wieder hin und her. Ich flickte sie zweimal und war mir sicher, dass sie irgendwann beim Waschen einmal in ihre Einzelteile zerfallen würde. Aber das war nicht der Fall.

An einem klaren Herbstnachmittag kam Penny mit der grünen

Mama-Jeans in einer großen Tüte zu mir herüber. »Lass die Kinder nicht sehen, was wir tun«, sagte sie. »Aber wir werden jetzt diese Mama-Jeans verbrennen!«

»Warum?«

»Die Zeit unserer Schwangerschaften ist vorbei, Sharon. Weder du noch ich werden dieses abscheuliche Ding jemals wieder anziehen. Darum muss sie brennen. Die Welt sollte diesen Anblick niemals wieder ertragen müssen.«

Wir achteten darauf, dass die Kinder im Haus blieben, während Penny und ich in der hintersten Ecke des Gartens hinter dem großen Rhododendronbusch verschwanden. Mit dem Rücken zum Haus tränkten wir die Hose mit brennbarer Flüssigkeit und zündeten jeder ein Streichholz an.

»Im Namen von allem, was anständig und modern ist«, verkündete Penny, »zünden wir hiermit diese Hose an und schwören, unser Fleisch niemals wieder mit erbsengrünen Jeans zu bedecken.«

»Einverstanden.« Feierlich warf ich zusammen mit Penny mein Streichholz auf die Hose und *zisch!* Über der züngelnden Flamme hätten wir Marshmellows rösten können. Anschließend schaufelte ich die übriggebliebene Asche unter den Rhododendronbusch und sagte Penny, wir sollten darauf achten, ob die Blüten des Busches im kommenden Mai einen Grünstich hätten.

»Du bedauerst doch nicht etwa, dass du deinen alten Büstenhalter am Flughafen weggeworfen hast?«, fragte Penny.

»Nein. Er hat seine Pflicht erfüllt. Du hattest Recht. Er musste wirklich weggeworfen werden.«

»Gut. Jetzt kannst du ihn durch ein atemberaubendes Teil ersetzen.«

Penny hielt immer wieder bunte Exemplare aus Spitze hoch, während ich zu den einfachen Modellen mit den breiten Trägern tendierte. Die Größenbezeichnung war anders als in den Staaten, darum musste ich verschiedene anprobieren, bevor ich eine Ahnung davon hatte, welche Größe für mich die richtige war.

»Such nach einem in derselben Größe wie der hier.« Ich reichte Penny einen Büstenhalter aus der Umkleidekabine. »Sieh mal nach, ob er auch in Weiß da ist.«

»Bist du sicher, dass ich dich nicht für eine andere Farbe interessieren kann?«, fragte Penny. »Ich denke, ich habe den hier in einem hellen Orange gesehen.«

»Nur weiß, bitte.«

»Wie wäre es mit lavendel oder blau, passend zu deinem neuen Twinset? Es gibt hellblau, Sharon. Das ist fast weiß.«

»Einfaches, normales Weiß genügt vollkommen für mich«, rief ich ungeduldig aus der Umkleidekabine.

Ich quälte mich gerade mit dem Vorderverschluss eines rosafarbenen Büstenhalters ab, als Penny zwei weitere BHs über die Tür der Umkleidekabine warf. Keiner davon war weiß.

»Penny!« Ich öffnete die Tür einen Spalt. »Was ist los? Gibt es keine weißen in meiner Größe?«

»Ich erkläre einen Boykott weißer BHs. Das Leben ist zu kurz. Du musst ein wenig leben.« Penny schlüpfte in die Umkleidekabine und schloss die Tür hinter sich. »Hey, dieser in Rosa ist doch toll! Er steht dir hervorragend!«

»Wohl kaum. Ich habe ihn nur anprobiert, um eine bessere Vorstellung von der Größe zu bekommen, die ich brauche.« Ich betrachtete mich im Spiegel. »Der sieht aus wie das Oberteil eines Bikinis, der nur von jemandem getragen würde, der keine Geheimnisse wahren möchte.«

»Jeff würde er gefallen«, sagte Penny. »Du solltest ihn kaufen.«

Ich spürte, wie ich errötete. »Jeff würde das gar nicht auffallen.«

»Oh doch, das würde ihm wohl auffallen. Alle Männer bemerken die Unterwäsche ihrer Frauen. Sie sprechen vielleicht nicht darüber, vor allem wenn sie nicht erwähnenswert ist. Aber glaube mir, sie bemerken es.«

Ich konnte mich nicht erinnern, dass Jeff jemals über meine Unterwäsche eine Bemerkung gemacht hätte, positiv oder negativ.

»Ich habe eine Theorie.« Penny setzte sich auf die schmale Bank in der Umkleidekabine. »Männer, die Affären haben, haben sie mit Frauen, die denkwürdige Dessous tragen.«

Ich wandte Penny den Rücken zu und öffnete den rosafarbenen BH, um den hellblauen anzuprobieren.

»Aber natürlich«, fuhr Penny fort, »wissen die Männer nicht von Anfang an, dass die Frau denkwürdige Dessous trägt. Doch die Frau weiß es. Sie weiß, wie gut sie unter ihren Kleidern aussieht und sie läuft herum, als hätte sie ein Geheimnis, das nur darauf wartet, enthüllt zu werden.«

»Oh Penny, ich kann kaum glauben, dass du über so etwas sprichst.«

»Das ist meine kleine Theorie. Zum Teil habe ich das in den vergangenen zwei Jahren gelernt, seit ich in einem großen Büro arbeite.« Penny schlug die Beine übereinander und nahm den rosafarbenen, gepolsterten BH zur näheren Betrachtung in die Hand. Mit leiser Stimme sagte sie: »Nach nur einem Monat habe ich meinen Wäschevorrat erweitert.«

Ich hielt inne. Warum erzählte Penny mir, sie hätte ihre ›Unaussprechlichen‹ erweitert? Ich drehte mich langsam um und sah sie an. Mit leiser Stimme fragte ich: »Penny?«

Sie blickte mich unschuldig an.

»Du willst doch nicht sagen, dass ...?« Ich wusste, Penny konnte ihrem geliebten Dave niemals untreu sein, würde es nicht sein. »Sag mir, warum genau bist du losgezogen und hast neue Unterwäsche gekauft?«

Kapitel 9

»Für Dave«, erklärte Penny. »Ich kaufte diese tollen Dessous, weil mein Mann in einem großen Büro arbeitet und wie du weißt, laufen Dutzende von Frauen in denkwürdiger Unterwäsche herum. Ich peppte meine Wäsche ein wenig auf, damit Dave sich stets daran erinnert, dass ich zu Hause auf ihn warte.«

»Oh.«

»Warum? Was hast du denn gedacht?«

»Ich war nicht sicher, worauf du hinaus wolltest.«

»Ich schlage vor, dass du deine Unterwäsche auch ein wenig auf den neusten Stand bringst. Für Jeff, nicht für dich.«

Ich betrachtete meinen alles andere als herrlichen Körper im Spiegel. Ich will keine Einzelheiten nennen, aber ich muss gestehen, dass ich im Laufe der Jahre wenig für den Teil meines Körpers getan hatte, den nur mein Mann zu sehen bekommt. Vermutlich hatte Penny Recht. Mein Mann würde ein wenig Farbe und Helligkeit in dem, was er jeden Tag sah, zu schätzen wissen.

Mit neuen Augen betrachtete ich nun den hellblauen BH. Er wirkte weicher und glatter als das, was ich sonst trug. Außerdem gab er mehr Halt.

»Der gefällt mir«, sagte ich tapfer. »Ich werde ihn nehmen.«

»Bravo! Jetzt suche ich noch passende blaue Slips.«

»Ich brauche keine blauen Slips.«

»Doch, brauchst du«, widersprach Penny. »Wo ist die Packung mit den Unterhosen, die du dir schon ausgesucht hast? Ich möchte die Größe wissen.« Sie wollte die Umkleidekabine verlassen, doch dann hielt sie inne und sagte grinsend: »Du solltest eigentlich zwei BHs kaufen, weißt du. Für den Fall, dass noch eine Katastrophe mit einem fremden Baby passiert.«

»Penny, es wird keine weiteren Baby-Katastrophen mehr geben.«

Sie hörte nicht zu. »Wie wäre es mit einem schwarzen BH mit passendem Slip? Glaub mir, wenn du erst einmal Schwarz trägst, wirst du nie wieder zu Weiß zurückkehren.«

An diesem Tag in Helsinki kaufte ich zwei BHs. Einen hellblauen und einen schwarzen. Und vier passende Slips.

Penny sagte, sie sei stolz auf mich und ich sollte meine teuren Einkäufe als Souvenirs für Jeff betrachten.

Ich dachte unablässig an das Geld von Onkel Floyd und Joanie vom Friseursalon. Bestimmt hatten die beiden an etwas anderes als Unterwäsche gedacht, als sie mir das Geld für Souvenirs geschenkt hatten.

Der Gedanke an Onkel Floyd veranlasste mich, Penny davon zu überzeugen, in der Schreibwarenabteilung vorbeizuschauen, bevor wir unsere Einkaufstüten in der Süßwarenabteilung auffüllten. Ich kaufte Postkarten und Sonderbriefmarken, wie Onkel Floyd mich gebeten hatte. Ich weiß nicht genau, was ich schließlich bekam, aber an diesem Abend wollte ich alle zehn Postkarten schreiben und abschicken in der Hoffnung, dass sie vor mir zu Hause ankamen.

An diesem Abend jedoch wurden keine Postkarten geschrieben, weil wir einen vielversprechenden Durchbruch bei der Suche nach Pennys vermisster Tante hatten. Tuijas Mann im Regierungsbüro erwartete uns um vier Uhr. Er begrüßte uns in professioneller Haltung und bat uns, Platz zu nehmen.

»Ich habe Informationen«, erklärte unser Detektiv mit der tiefen Stimme. »Ich habe Ihre Tante, Marketta Järvenin, ausfindig gemacht. Dies ist ihre Telefonnummer. Ich habe heute mit ihr gesprochen und sie kann es kaum erwarten, mit Ihnen zu reden.«

Penny sprang auf und schnappte sich den Zettel mit der Telefonnummer. »Meine Tante ist noch am Leben?«

»Ja. Möchten Sie sie gleich anrufen?«

Penny starrte auf den Zettel in ihrer Hand. »Nein«, erwiderte sie langsam. »Ich würde lieber in unser Hotel zurückkehren und sie von dort aus anrufen. Das ist eine so tolle Neuigkeit. Vielen Dank.« Penny ergriff seine Hand und schüttelte sie dankbar. »Sie haben keine Ahnung, wie sehr ich mich darüber freue. Danke.«

Penny und ich nahmen ein Taxi zu unserem Hotel. Joona hatte Dienst an der Rezeption. Die überschwängliche Penny ließ mich am Aufzug warten, während sie zu ihm hinübereilte, um ihm die gute

Nachricht mitzuteilen. Gerade als der Aufzug kam, winkte Penny mich zu sich an die Rezeption.

»Joona wird mir bei diesem Anruf helfen für den Fall, dass meine Tante kein Englisch spricht und ich einen Dolmetscher brauche.«

Der hilfsbereite Joona wählte die Nummer und reichte Penny den Hörer.

»Was ist das für ein verrücktes Geräusch?« Penny hielt den Hörer vom Ohr ab und lachte nervös. »Ich kann nicht sagen, ob es läutet oder ob sie gerade ihre Katze mit einem elektrischen Küchenmesser zerlegt.«

Sie reichte Joona den Hörer, der nur mit Mühe ein Grinsen unterdrücken konnte. Offensichtlich meldete sich jemand, dann sprach er in ernstem Tonfall, wie es schien, in den Hörer. Eifrig notierte er etwas auf seinem Block. Penny und ich sahen uns an und platzten beinahe vor Neugier. Aufgeregt drückte Penny meinen Arm.

»Und?«

»Ihre Tante möchte Sie für morgen zu sich einladen«, erklärte Joona.

»Sagen Sie ihr, wir kommen!«

»Das können Sie ihr selbst sagen. Sie spricht Englisch.«

»Ach Sie, warum haben Sie mir das nicht gleich gesagt?« Penny schnappte sich den Hörer. »Hallo?«

Ich stand neben ihr und beobachtete lächelnd Pennys Gesicht. Eine neue Galaxie goldenen Abenteuerstaubs funkelte in ihren tränenverhangenen Augen.

»Ja ... Natürlich ... In Ordnung ... Ja ... Wundervoll ... Ja ... Morgen Nachmittag ... In Ordnung. Tschüss!«

Über das ganze Gesicht strahlend wandte sich Penny zu Joona um. »Sie sagte, Sie hätten die Wegbeschreibung zu ihrem Haus aufgeschrieben.«

»Ja.« Joona riss das Blatt vom Block und reichte es Penny. »Hier ist sie.«

Penny betrachtete das Blatt und sah dann wieder Joona an. »Das ist ja Finnisch.«

»Ach, tatsächlich?« Joona grinste.

»Ja. Würden Sie so freundlich sein mir zu sagen, was dort steht?«

»Sicher. Ich werde die Wegbeschreibung für Sie übersetzen. Kann ich sonst noch etwas für Sie tun, Miss Lane?«

»Ja, da ist noch etwas. Sie können mir sagen, wie hoch das Trinkgeld für Hotelangestellte ist, die ganz besonders hilfsbereit sind.«

»Ich darf kein Trinkgeld annehmen«, wandte Joona ein.

»Wie ist es mit Geschenken?« Penny hielt eine ihrer Einkaufstaschen in die Höhe. »Ich habe Schokolade und ich habe nichts dagegen, sie zu teilen.«

Er schüttelte den Kopf.

»Also gut. Dann werde ich eben Ihrem Manager mitteilen müssen, wie hilfsbereit Sie gewesen sind. Geben Sie mir doch bitte ein Blatt Papier, ja?«

Penny schrieb einen begeisterten Bericht über Sir Joona, den Hilfsbereiten, während Sir Joona die Wegbeschreibung Markettas für uns ins Englische übersetzte.

Im Laufe der Jahre habe ich bemerkt, dass Penny immer noch für achtzehn durchgehen kann, wenn das Licht weich genug ist und sie ihren Kopf ein wenig nach rechts legt. In diesem Augenblick war das ebenfalls so. Sie reichte Joona ihren Zettel und meinte mit neckender Stimme: »Sie können das ruhig für Ihren Chef ins Finnische übersetzen.«

Er verneigte sich würdevoll, als hätte Penny ihn gerade zum Ritter geschlagen.

Penny holte eine Visitenkarte aus der Tasche und gab sie Joona. Und plötzlich sah sie wieder aus wie gut über vierzig. »Wenn Sie jemals nach San Francisco kommen, haben Sie einen Platz zum Übernachten. Der Sohn unseres Nachbarn ist einundzwanzig. Bestimmt wird er Sie zu all den angesagten Orten führen.«

Ich glaubte ein abenteuerlustiges Aufflackern in Joonas Augen bemerkt zu haben. »Ja. Danke. Vielleicht komme ich eines Tages.«

»Gut.«

Damit wandte sich Penny um und wir marschierten durch die Lobby geradewegs ins Hotelrestaurant. »Zeit, etwas zu essen«, verkündete sie.

Wir bekamen einen Platz mitten im Restaurant. Ich bemerkte, dass Pennys Hand zitterte. »Geht es dir gut?«

»Mir geht es mehr als gut. Ich bin begeistert! Das ist unglaublich. Die Schwester meiner Mutter ist noch am Leben. Was für ein Geschenk Gottes! Das ist wirklich ein Wunder, meinst du nicht?«

»Ja!«

»Denk doch nur, Sharon. Wenn du dein Gepäck nicht verloren hättest? Wir wären vermutlich nicht einkaufen gegangen und wir hätten Tuija nicht kennen gelernt und ...«

Ich teilte Pennys Begeisterung über das Missgeschick meines verloren gegangenen Gepäcks nicht unbedingt. Aber ich stimmte ihr zu, dass es bemerkenswert war, Marketta gefunden zu haben.

Penny sah aus, als würde sie jeden Augenblick in Tränen ausbrechen.

»Ist auch wirklich alles in Ordnung?«

Penny ließ ihre Speisekarte sinken. Die erste Träne verließ den Startblock, gefolgt von einem Dutzend eifriger Läufer. »Die Schwester meiner Mutter ist am Leben. Ich habe eine Tante! Ich dachte, sie sei tot, Sharon. Als der Brief zurückkam, war ich davon überzeugt, dass Marketta tot ist. Aber sie ist am Leben. Ich habe doch noch jemanden auf dieser Welt!«

Ich bin nicht sicher, ob ich richtig verstand, was Penny unter Tränen sagte. Aber ich stimmte ihr zu. »Weißt du was, Penny? Du hast vollkommen Recht. Das ist ein Wunder. Alles. Das verlorene Gepäck, Tuija und ihr Mann. Und morgen wirst du deine Tante kennen lernen.«

»Ich weiß!«

»Ich denke, das schreit nach einem besonderen Abendessen. Wir müssen feiern!«

»Was hast du im Sinn?« Penny fuhr sich mit der Hand über die Augen und blinzelte die letzten Tränen fort.

»Ich weiß noch nicht genau.« Ich studierte die Speisekarte.

»Hier ist es!«, verkündete Penny. »Rentier.«

Mit einem dramatischen Seufzer klappte ich meine Speisekarte zu. »Wie soll ich meinem Joshie erklären, dass ich einen der putzigen Helfer vom Nikolaus verspeist habe?«

Penny warf mir einen irritierten Blick zu und nachdem sie meinen Witz verstanden hatte, brach sie in Gelächter aus. »Das ist bestimmt der dümmste Witz, den du je von dir gegeben hast! Außerdem geht es hier um Rentier, nicht um Elfen. Wir werden nicht die kleinen Helfer des Nikolaus verspeisen!«

Für eine einundvierzigjährige Frau, die in einem eleganten Restaurant zu Abend aß, lachte ich viel zu laut. Dann folgte sogar noch ein unhöfliches Schnauben auf meinen Lachanfall.

Penny sah mich zunächst mit hochgezogenen Augenbrauen an und lachte dann ebenfalls los. Es war eine Mischung aus nervösem Gelächter und übermütiger Fröhlichkeit. Sie legte ihre Hand auf den Mund, um sich zu beruhigen, aber es nützte nichts. Das Gelächter sickerte durch. Sie konnte nicht damit aufhören.

Während des ganzen Abendessens lachten wir. Penny legte immer wieder die Serviette auf ihren Mund und versuchte sich ein paar Minuten lang zu beherrschen, doch dann *wumm*, explodierte die Lachbombe erneut. Ihre Schultern bebten und die Tränen tropften auf den Tisch.

Ich gab meine Zurückhaltung auf und stimmte in das Lachen meiner Begleiterin ein. Es fing mit einem schulterzuckenden Lachen aus meinem Mund an, und schon war es um mich geschehen. Ich konnte auch nicht mehr aufhören. Alles war lustig. Lustig und wundersam und spritzig.

Ich schätze, das Rentierfleisch schmeckte gut. Ich war zu beschäftigt damit, nicht an meinem Lachen zu ersticken, sodass ich nicht einmal bemerkte, wie es schmeckte. Wenn ich mich richtig entsinne, war es ein wenig zäh. Doch der Kartoffelbrei und die Preiselbeersoße, die zu der Spezialität gereicht wurden, waren lecker.

Penny sagte, ihr Rentier schmecke wie ein wilder kanadischer Elch und das brachte mich erneut zum Lachen, weil ich sicher war, sie hatte eine ähnlich wilde kanadische Geschichte parat, mit der sie erklären würde, woher sie wusste, wie Elch schmeckte.

»Nein«, protestierte sie. »Ich habe noch nie Elchsteak gegessen. Nur Elchgulasch. Doch ich habe einen wilden kanadischen Elch aus der Nähe gerochen und dieses Fleisch schmeckt genau wie dieser Elch gerochen hat.«

Ich wollte sagen: »Oh, Penny, du und deine empfindliche Nase.« Heraus kam jedoch: »Oh, Benny, du und deine empfindliche Phase.« Danach war es um uns geschehen. Ich dachte, Penny würde von ihrem Stuhl kippen.

Ich bin sicher, die wenigen anderen Gäste in diesem Restaurant hielten uns an diesem Abend für betrunken. Doch wir tranken nur Mineralwasser. Penny sagte, vermutlich habe das Rentierfleisch irgendein Kicherenzym enthalten.

Ich fühlte mich jünger und freier als damals, als ich tatsächlich noch jung und frei gewesen war. Gelächter ist ein wundervolles Lebenselixir und kann einem Menschen den Verstand vernebeln. Im Geheimen - ganz im Geheimen - hoffte ich, Penny würde vorschlagen, den vom Taxifahrer empfohlenen Nachtclub zu besuchen, und bestimmt wäre ich in diesem Augenblick einverstanden gewesen.

Penny dachte jedoch nicht an Nachtclubs. Sie dachte an Marketta und sagte unentwegt Dinge wie: »Ich kann kaum glauben, dass sie noch am Leben ist!«

Wir gingen auf unser Zimmer und holten den Reiseführer hervor, um zu sehen, wie weit es nach Porvoo war, der Stadt, in der Marketta wohnte. Nur zweiunddreißig Kilometer. Unsere Reise morgen würde kürzer ausfallen, als wir gedacht hatten.

Während Penny ihre Sachen für den Morgen heraussuchte, rief ich erneut am Flughafen an. Noch immer kein Hinweis auf mein Gepäck.

Ich fragte, was ich unternehmen müsste, um meinen Verlust erstattet zu bekommen. Der Angestellte erklärte mir, ich hätte den notwendigen Papierkram bereits erledigt, aber sie müssten noch einen Tag nach dem Gepäck suchen, bevor ich meine Ansprüche geltend machen könnte. Falls der Koffer nicht mehr auftauchte, würde mir der Scheck mit der Erstattung an meine Adresse in den Staaten zugesandt.

Ich kroch ins Bett und freute mich auf einen tiefen Schlaf. Mein Kiefer tat vom vielen Lachen weh.

»Was meinst du, wie Marketta wohl sein wird?« Penny hatte ihr dickes, hellbraunes Haar hochgesteckt. Es sah aus, als würden kleine Fontänen aus ihrem Kopf spritzen.

»Sie wird wundervoll sein, da bin ich sicher«, erwiderte ich. »Was weißt du über sie?«

»Nicht viel. Als ich klein war, hat sie mir selbstgebastelte Geburtstagskarten geschickt und Dave und mir hat sie zur Hochzeit ein kleines Gemälde eines Bergsees geschenkt. Weißt du, welches Bild ich meine? Im gelben Haus hing es an der Wand links von der Haustür.«

»Oh ja, ich erinnere mich. Es hatte einen Rahmen aus Birkenholz.«

»Ja. Das war von Marketta. Ich habe zwei Fotos von ihr. Ich hätte sie mitbringen sollen, denke ich. Auf dem ersten halten meine Mom und Marketta einen Fisch in die Höhe. Ich glaube, meine Mutter war damals etwa zwölf.«

»Das habe ich mal gesehen. Lag es nicht immer in der Schublade deiner Kommode im Schlafzimmer?«

»Ja. Das andere von Marketta hast du vermutlich nie gesehen. Es ist ein Familienfoto, das sie uns zusammen mit ihren Weihnachtsgrüßen in dem Jahr nach unserer Hochzeit geschickt hat. Auf diesem Foto sah sie meiner Mutter so ähnlich. Ich wollte es in einen Rahmen stecken, habe es aber nie getan.«

»Denk doch nur,« ich stützte mich auf meinen Ellbogen, »morgen wirst du sie persönlich kennen lernen!«

»Ich weiß. Ich hätte nicht gedacht, dass das tatsächlich geschehen könnte.«

»Wirklich nicht?«

»Nein, wirklich nicht.«

»Nicht einmal im Flugzeug, als du so beschwingt warst und Monique erzählt hast, alles würde schon gut werden? Hast du deiner eigenen Vorhersage denn nicht geglaubt?«

Penny schüttelte langsam den Kopf. »Ich wollte hoffen, aber diese ganze Reise und das Aufspüren meiner Tante ist viel mehr, als ich Gott zugetraut habe.«

»Was hast du denn gedacht, was Gott tun würde? Ich meine, warum wolltest du auch nachdem der Brief an Marketta zurückgekommen war, noch immer nach Finnland fahren? Was dachtest du, dass wir hier tun würden?«

»Dinge sehen. Dinge riechen. Dinge essen. Ziemlich genau das, was wir ja auch tun. Ich wollte das Heimatland meiner Mutter kennen lernen, um ihre Welt zu erleben.«

Pennys Antwort war so voller Gefühl, dass es auch eine Zeile aus einem Theaterstück hätte sein können. Eine Zeile, die sie eingehend geprobt hatte und nun aufs Stichwort überzeugend wiedergeben konnte.

»Nun, es ist gut, dass wir jetzt hierher gekommen sind, weil Marketta vielleicht nicht mehr am Leben gewesen wäre, wenn wir tatsächlich gewartet hätten, bis alle unsere Kinder die Highschool abgeschlossen haben.«

»Genau. Und wer weiß schon, ob wir beide in acht oder zehn Jahren noch am Leben sein werden?«

»Das werden wir«, sagte ich zuversichtlich.

Penny wurde schweigsam. Sie streckte sich auf ihrem Bett aus, den Kopf auf den Arm gelegt. »Du veränderst dich, Sharon.«

»Tatsächlich? Warum sagst du das? Inwiefern verändere ich mich?«

»Kaum merklich. Du wirst selbstsicherer und darum auch wagemutiger.«

»Du meinst, weil ich jetzt blaue Unterwäsche gekauft habe?«

»Ja, das und andere Dinge, zum Beispiel, dass du an dieser Reise festgehalten hast, obwohl Ben sich das Handgelenk gebrochen hat. Früher warst du viel passiver.«

»Mehr eine Märtyrerin? Willst du das sagen?«

»Nein, ich denke nicht, dass du jemals die Rolle der Leidenden gespielt hast. Du bist in den letzten Jahren fröhlich in die zweite Reihe zurückgetreten und hast deine eigenen Interessen hintangestellt, damit es den anderen gut ging. Und jetzt wirst du etwas abenteuerlustiger. Ich finde das gut.«

»Dank dir und dieser Reise. Wenn du mich nicht eingeladen hättest, wäre ich nicht unbedingt abenteuerlustiger. Bestimmt habe ich es noch gar nicht oft genug ausgesprochen, aber ich danke dir, meine Freundin.«

»Gern geschehen, meine Freundin. Weißt du, was ich auch glaube?« Penny setzte sich auf und sah mich direkt an, als würde sie einen Segen sprechen. »Ich denke, die zweite Hälfte unseres Lebens wird viel erfüllter sein als die erste.«

Ich dachte an Pennys Ermahnung, ich solle meinen Eimer tief in den Brunnen unerforschter Möglichkeiten tauchen und mich mit Kraft und Würde kleiden. Irgendwie verband sich dieses Bild in meiner Vorstellung mit dem Buntglasfenster von den Jüngern Christi, die ihre Netze auf der anderen Seite des Bootes auswarfen.

»Was hast du neulich noch gesagt, Penny? In unserem Leben gäbe es lauter glänzende Teile der Herrlichkeit? Ich bin sicher, die zweite Hälfte des Lebens wird für uns beide erfüllt sein.« Ich sagte dies zu einer Frau, die bereits bevor sie zwanzig wurde ein ganzes Leben gelebt hatte. Trotzdem glaubte ich, dass die Zukunft für uns beide strahlend sein würde.

Penny seufzte, als würde sie über meine Bemerkung nachdenken. Sie antwortete nicht.

»Siehst du uns nicht auf einer zweiten Reise nach Helsinki, wenn wir achtzig sind?« Ich zeichnete das Bild von zwei weißhaarigen, dicken Freundinnen in weißen Tennisschuhen. »Natürlich werden wir beide dann heiße rosa Wäsche mit Glanzpunkten tragen und wir werden alle Hilfe brauchen, die wir in der Kosmetikabteilung bekommen können.«

Penny lachte nicht so wie beim Abendessen.

»Hey, ich fand meinen Witz ziemlich lustig.«

»Das war er auch.«

»Penny, was ist mit dir? Dreh dich zu mir um, ich möchte deine Augenbrauen sehen.«

»Du brauchst meine Augenbrauen nicht zu sehen. Ich habe keine Überraschung im Ärmel. Es ist nur, dass ...«

»Was?«

»Ich bin sechsundvierzig, Sharon.«

»Das weiß ich«, erwiderte ich mitfühlend. Ich dachte zurück an den Abend von Kaylees Konzert, als mir klar wurde, dass ich wirklich schon einundvierzig war. »Die Realität schlägt dann und wann ziemlich heftig zu, nicht?«

Penny setzte sich auf und sagte: »Meine Mutter war sechsundvierzig Jahre alt, als ihr Herz an einem sonst ereignislosen Nachmittag einfach stehen geblieben ist.«

Wir schwiegen nachdenklich miteinander.

»Du bist gesund und stark und noch sehr lebendig, Penny. Du solltest nicht davon ausgehen, dass dein Herz plötzlich aufhört zu schlagen, nur weil du sechsundvierzig bist.«

»Natürlich ist das deine Meinung. Alle deine Verwandten sind noch am Leben. Deine genetische Disposition spricht für ein langes Leben.«

Ich dachte an meinen Mann, unsere Kinder, Jeffs Familie, meine Familie und auf einmal wurde mir klar, wie sehr ich mit Menschen gesegnet war. Penny hatte Recht. Alle waren noch am Leben. Alle gehörten zu meinem Alltag. Noch nie war mir der Gedanke gekommen, dass die Tatsache, dass Penny keine Blutsverwandten mehr hatte, in ihr eine Leere hätte geschaffen haben können.

Wir unterhielten uns bis tief in die Nacht hinein in unserem luxuriösen Hotelzimmer, bis Penny schließlich vorschlug, dass wir miteinander beten sollten. Mitten in ihrem Gebet schlief ich ein. Meine Träume trieben an der Oberfläche meines Schlafes, wie Wasserlilien auf einem Teich. Die schwebenden Träume handelten von Marketta. Ich stellte sie mir vor als rundliche, fröhliche Frau wie Mrs Coates, meine Lehrerin aus der vierten Klasse, die mich immer »kleines Lämmchen« genannt und goldene Sterne auf meine Hausaufgaben geklebt hatte.

Die Tante Marketta meines Traumes wohnte in einer kleinen Lebkuchenhütte und bot uns Süßigkeiten an. Penny stopfte die Süßigkeiten in den Mund, während ich meine in der Tasche versteckte, weil ich dachte, ich müsste eine Spur zurücklassen, damit wir unseren Heimweg finden würden.

Normalerweise erinnere ich mich nicht an meine Träume, aber dieser war so klar und lebendig, dass ich am folgenden Morgen mit dem Gefühl erwachte, dieses Hotelzimmer und mein Abenteuer mit Penny seien mein einziges reales Leben. Jeff und die Kinder erschienen mir dagegen wie eine angenehme Erinnerung aus einer anderen Zeit und von einem anderen Ort.

Während Penny duschte, versuchte ich meine Familie anzurufen, doch ich erreichte nur den Anrufbeantworter. Ich wartete auf den

Piepton und sagte: »Hallo, hier spricht Mama. Alles ist in Ordnung. Eigentlich ist es sogar großartig. Wir haben Pennys Tante gefunden und werden sie heute besuchen. Ich liebe euch alle. Tschüss.«

Als ich auflegte, wurde mir klar, dass ich nicht gesagt hatte: »Ich vermisse euch.«

Vermisse ich sie?

In diesem Augenblick wurde mir klar, dass ich das nicht tat. Ich vermisste sie wirklich nicht. Zumindest nicht im Augenblick. Und ich hatte auch keine Schuldgefühle, weil ich sie nicht vermisste. Ich konnte mich nicht erinnern, jemals so empfunden zu haben. Mir war zwar klar, dass irgendwann das Heimweh mit seinen dornigen Stichen der Verantwortung zurückkehren würde, aber im Augenblick war ich frei.

In diesem Moment läutete das Telefon neben mir und ich fuhr zusammen wie eine Katze mit einem schlechten Gewissen. Vielleicht war ich doch nicht so ungebunden, wie ich gedacht hatte.

Kapitel 10

Die Stimme einer Frau am anderen Ende der Leitung fragte: »Spricht da Penny?«

»Nein, ich bin Sharon.«

»Ich bin Marketta, Pennys Tante.«

»Marketta, hallo! Penny freut sich schon darauf, Sie heute zu treffen.«

»Darum rufe ich an. Können Sie mir sagen, wann Sie kommen?«

Ich sagte ihr, wir hätten einen Busfahrplan und hätten überlegt, am frühen Nachmittag zu kommen, wenn ihr das Recht wäre.

»Ja, das ist gut. Und wann werden Sie wieder gehen?«

»Ich weiß nicht genau. Vor dem Abendessen vermutlich.«

Marketta schwieg. Hatte ich etwas Falsches gesagt?

»Ich dachte, ihr würdet während eures Aufenthalts bei mir wohnen und nicht nur den Nachmittag bei mir verbringen. Ist das denn nicht euer Plan?«

»Wir haben eigentlich keinen richtigen Plan«, antwortete ich offen und dann zuckte ich zusammen über meine Ehrlichkeit.

»Ihr müsst bei mir wohnen. Ich habe schon alles vorbereitet. Bitte sagen Sie Penny, dass ihr bei mir wohnen müsst. Unbedingt.«

»In Ordnung.«

In diesem Augenblick klopfte jemand vom Zimmerservice mit dem von Penny bestellten Frühstück an die Tür.

»Ich werde es Penny sagen. Wir kommen dann heute am frühen Nachmittag.«

»Mit euren Koffern!«, wiederholte Marketta noch einmal, bevor sie auflegte.

Nun, zumindest mit Pennys Koffern, dachte ich, als ich die Tür öffnete und die junge Frau mit dem Kaffee und den Croissants hereinwinkte. Sie nickte und ließ das Tablett auf dem Schreibtisch stehen.

»Ist das Frühstück da?« Penny öffnete die Badezimmertür und eine Wolke von duftendem Dampf folgte ihr.

»Ja, hier ist es. Und rate, was gerade passiert ist? Deine Tante hat angerufen und sie erwartet, dass wir bei ihr wohnen. Sie sagte, sie hätte alles schon vorbereitet.«

Penny blieb reglos stehen. Der Turban aus dem dicken Hotelhandtuch auf ihrem Kopf wackelte leicht. »Sie möchte, dass wir bei ihr wohnen?«

»Ja, und ich konnte nicht gut ablehnen.«

»Warum solltest du ablehnen?«

»Ich wusste nicht, ob du bei ihr wohnen wolltest.«

Penny setzte sich und putzte sich die Nase. »Natürlich möchte ich bei ihr wohnen. Ich möchte sie zusammenrollen und in meine Tasche stecken, damit ich für den Rest meines Lebens auch eine Blutsverwandte in meiner Nähe habe.«

»Sie erwartet uns heute am frühen Nachmittag.«

»Perfekt. Hast du irgendwelche Medikamente in deiner Tasche? Ich fürchte, ich bekomme eine Erkältung.«

»Ja. Bedien dich. Die Weißen in der Plastiktüte sind die Pillen gegen Erkältung.«

Das Telefon läutete. Penny nahm ab und hörte zu. Sie warf ein paar Wörter ein wie: »Oh ... Ach ja ... In Ordnung ... Was?« Dann brach sie in Gelächter aus. »Ja, ja, ich habe es.« Sie machte sich ein paar Notizen. »Danke. Wiedersehen.«

»Wer war das? Marketta?«

»Nein.« Penny setzte sich hin und lachte. »Bist du bereit?«

»Ich weiß nicht. Bin ich das?«

»Das war der Flughafen.«

Mein Herz sank. Wenn Penny so lachte, konnte es sich nicht um eine gute Nachricht handeln.

»Wurde mein Koffer gefunden?«

»So ungefähr. Du weißt doch, dass auf den Kofferanhängern mit drei Buchstaben der Zielflughafen bezeichnet wird.«

»Ja.«

»Nun«, Penny lachte noch einmal los, bevor sie ihren Satz zu Ende brachte. »Auf deinem Aufkleber standen offensichtlich die Buchstaben H-E-K.«

»Penny! Wo ist H-E-K?«

»In China!«

Ich starrte sie an.

»Deine Kleider sind ohne dich auf Reisen gegangen! Sie sind ganz allein nach China geflogen.« Penny ließ sich lachend auf das Bett sinken.

»Wo in China?«

Penny schnappte nach Luft. »Ich habe es aufgeschrieben. Es ist ein Ort mit Namen Heihe, China!«

Ich fand das überhaupt nicht lustig.

Zum ersten Mal in meinem Leben verspürte ich den Drang, Penny zu sagen, sie solle den Mund halten. Da ich jedoch eine sehr höfliche beste Freundin war, schwieg ich. Mit verschränkten Armen und finster dreinblickend wie eine Krähe stand ich vor ihr.

Penny bemerkte mein Aussehen. Sie hob die Hände und hörte auf zu lachen. »Es tut mir Leid. Ich hätte nicht lachen sollen. Es ist nicht lustig.« Und dann machte sie eine Bewegung, als würde sie ihre Lippen verschließen.

Ich atmete tief durch und marschierte zum Frühstückstablett. Dort schnappte ich mir ein Messer und stieß es in mein Croissant, als wäre es ein Hühnchen, das ich schlachten wollte.

»Haben sie sonst noch etwas gesagt? Zum Beispiel, wann ich es zurückbekomme?«

»Wie es scheint, ist es nicht so leicht, Gepäck aus dem Zoll zu bekommen, wenn es erst mal in China gelandet ist.«

»Jemals?«

Penny schüttelte den Kopf. »Es tut mir Leid, Sharon. Es sieht nicht so aus, als würdest du dein Gepäck zurückbekommen. Der Mann am Telefon sagte, sie würden jetzt deinen Antrag weiterleiten. Der Scheck wird dir innerhalb eines Monats nach Hause geschickt.«

Ich nahm einen Schluck Kaffee und stellte die Tasse mit lautem Geklapper wieder auf der Untertasse ab. »Hat er gesagt, wie der Koffer dorthin gekommen ist?«

»Ein Schreibfehler vielleicht?«, meinte Penny.

»Ich kann das nicht glauben.«

Ich stellte mir vor, wie die Frau eines chinesischen Zollbeamten meine Kleider anprobierte. Bestimmt würde sie schimpfen, ihr Mann solle doch darauf achten, dass die Beute das nächste Mal von höherem Wert sei als die wertlosen Dinge in meinem Koffer.

»Also gut.« Ein kleines Grinsen umspielte meine Mundwinkel. »Ich werde mir dadurch die Reise nicht verderben lassen. Bevor wir zu Marketta fahren, muss ich mir in dem Kaufhaus noch ein paar Sachen besorgen. Denkst du, wir schaffen das heute Morgen noch?«

»Bestimmt«, sagte Penny. »Brauchst du noch etwas Besonderes?«

»Ein paar Kosmetikartikel und ich schätze, irgendeinen Koffer oder eine Tasche.«

»Perfekt. Auf geht's! Willst du noch duschen?«

»Warum? Sagt dir deine empfindliche Nase, dass ich eine Dusche nötig habe?«

»Nein, meine empfindliche Nase ist kalt gestellt«, erwiderte Penny mit einem übertriebenen Schniefen.

Ich duschte, Penny packte und wir checkten noch vor zehn aus dem Hotel aus. Unsere Abreise war viel weniger spektakulär als unsere Ankunft. Dasselbe galt für unsere Einkaufstour. Ich wusste, was ich wollte, und traf schnelle Entscheidungen. Ich bezahlte alles mit der Kreditkarte, die ich für Notfälle mitgenommen hatte. Meine Entscheidungen fielen mir viel leichter als bei meinen Einkäufen zu Hause, da ich den Kurs immer noch nicht kannte und somit nicht wusste, wie viel ich tatsächlich ausgab. Außerdem dachte ich, dass ich die Kosten schließlich von der Fluggesellschaft erstattet bekommen würde.

Wir nahmen den Bus um 13 Uhr 05 nach Porvoo. Penny schniefte wie verrückt. Zum Glück hatten wir ein riesiges Paket Taschentücher gekauft.

»Ich habe diese Erkältungspillen heute Morgen nicht genommen«, sagte sie, nachdem wir im Bus saßen. »Hast du etwas dagegen, wenn ich jetzt welche nehme?«

»Bedien dich.« Ich reichte Penny meine Schultertasche, während ich in meiner Einkaufstasche nach einem Paar Socken suchte. Mir gefielen die neuen Kleider, die ich gekauft hatte. Mir gefiel meine neue Unterwäsche, auch wenn ich das Penny gegenüber noch nicht eingestanden hatte. Vor allem gefiel es mir, mit leichtem Gepäck zu reisen. Ich war erstaunt, dass ich viel weniger brauchte, als ich gedacht hatte. Wärme war wichtig und meine neuen Socken waren die Erfüllung eines flauschigen Traumes.

Penny schlief während der einstündigen Fahrt. Ihr Kinn lag auf ihrer Brust und ihr Kopf rollte hin und her, während wir über eine glatte, moderne Schnellstraße fuhren. Hohe Nadelbäume und kahle Birken erschauerten, als wir an ihnen vorbeifuhren, und warfen kleine Schneekleckse ab, die vom letzten Schneesturm noch auf ihnen liegen geblieben waren. Die Nachmittagssonne breitete eine durchsichtige Picknickdecke über die Passagiere auf der anderen Seite des Busses. Alles war gemütlich und ich empfand es als seltsam vertraut.

Das liegt bestimmt an den Birken, dachte ich. In unserem Garten standen acht Birken, die nun mindestens dreißig Jahre alt waren, deshalb weiß ich auch, wie eine Birke in jeder Jahreszeit aussieht. So stellte ich mir diesen Straßenabschnitt im Spätsommer vor, wenn die Blätter dieser alten Birken in wildem Applaus für die tanzende Brise applaudierten.

Wir bogen auf einen vollen Parkplatz in der Nähe einer kleinen Bushaltestelle ein. Ich bemerkte, dass die Wagen alle gut vertäut waren, mit einem Seil, das von der Motorhaube eines jeden Wagens zu einer Kiste lief, die sich wie eine Parkuhr auf einem Pfahl befand. Der Anblick erinnerte mich an das alte Riverside Autokino, das wir besucht hatten, als ich noch ein Kind war. Jeder Wagen hatte damals einen Lautsprecher bekommen, der an einem Seil ins halb heruntergelassene Fenster gehängt wurde. Hier gingen die Seile unter der Motorhaube hindurch und wurden nicht ins Fenster gehängt.

»Ich frage mich, ob all diese Wagen verkabelt wurden, damit die Motoren warm gehalten werden können.« Ich stieß Penny an.

Sie schlief weiter.

»Hey, wir sind da«, sagte ich ihr. »Wach auf, Schlafmütze. Wir müssen aussteigen.«

Penny rührte sich nicht.

Ich erstarrte. Ein emotionaler Blitz durchfuhr meinen Körper.

»Penny? Penny, wach auf!« Ich rüttelte sie. »Penny!«

»Was?« Sie hob leicht den Kopf und funkelte mich an.

Meine Hand sank auf mein Herz, als wollte ich um Vergebung bitten. »Du hast mir schreckliche Angst gemacht.«

»Was ist los?« Sie befeuchtete ihre Lippen und sah blinzelnd auf.

»Wir sind da. Du bist eingeschlafen und wir sind bereits an unserem Ziel angekommen. Wir sind in Porvoo.«

»Oh.« Penny versuchte sich zu erheben und musste sich an dem Sitz vor ihr festhalten. »Ich bin total weg gewesen, nicht wahr?«

»Komm schon. Der Fahrer wartet darauf, dass wir endlich aussteigen.«

Ich musste Penny stützen, während sie den Gang entlangschlurfte. Sobald wir draußen in der beißenden Kälte standen und darauf warteten, dass unser Gepäck aus dem Bauch des Busses geholt wurde, schüttelte Penny den Kopf, atmete tief durch und sagte: »Also gut. Wohin? Siehst du irgendwelche Taxen?«

»Geht es dir gut?«

»Mir geht es gut. Bin nur ein wenig müde. Komm schon, nehmen wir unsere Taschen und verschwinden aus der Kälte. Ich denke, das ist nicht gut für meine Erkältung.«

Wir mussten jemanden an der Bushaltestelle bitten, uns zu helfen, ein Taxi zu rufen. Zum Glück sprach der Fahrer Englisch, wie alle anderen, die wir bisher in diesem Land getroffen hatten. Nur auf eine Sprache beschränkt zu sein, war demütigend.

Während der zehnminütigen Fahrt zu Marketta schlief Penny schon wieder ein. Die schmalen Straßen waren an einigen Stellen vereist, sodass wir nur langsam vorankamen. Die Häuser waren bezaubernd und schienen aus der Jahrhundertwende zu stammen. Spitzengardinen hingen vor den Fenstern mit den dicken Fensterscheiben. Einige der schlanken Eingangstüren waren tiefblau oder rot gestrichen.

Als das Taxi vor einem hohen, unauffälligen beigen Wohnhaus vorfuhr, begann es zu schneien. Das Haus war größer als die Wohnblocks in *Chinook Springs*.

»Hier ist es, Penny. Wir sind da. Wir sind bei Marketta.«

»Okay, okay.« Sie schüttelte den Kopf und öffnete die Taxitür. Der eisige Luftzug schien ihr willkommen zu sein. »Wie viel schulden wir Ihnen?« Penny bezahlte den Fahrer, während ich unser Gepäck zu dem überdachten Eingang des Wohnkomplexes schleppte.

Wir drückten den Knopf der Haussprechanlage und gaben die Nummer von Markettas Apartment ein. Markettas erwartungsvolle Stimme ertönte. »Penny? Ist das Penny?«

»Ja, Penny und Sharon.«

»Gut. Kommt hoch!«

Ein Surren und Klicken und die Eingangstür öffnete sich. Nur zu gern betraten wir das stille, warme Gebäude.

»Wo ist der Aufzug?« Penny stellte ihre schweren Taschen ab und sah sich um. »Kein Aufzug? Nur Treppen?«

Ich hängte mir meine neue, leichte Reisetasche über die Schulter und nahm eine von Pennys Taschen. »Komm schon, deshalb haben wir all diese Morgenspaziergänge unternommen. Wir schaffen das.«

Mit brennenden Oberschenkeln und schmerzenden Lungen stiegen wir die Treppen hoch. Bis zum siebten Stockwerk. Ich war fest davon überzeugt, ohnmächtig zu werden.

Wir stellten unsere Taschen vor Markettas Tür ab. Ich lehnte mich gegen die Wand und schnappte nach Luft, während Penny ihre feuchte Stirn und Wangen mit einem Taschentuch abtupfte. Dann putzte sie sich die Nase. »Na los«, forderte sie mich auf. »Klopf an die Tür.«

»Nein, du klopfst.«

Ich kann nicht erklären, warum ich das sagte oder was ich in diesem Augenblick empfand. Ja, ich empfand Verlegenheit, weil ich mich auf fremdem Territorium befand. Aber mehr noch hatte ich das Gefühl, dass dies Pennys Reise war. Es war ihre Tante. Dies war ihre Tür, an die sie klopfen sollte. Ich wollte ihr das nicht wegnehmen. Sie war die Wegbereiterin und ich diejenige, die immer folgte.

Penny warf mir einen seltsamen Blick zu, halb aufgebracht, halb verwirrt. Ihre Augenlider flatterten und sie sagte: »Ich fühle ...«

Bevor ich sie noch auffangen konnte, sank Penny auf ihrem Gepäck in sich zusammen.

Kapitel 11

Die Tür zu Markettas Wohnung wurde geöffnet. Eine stämmige Frau Anfang siebzig mit kurzen, geraden grauen Haaren blickte uns erstaunt an.

Ich hockte mich neben Penny und tätschelte ihre Wangen. »Atme, Penny! Mach die Augen auf! Atme! Sie ist gerade ohnmächtig geworden«, erklärte ich. »Die Treppen ...«

Marketta packte Penny unter den Armen und zog sie von ihrem Gepäck auf die Beine. »Penny?«

Pennys Augen öffneten sich. »Oh, hallo. Bist du meine Tante Marketta?«

Bevor Pennys Tante antworten konnte, schwankte Penny erneut, aber Marketta hielt sie fest.

»Nehmen Sie die Füße«, wies Marketta mich an. »Wir werden sie aufs Sofa legen.«

Ich staunte über Markettas Kräfte. Wir brachten Penny in die Wohnung und legten sie auf ein dunkelgrünes Sofa.

Marketta holte ein Glas Wasser. Ich tätschelte Pennys Wangen und sprach zuerst sanft, dann mit festerer Stimme zu ihr. »Sieh mich an, Penny. So ist es gut. Mach die Augen auf.«

Pennys Augenlider flatterten. »Ich hätte nur eine nehmen sollen«, murmelte sie.

»Eine was?«

»Erkältungspille.«

»Oh Penny, wie viele hast du denn genommen?«

»Zwei. Zwei von den blauen.«

»Blaue! Penny, du solltest die weißen nehmen. Die blauen sind für die Nacht und man braucht auch nur eine davon.«

»Oh«, stöhnte Penny.

Ich wandte mich an Marketta. »Sie hat ein Medikament genommen.«

»Zum Schlafen?«

»Ja, zum Schlafen, aber sie dachte, es wäre gegen ihre Erkältung.«

Marketta reichte mir das Glas Wasser. »Sie wird wieder in Ordnung kommen?«

»Ja, ich denke, sie wird wieder in Ordnung kommen. Sie ist schon einmal in einen derart tiefen Schlaf gefallen, beim Camping, als eine Wespe sie gestochen hat. Eine Tablette von den Erkältungspillen für die Nacht lässt einen Menschen die komplette Nacht durchschlafen. Und sie hat zwei genommen.«

Ich war nicht sicher, ob ich für Marketta zu schnell sprach oder ob Wörter wie »Antihistamine« sie verwirren würden.

Mit weichem Gesichtsausdruck wandte sie sich Penny zu. »Genau wie deine Mutter.«

Erstaunt beobachtete ich, wie Marketta sich vorbeugte, Penny auf die Stirn küsste und den Handrücken an Pennys Wange legte, als wolle sie ein Kind in den Schlaf singen.

»Penny, Penny«, säuselte sie leise. »Du kannst gern so viel schlafen, wie du möchtest. Du bist hier in meinem Heim. Tante Markettas Heim.«

»Okay«, murmelte Penny, ohne die Augen zu öffnen.

»Du kannst mich später begrüßen. Schlaf jetzt.«

»Okay. Ihr macht ruhig weiter«, nuschelte Penny. »Ich bin bald wieder da. Wartet nicht auf mich. Erzähl ihr von dem Foto, Sharon. Mit dem Fisch.«

Ich war mir sicher, dass sie wieder auf die Beine kommen würde, denn nur Penny konnte in einer solchen Situation noch so etwas sagen. Wenn sie klar genug denken konnte, um sich an das Foto von Marketta und ihrer Mutter als Kinder zu erinnern, dann war alles in Ordnung.

Marketta legte eine gehäkelte Decke über Penny und wir ließen den Sandmann seine unterbrochene Arbeit tun und Penny ins Land der Träume bringen.

»Ich hole das Gepäck herein«, sagte ich zu Marketta.

Sie folgte mir und half mir, die schweren Taschen in ein kleines Zimmer rechts neben der Küche zu bringen. In dem Zimmer stand ein Doppelbett, ein Schrank in der hinteren Ecke und ein Holzstuhl mit gerader Lehne in der anderen Ecke. Auf dem Bett lag eine dicke elfenbeinfarbene Decke. Ein einziges Bild von einem Korb mit Rosen hing über dem Bett. Nachdem wir das Gepäck auf dem Boden abgestellt hatten, war kein Platz mehr in dem Zimmer.

Ich stieg über Pennys größten Koffer hinweg und folgte Marketta in die Küche. Ich fühlte mich wie eine kleine Ente, die ihre Enten-Mami verloren hatte und versuchte, sich irgendwo einzuordnen.

»Einen Kaffee?« Marketta öffnete bereits einen weißen Schrank und griff nach einer Tasse und Unterasse.

»Ja, danke. Wenn es keine Mühe macht. Wegen mir brauchen Sie keinen frischen Kaffee zu kochen.«

Marketta drehte sich um und bedachte mich mit einem seltsamen Blick. Ich erstarrte und mir wurde klar, dass ich gerade genauso geklungen hatte wie meine Schwiegermutter. *Ich kann kaum glauben, dass das aus meinem Mund gekommen ist!* Ich dachte an Pennys Bemerkung, dass ich dabei wäre, mich zu verändern und selbstbewusster würde. *Komm schon, Schultern zurück. Kopf hoch. Kraft. Würde. Du wirst nicht so werden wie Gloria.*

In diesem Augenblick schwor ich mir, auf keinen Fall würde ich mich jemals in eine weinerliche, jammernde Frau verwandeln.

Alles in Markettas Küche war einfach und ehrlich. Ein Holztisch mit dicken Beinen beherrschte den Raum mit seinen drei hochlehnigen Stühlen. Der Stuhl in unserem kleinen Gästezimmer gehörte offensichtlich zu dieser Essgruppe. Ich setzte mich an den Tisch und fuhr mit der Hand über die grün-weiße Leinentischdecke.

»Milch und Zucker?«, fragte Marketta.

Dieses Mal antwortete ich einfach, so wie alles in dieser Küche sein sollte. »Ja.«

Marketta steckte den Stecker eines Wasserkochers in die Steckdose und stellte zwei Tassen und einen französischen Kaffeebereiter auf ein Tablett. Keine ihrer Bewegungen wirkte überflüssig. Sie stellte das Tablett auf den Tisch und forderte mich auf, mich selbst zu bedienen. Ich rührte ein wenig groben braunen Zucker in meinen Kaffee mit einem Löffel, der mit einer britischen Flagge verziert war.

»Meine Mutter sammelt solche Teelöffel.« Ich verschwieg, dass meine ordnungsliebende Mutter sie in eine Vitrine legte und nie benutzte. Mir gefiel das Gefühl, so wichtig zu sein, dass Marketta einen ihrer schönen Teelöffel benutzte.

»Bitte«, sagte Marketta, nachdem sie sich zu mir an den Tisch gesetzt hatte, »nehmen Sie Ihrer Mutter den Löffel mit. Als Geschenk von mir.«

»Oh, das geht doch nicht.«

»Warum nicht?«

»Es ist Ihr Löffel. Ich bin sicher, er bedeutet Ihnen viel.«

»Ich kann einen anderen bekommen. Meine Tochter lebt jetzt in England. Sie schickt mir, was immer ich möchte. Wenn ich den Löffel vermisse, werde ich Elina bitten, mir einen anderen zu schicken.«

Für Marketta war die Angelegenheit erledigt.

»Danke.« Ich erinnerte mich an mein einziges finnisches Wort und fügte hinzu: *»Kiitos.«*

Markettas Gesicht leuchtete vor Freude auf. *»Eipä kestä.«* Sie sagte einen Satz auf Finnisch, eine Frage, vermutete ich.

Ich schüttelte den Kopf. »Ich kann nur *kiitos.«*

»Das ist doch ein guter Anfang. Sie werden mehr lernen. Dann reden wir eben Englisch miteinander. Erzählen Sie mir von sich, doch bevor Sie damit beginnen, sollten wir das lästige Sie sein lassen. Ich heiße Marketta und wie ist Ihr Vorname?«

Ich konnte mich nicht erinnern, jemals zu so etwas aufgefordert worden zu sein und freute mich riesig, dass die Barriere der Fremdheit durch ihr freundliches Angebot gebrochen war. Ich versuchte langsam zu sprechen und erzählte ihr, wo ich wohnte, von meiner Familie und wie ich Penny kennen gelernt hatte.

Marketta hörte zu. Sie schien jedes Wort in sich aufzunehmen, so wie das kleine Vogelbad in meinem kleinen Garten, das Regenwasser auffing. Ich fragte mich, ob ich zu viel auf einmal redete und ob sie nicht vielleicht von so viel Information überlaufen würde.

»Und deine Lieben?«, fragte Marketta. »Erzähl mir von deinen Lieben.«

An eine so große Aufmerksamkeit bezüglich meiner Person war ich gar nicht gewöhnt. Marketta hatte eine wundervolle Art, einem aufmerksam zuzuhören. Sie beugte sich leicht vor und hielt ihren Blick auf mich gerichtet, als würde ihr jedes meiner Worte persönlich etwas bedeuten. Ich erkannte dies als einen Zug, den ich in leicht veränderter Form auch bei Penny entdeckte.

»Meinst du meine Kinder? Meine Familie?«

Marketta lächelte und die tiefen Lachfältchen um ihre klaren grünen Augen wurden sichtbar. »Ja? Habt ihr enge Familienbande?«

»Ja, meine Kinder und mein Mann machen mir viel Freude. Ich führe ein gutes Leben.« Meine Antwort gab mir das Gefühl, edel zu sein, als gäbe es in meinem Leben dieselbe Einfachheit und Ruhe, die Markettas Heim ausstrahlte.

»Was ist mit dir?«, fragte ich Marketta. »Ich habe viel zu viel von mir gesprochen. Erzähl mir bitte ein wenig von dir und der Liebe deines Lebens.«

»Mein Mann ist fort. Wir können später über ihn sprechen. Mein Sohn lebt im Norden Finnlands. Meine Tochter lebt zusammen mit ihrem Mann in England. Sie haben drei Kinder. Ich liebe mein Leben hier in Porvoo. Wir wohnen erst seit zwei Jahren in dieser Wohnung und irgendwie vermisse ich meinen Garten. Aber ich bin glücklich. Ich habe in einer Schokoladenfabrik gearbeitet.«

»Wirklich? Schokolade? Penny und ich essen finnische Schokolade, seit wir hier angekommen sind.«

»Dann hast du bestimmt auch meine schon probiert. Ich stelle seit vierunddreißig Jahren Schokolade her. Suklaavuori ist die beste Schokolade in Finnland. Sie wird hier in Porvoo hergestellt. Möchtest du welche?« Marketta erhob sich, öffnete eine Schachtel auf ihrem Schrank und legte ein Dutzend kleiner Riegel Milchschokolade auf einen Teller. Sie erklärte, die Schokolade würde noch immer auf traditionelle Weise hergestellt. »Ich bin eine Schokoladenexpertin.«

»Mmm. Das ist die beste. Du hast Recht.« Ich versuchte mir Marketta mit einer weißen Chefkochmütze vorzustellen, wie sie in einem großen Kupferbottich voller flüssiger Schokolade rührte. Das erklärte die Kraft in ihren Armen.

Bei starkem Kaffee und zart schmelzender Schokolade freundeten Marketta und ich uns langsam an. Sie erzählte mir mehr von ihrem Leben und vor allem von ihrer Kindheit mit Pennys Mutter.

»Erinnerst du dich, als Kinder angeln gegangen zu sein?«, fragte ich.

»Ja, natürlich. Oft.«

»Penny hat ein Foto von dir und ihrer Mutter. Ihr haltet einen Fisch in die Höhe.«

»Ach ja, Elsas großer Fisch. Natürlich. Das war in Porosaari. Vor dem Krieg sind wir im Sommer immer in unser Sommerhaus gefahren. Unsere Familie besaß ein kleines Haus an einem wunderschönen See nicht weit von hier entfernt. Jedes Jahr ist meine Mutter zu Ferienbeginn mit uns Kindern und den Dienstboten zu dem Haus am See gefahren. Mein Vater kam immer an den Wochenenden und zur Mittsommernacht. Gibt es bei euch auch Mittsommerfeiern?«

»Nein.«

»Hier ist das immer eine große Sache. Als wir klein waren, wurden jedes Jahr solche Feiern abgehalten. Alle kamen. Die ganze Nacht über wurde getanzt. Es gab Musik und Unmengen zu essen. Pfannkuchen, Fisch, Würstchen und Bär.«

»Hast du gerade ›Bär‹ gesagt?«

»Ja, Bär. Trinkt ihr kein Bär bei den Feiern in Washington?«

Ich lachte. »Bier. Ich hatte ›Bär‹ verstanden.«

»Oh nein! Wir essen kein Bärenfleisch. Einigen mag das vielleicht schmecken, aber nicht immerzu. Ich habe noch nie Bärenfleisch gegessen.«

»Ich auch nicht«, gestand ich. »Aber neulich im Restaurant haben wir zum ersten Mal Rentier gegessen.«

»Ah, dann habe ich noch ein finnisches Wort für dich. *Poro*. Es bedeutet ›Rentier‹. In dem See, zu dem wir im Sommer immer gefahren sind, liegt eine kleine Insel mit Namen *Porosaari*. *Saari* bedeutet ›Insel‹. *Porosaari* bedeutet also ›Rentierinsel‹.«

»Gab es Rentiere auf der Insel?«

»Nein, nein, nur Ameisen. Viele fleißige Ameisen. Das ist die Insel auf dem Foto. Ich erinnere mich noch gut daran, weil Elsa in der Mittsommernacht einen großen Fisch gefangen hat. Unsere Eltern hatten uns erlaubt, mit unseren Brüdern nach Porosaari zu fahren. Das war wichtig für uns, weil das bedeutete, dass Elsa und ich keine Kinder mehr waren. Verstehst du?«

Ich nickte.

»In der Mittsommernacht geht die Sonne nicht unter. Es wird auch in der Nacht nie richtig dunkel. Es ist nicht leicht zu erklären, wie das ist, wenn man so viel Licht hat und dann im Winter so viel Dunkelheit erlebt. Dann freut man sich auf eine Feier im Sommer und man hat in dieser Zeit das Gefühl, als würden neue grüne Blätter auf einem wachsen, wie auf den Bäumen. Kennst du dieses Gefühl?«

Ich nickte erneut, aber in meinem Herzen wusste ich, dass ich mich den Wundern des Lebens noch nie ganz geöffnet und mir nicht gestattet hatte, die Dinge so offen zu empfinden, wie Marketta es nun aus ihrer Kindheitserinnerung beschrieb. Ich war sehr wählerisch in dem, was ich feierte. Sommer und Licht hatten bisher noch nicht auf meiner Partyliste gestanden.

»Die Insel liegt ein wenig von unserem Ferienhaus entfernt, ungefähr sechs Kilometer. Wir nahmen Essen und Decken mit und fuhren im Boot meines Vaters hin. Das war kein Motorboot. Nein, nur ein Holzboot mit langen Rudern, aber ich hatte ja zwei starke Brüder.

Ich glaube nicht, dass meine Brüder von der Vorstellung begeistert gewesen sind, ihre Schwestern mitnehmen zu müssen. Denn sobald unsere Eltern uns nicht mehr sehen konnten, begannen meine Brüder mit dem Boot das hier zu machen ...«

Marketta schaukelte von einer Seite zur anderen, als würde sie in einem Boot fahren, das kurz vor dem Kentern stand. »Elsa sagte ihnen, wir könnten im kalten Wasser sterben und sie würden dann verhaftet werden, weil sie schuld daran seien, dass wir hineingefallen wären.«

»Und war es so? Haben sie das Boot zum Kentern gebracht und seid ihr ins Wasser gefallen?«

»Nein, meine Brüder wollten uns nur Angst machen. Als wir die Insel erreichten, war da bereits ein Mann mit der Kamera. Er kam aus Schottland und sagte, er würde Fotos für ein Buch schießen.

Meinen Brüdern passte das nicht. Sie wollten die Insel für sich haben wie die anderen Male zuvor. Der Mann mit der Kamera wollte unser kleines Feuer fotografieren und uns, wie wir in den Himmel sahen. Meine Brüder fanden ihn doof. Elsa gefiel er sehr. Ich glaube, sie wollte, dass er sie fotografierte.«

Ich konnte mir Penny als junges Mädchen vorstellen. Bestimmt hätte auch sie gewollt, dass der Fotograf aus Schottland nur Augen für sie hatte.

»Aus einem Stock habe ich dann eine Angelrute gemacht.« Marketta lehnte sich zurück und wirkte sehr stolz. »Wir nahmen einen der Haken meiner Brüder und eine Leine und prahlten damit, wir würden einen Fisch fangen. Wir sagten, sie könnten sitzen bleiben und brauchten gar nichts zu machen, weil Elsa und ich den Fisch für unser Frühstück fangen würden.«

»Und eure Brüder haben euch ausgelacht?«

»Natürlich. Sie nannten uns Babys, aber Elsa und ich ließen sie zurück und gingen zum Strand. Ich hatte ein wenig Angst, aber Elsa war stark genug für uns beide und brachte mich zu einer Stelle, wo die Fische, wie sie sagte, hinkämen, um in dem klaren Wasser ihre eigene Schönheit zu bewundern.«

Marketta hielt inne und ein sehnsüchtiges Funkeln erschien in ihren Augen. »Weißt du, welch ein Zauber in einem Sommerabend liegt, wenn die Sonne wie kleine, springende Feuer auf dem Wasser spielt und der Wind in den Bäumen Musik macht?«

Ich lächelte.

»Die ganze Nacht ist so. Die Erde ist hellwach und überall herrscht Fröhlichkeit. Ich glaube nicht, dass Zauber das Wort ist, was ich benutzen wollte. Ich kenne nicht das richtige englische Wort.«

»Ich denke, ich weiß, was du meinst, Marketta. Noch nie bin ich so weit im Norden gewesen, dass die Sonne den ganzen Tag nicht untergegangen ist. Aber ich weiß, was du mit den Sonnenstrahlen auf dem Wasser und dem Wind in den Bäumen meinst. Ich kann mir nur vorstellen, wie schön es während dieser Jahreszeit in Finnland ist.«

»Du musst einmal wiederkommen und es miterleben.«

Ihre Freundlichkeit rührte mich. Ihre einfache, freundliche Einladung füllte alle Leerstellen aus, die ich empfand, weil ich der Ersatzgast war, während Penny ihre Überdosis ausschlief. »Ich würde gern eines Tages wiederkommen. Und ich würde gern meinen Mann mitbringen.«

»Ja, das musst du tun! Ich werde euch nach Porosaari bringen und euch zeigen, wo Elsa mit der schönen Angel den großen Fisch gefangen hat.«

»Du meinst den Stock mit dem Seil und dem Haken?«

»Nein, dieser Stock war nicht dick genug, um irgendetwas anderes außer Ameisen zu fangen. All diese fleißigen Ameisen! Aber der Mann mit der Kamera besaß auch eine Angel. Er sah, wie wir uns mit unserem Stock abmühten, um einen Fisch zu fangen, und hatte Mitleid mit uns beiden. Elsa konnte schon recht gut Englisch sprechen. Er sagte ihr, wir könnten seine Angel benutzen. Und sofort fing sie den großen Fisch und er machte ein Bild von uns, auf dem Elsa ihn in der Hand hielt. Er nahm das Foto in sein Buch auf.«

»Er hat tatsächlich ein Buch veröffentlicht?«

»Ja, drei Bücher. Ein Buch über Finnland, eines über Schottland und eines über Spanien. Möchtest du das Buch über Finnland sehen?«

»Ja!«

Marketta schlüpfte aus dem Raum. Ein vage vertrautes Gefühl beschlich mich. Mir wurde klar, dass das Gefühl auf eine Erinnerung an Gloria zurückzuführen war, die ich tief in mir vergraben hatte. Vor etwa acht Jahren hatte Gloria zu Weihnachten die Namensschildchen an den Geschenken vertauscht. Ich öffnete mein Geschenk und fand einen Satz teurer, glänzender Schüsseln vor und Gloria stieß einen Schrei aus. »Die sind doch für Bonnie!«

Meine Schwägerin Bonnie wollte gerade das Geschenk öffnen, das Gloria mir zugedacht hatte. Gloria eilte zu ihr und vertauschte unsere Geschenke. Mein Geschenk war ein Topflappen in der Form einer großen Erdbeere. »Deine Topflappen sind scheußlich«, hatte Gloria das Geschenk kommentiert.

Während ich darauf wartete, dass Marketta mit dem Buch zurückkam, rechnete ich halb damit, dass sie Penny auf der Couch entdeckte und einen Schrei ausstieß, wenn ihr klar wurde, dass sie ihre wundervolle Geschichte der falschen Person erzählt hatte.

Aber Marketta kam mit einem herzlichen Lächeln an und legte das bezaubernde alte Buch vor mich auf den Tisch.

Ich berührte das Cover und sah auf. »Danke, Marketta. Danke, dass du mir deine Geschichten erzählst.«

Sie tätschelte meine Hand. »Ich habe viele Geschichten. Vielleicht werde ich dir Geschichte um Geschichte servieren, bis du genug davon hast. Wenn es dir zu viel wird, sag es nur.«

Ich schluckte. »Ich bin noch nicht abgefüllt.«

In diesem Augenblick wurde mir klar, dass meine Schwiegermutter mich nicht füllte. Sie machte mich leer, wann immer ich mich in ihrer Nähe aufhielt. Ich ließ zu, dass sie mich leer machte. Oder zumindest hatte ich es viele Jahre lang zugelassen. Warum?

Seite um Seite gingen Marketta und ich das Buch des schottischen Fotografen Loch McCallum durch. Er hatte diese Mittsommernacht auf einzigartige Weise eingefangen. Das Licht der Mitternachtssonne warf überirdische Schatten auf den glatten, sandigen Strand der urtümlichen Rentierinsel. Im Hintergrund standen hohe Nadelbäume wie Wächter, die einen tiefen, verzauberten Wald bewachen.

Mehr als drei Stunden lang saßen wir an Markettas Küchentisch. Sie kochte nochmals Kaffee und gab noch weitere ihrer wunderschönen Geschichten zum Besten, bis ich bis zum Überfließen gefüllt war wie ein Vogelbad im Regen. Aber ich war nicht zu voll. Ich konnte von den Geschichten einfach nicht genug bekommen.

»Penny wird sich freuen, all diese Geschichten über ihre Mutter zu hören. Elsa scheint eine wundervolle Frau gewesen zu sein.«

»Das war sie. Als sie nach Amerika ging, habe ich sie schmerzlich vermisst. Unsere Eltern wollten sie nicht ziehen lassen. Sie liebte Hank, das weiß ich ganz genau. Nichts konnte Elsa aufhalten. Sie war noch jung und er war sehr überzeugend. Ich denke, das ist das richtige Wort in Englisch. Er konnte Menschen leicht überreden, bestimmte Dinge zu tun und am Ende dachten sie, es sei ihre eigene Idee gewesen.«

Daher hat Penny also ihr Überzeugungstalent. Von ihrem Vater. Bestimmt weiß sie das nicht. Ich freue mich, diejenige zu sein, die ihr das mitteilen darf.

Marketta blickte in ihre leere Kaffeetasse und dann auf ihre Uhr. »Ich sollte mal überlegen, was ich meinen Gästen zum Abendessen vorsetze.«

»Ich helfe dir gern.«

»Ja, gut. Ich werde alles vorbereiten. Solltest du nicht mal nach Penny sehen?«

Auf Zehenspitzen schlich ich ins andere Zimmer und beugte mich über die Couch. Pennys gleichmäßiger Atem veränderte sich nicht, als ich vor ihr stand. Ich hatte nicht den Mut, sie zu wecken, doch andererseits hatte ich den Eindruck, dass sie den ganzen Spaß verpasste.

»Penny?«, flüsterte ich. »Penny, bist du bereit aufzuwachen?«

Sie zuckte nicht mal mit einer Wimper.

Ich kehrte in die Küche zurück und fragte Marketta: »Denkst du, ich sollte Penny aufwecken oder sie lieber schlafen lassen?«

»Lass sie schlafen. Es tut ihr gut. Wenn sie von selbst aufwacht, wird es ihr besser gehen.«

»Ich hoffe. Sie hat die Tabletten genommen, weil sie das Gefühl hatte, eine Erkältung zu bekommen. Ich kann kaum glauben, dass wir bis hierher gekommen sind und jetzt verpasst sie alles.«

»Das ist in Ordnung. Morgen ist auch noch ein Tag. Meine Schwester Elsa konnte auch kein Aspirin nehmen, ohne schläfrig zu werden. Penny ist wie ihre Mutter.«

»Sieht sie ihr ähnlich?«

»Das kann ich noch nicht sagen. Ich werde sie mir näher ansehen, wenn sie wach ist. Sie hat die Farbe ihres Vaters. Ihre braunen Haare und die braunen Augen hat sie von Hank. Und er hatte auch eine so dunkle Haut wie sie. Braun und warm. Das war Hank. Elsa war hell wie ich mit blauen Augen und blonden Haaren.«

»Ich weiß, dass Penny es kaum erwarten kann, einfach alles über ihren Vater zu erfahren, an das du dich noch erinnern kannst.«

Marketta wandte sich mir zu und legte den Kopf zur Seite, wie Penny es tat, wenn sie versuchte eine Situation einzuschätzen. »Penny hat es dir doch erzählt, nicht? Ihr Vater war ein Pirat.«

Kapitel 12

Ich versuchte, Markettas Gesichtsausdruck zu deuten, als sie das Wort *Pirat* aussprach. Bevor ich noch wusste, wie ich nachfragen könnte, was sie meinte, ohne unhöflich zu erscheinen, fügte Marketta hinzu: »Zuerst war Hank mutig genug, das Herz meiner Schwester zu stehlen und dann war er noch mutiger, sie zu stehlen. Wir haben sie nie wieder gesehen.«

Ein erleichtertes Lachen kam über meine Lippen. Der arme Mann hatte nichts weiter verbrochen, als ein »Pirat aus Liebe« gewesen zu sein. Penny würde bestimmt über diese Bezeichnung lachen.

Marketta lachte nicht. Sie erhob sich und meinte, wir sollten uns jetzt an das Abendessen machen.

»Ich würde gern helfen«, bot ich an.

»Ja, natürlich.« Marketta band sich eine Schürze um und erklärte, wir würden eine typisch finnische Spezialität zubereiten, die aus der karelischen Tradition stamme. Ich nahm mir vor, noch an diesem Abend *karelisch* im Reiseführer nachzusehen.

Zuerst bereiteten wir Eierbutter aus hart gekochten Eiern zu. Sie ließ mich die Eier schälen und hacken. Mit einem kleinen Holzlöffel mischte Marketta die gehackten Eier mit weicher Butter. Ein wenig Salz wurde noch hinzugefügt.

»Den Reispudding habe ich schon heute Morgen gemacht. Du kannst das Brot aus dem Gefrierschrank nehmen«, forderte Marketta mich auf. »Es ist das Päckchen mit fertig ausgerolltem Weizen- und Roggenbrotteig.«

Ich holte etwas heraus, das aussah wie kleine, ovale Stücke Pizzateig.

»Wir machen Folgendes«, erklärte Marketta. »Der Reispudding kommt kalt in die Mitte und wird so ausgebreitet.«

Ich beobachtete, wie Marketta die Ecken des Teigs miteinander verband, sodass der Reispudding in der Mitte zu sehen war. Ich half ihr ein wenig und schon bald umgab uns der warme und köstliche Duft von »karelischen Kuchen«, die im Ofen gebacken wurden.

Marketta goss drei kleine Gläser mit dunklem Beerensaft voll und deckte den Tisch mit drei Tellern und flachen Messern. Vermutlich deckte sie für drei, weil sie hoffte, Penny würde noch aufwachen.

Die Schüssel mit Eierbutter kam mitten auf den Tisch. Die Eieruhr klingelte und Marketta forderte mich auf, Platz zu nehmen. Sie stellte die karelischen Kuchen auf den Tisch, setzte sich, faltete die Hände und sagte: »Ich bete.«

Mit gesenktem Kopf, vollem Herzen und umgeben von den herrlichen Düften der Mahlzeit, die wir gemeinsam einnehmen würden, hörte ich ihr zu, wie sie mit weichen, lyrischen, finnischen Worten Gott Dank sagte. Tief in meinem Innern stimmte ich ihr zu. Leise dankte ich demütig unserem gnädigen himmlischen Vater. Ich wusste, diesen Augenblick, in dem sich alle ewigen Dinge in einfachen, irdischen Elementen so klar spiegelten, würde ich nie vergessen.

Ich öffnete die Augen und bemerkte, dass die irdischen Elemente, die vor mir standen, wieder einmal Brot und Saft waren.

»Ich hoffe, du hast nichts dagegen, dass ich auf Finnisch gebetet habe«, entschuldigte sich Marketta.

»Nein, natürlich nicht. Es muss doch sehr anstrengend sein, so viel in einer dir fremden Sprache zu reden.«

Marketta nickte und bot mir den Teller mit dem Brot an. »Es macht mich müde. Mein Gehirn muss so hart arbeiten, um die rechten Worte zu finden.«

»Während des Essens brauchen wir nicht zu reden«, sagte ich. »Es macht mir nichts aus, einfach nur neben dir zu sitzen.«

»Ja. In Ordnung. Wir können schweigen. Aber zuerst muss ich dir erklären, wie das hier gegessen wird.« Marketta steckte ihr Messer in die Eierbutter und verteilte die Mischung in der offenen Mitte des warmen Brotes. »So. Irgendwelche Fragen?«

»Nein, ich denke, ich habe es verstanden.« Ich verteilte die Eierbutter und nahm einen Bissen. »Das schmeckt köstlich!«

»Wirklich?«

»Ja. Köstlich. Ich glaube, dass könnte leicht mein neues Lieblingsessen werden.«

Marketta schien etwas sagen zu wollen, als wir hörten, wie die Wohnungstür geöffnet wurde. Sie riss die Augen auf und beugte sich vor, um durch den Türrahmen in das andere Zimmer zu sehen. Sie rief etwas auf Finnisch und eine männliche Stimme antwortete ihr.

Schwere Schritte kamen auf uns zu. Ein breitschultriger Mann, bekleidet mit Wollmütze und Jacke, betrat die Küche. Er beugte sich herab und küsste Marketta, während die beiden sich auf Finnisch unterhielten.

Bestimmt habe ich ausgesehen wie die Grinsekatze aus Alice im Wunderland, denn ich saß am Tisch und grinste nervös vor mich hin, während mein Blick zwischen den beiden hin- und herwanderte. *Marketta hatte gesagt, ihr Mann sei fort. Sie hatte gemeint, ihr Sohn würde im Norden leben, aber dieser Mann sieht zu alt aus, um ihr Sohn zu sein. Ist er ihr Freund? Einer ihrer starken Brüder, die das Boot nach Porosaari gerudert haben?*

Der Mann wandte sich mir zu, während Marketta auf Finnisch mit ihm redete. Ein Ausdruck des Begreifens machte sich auf seinem Gesicht breit.

Ohne Vorwarnung beugte sich der unidentifizierte Mann über mich. Er roch nach Sardinen und Tabak. Mit seinen eiskalten Lippen drückte er mir einen Kuss auf die Wange. Außer meinem Mann, meinem Vater und Großpapa Max hatte mir, so weit ich mich erinnern konnte, noch kein anderer Mann einen Kuss gegeben.

»Sharon, das ist mein Mann.«

»Dein Mann?« Ich lächelte. Er hatte ein wirklich faszinierendes Gesicht. »Hallo.«

»Das ist Juhani«, stellte Marketta ihn vor.

»Johnny?«

Er wiederholte seinen Namen.

Ich versuchte, es zu wiederholen: »Juhani. Ich freue mich, Sie kennen zu lernen.«

»Er versteht Englisch, spricht es aber nicht und wenn es dir nichts ausmacht, bleiben wir auch hier beim Du.«

Juhani zog seine Jacke aus und redete auf Finnisch. Marketta übersetzte. »Er möchte wissen, ob du Schwedisch sprichst.«

»Nein.«

»Juhani ist für eine Woche an der Küste gewesen. Fischen mit seinem Bruder.«

Ich beschloss, von dem kleinen Missverständnis zu berichten. »Als du eben sagtest, dein Mann sei fort, dachte ich, du meintest tot – nicht zum Fischen.«

Marketta übersetzte für Ihren Mann, während ich meinen Satz zu Ende sprach. Noch nie habe ich erlebt, dass jemand meine Worte übersetzte. Es war lästig.

Juhani lachte herzlich und erwiderte in abgehacktem Englisch: »Ich bin noch nicht tot!«

Wir lachten zusammen, als wären wir schon jahrelang miteinander befreundet. Ich mochte diesen urwüchsigen Mann mit den kalten Lippen. Mit seinen blauen Augen betete er Marketta an.

Oh Penny-Mädchen, du verpasst den ganzen Spaß!

Nach einem gemütlichen Abendessen und dem höchst verwirrenden, sich überschneidenden Gespräch half ich Marketta, die Küche in Ordnung zu bringen. Juhani hatte offensichtlich Fisch mitgebracht, der verarbeitet werden musste. Er verschwand.

Marketta und ich beschlossen, Penny auf dem Sofa liegen zu lassen, nachdem sie nicht aufstehen wollte, als wir sie zu wecken versuchten. So legten wir eine zweite Decke über sie und ließen sie in Ruhe. Das bedeutete, dass ich das Bett in dem kleinen Gästezimmer ganz für mich allein hatte.

Ich schloss die Tür und mir wurde klar, dass ich seit Tagen zum ersten Mal wieder alleine war. Die Stille war erfrischend. Ich zog meinen neuen Schlafanzug an und holte die Postkarten hervor, die ich Onkel Floyd versprochen hatte. Die Briefmarken waren alle gleich und ich konnte nicht dafür garantieren, dass es besondere waren, aber wenigstens schrieb ich Grüße auf die Postkarten. Auf jeder Karte beschrieb ich ein anderes Erlebnis. Kaylee erzählte ich von dem Unfall mit dem Baby im Flugzeug und erwähnte sogar: »Du wirst es nicht glauben, aber ich habe meine verschmutzten Sachen weggeworfen.«

Auf Jeffs Karte erwähnte ich mein verlorenes Gepäck. »Auf die Kreditkarte werden in diesem Monat also unerwartete Kosten gebucht werden.«

Bei Max und Gloria wusste ich nicht so richtig, was ich schreiben sollte. Sollte ich meiner Schwiegermutter erzählen, dass Penny gerade ihren Rausch von einer Überdosis Medikamente ausschlief?

Nein.

Wie wäre es, wenn ich ihr erzählte, dass wir Rentier gegessen haben?

Vermutlich keine gute Idee.

Und wenn ich schrieb, dass meine praktischen Tennisschuhe, die ich auf ihren Rat hin unbedingt auf diese Reise mitnehmen sollte, wieder in ihr Ursprungsland zurückgekehrt waren?

Die Wahrheit, so wie ich sie jetzt sah, war, es war egal, was ich schrieb. Gloria würde einen Weg finden, meine Worte in eine negative Richtung zu lenken. Das war ihre Entscheidung. Ihre Art, das Leben zu sehen oder zumindest ihre Art, mein Leben zu sehen.

Mit fröhlichem Herzen schrieb ich: »Wir erleben eine wundervolle Zeit. Finnland ist ein herrliches Land. Pennys Tante gibt uns das Gefühl, hier willkommen zu sein. Ich liebe euch beide, Sharon.«

Wenn ich an die zurückliegenden Jahre dachte, dann erkannte ich, dass Max mich für beide geliebt hatte. Meine Entscheidung, sie beide zu lieben, war nicht verkehrt. Es war meine Entscheidung. Meine neue und verbesserte Art, das Leben zu sehen. Ich konnte meine Schwiegermutter lieben, auch wenn sie mich nicht so lieben wollte, wie sie es meiner Meinung nach tun sollte.

Ich kramte in Pennys Koffer herum und holte ihre Bibel heraus. Ich erinnerte mich an einen Vers in den Psalmen, in dem beschrieben wird, wie gut es ist, wenn Verwandte in Einigkeit miteinander leben.

Ich schlug die Bibel genau in der Mitte auf und blätterte die Psalmen durch. Erstaunlich, wie viele Notizen sich Penny am Rand gemacht hatte. Ihre Bibel sah aus wie ein Arbeitsbuch. Ich kannte keinen Menschen, der so viel in der Bibel gelesen hatte oder las, wie sie es offensichtlich getan hatte.

Ich erinnerte mich, dass Penny vor Jahren einmal einen Vers aus der Bibel zitiert hatte und ihre Bibel als ihre »Gebrauchsanweisung« bezeichnete. Zuerst fand ich den Ausdruck nicht so ganz passend. Ich vermisste die Ehrfurcht. Doch dann erklärte sie mir, sie hätte das Gefühl, sie würde anhand der in der Bibel zu findenden Hilfestellungen ihr Leben wieder neu aufbauen, nachdem sie es so viele Jahre lang vermasselt hätte.

»Es ist wichtig«, hatte Penny gesagt, »dass ich meine Bibel lese, um herauszufinden, wie mein Leben so funktionieren kann, wie es einmal beabsichtigt war.«

Ich entdeckte hier in meinem stillen Gästezimmer, dass Penny die ersten Verse von Psalm 126 unterstrichen hatte. Ich las sie still für mich:

»So werden wir sein wie die Träumenden.
Dann wird unser Mund voll Lachens
und unsere Zunge voll Rühmens sein.
Dann wird man sagen unter den Heiden:
Der Herr hat Großes an uns getan.«

Meine Schwägerin Bonnie hatte mir ein Reisetagebuch für diese Reise geschenkt. Ich hatte nur einmal hineingeschrieben, auf dem langen Flug in der Business-Class.

Nun griff ich nach diesem Tagebuch und schrieb: »Das Motto für diese Reise« und dann schrieb ich die Verse ab, die ich gerade in Psalm 126 gelesen hatte. Außerdem fügte ich noch hinzu:

Ich liebe diese Verse! Sie geben das Wesentliche unserer Reise wider. Ich habe das Gefühl, als sei diese Reise wie ein Traum und dass Penny und ich voller Lachen sind.

Ja, der Herr hat Großes für uns getan. Sogar Tuija sagte, Gott würde uns sein Erbarmen zeigen. Ich weiß, nach dieser Reise werde ich nie wieder dieselbe sein; ich möchte nicht mehr dieselbe sein. Ich möchte lernen, meinen Eimer tief in den Brunnen der Möglichkeiten einzutauchen und stark zu sein und ...

Der Versuch, Pennys Ermahnung an mich zu zitieren, brachte mich zum letzten Kapitel der Sprüche, weil ich mich vage daran erinnerte, dass ihre Worte einem Abschnitt ähnelten, den wir vor Jahren in unserem Hausbibelkreis einmal besprochen hatten.

Ich fand den Vers in Sprüche 31. »Kraft und Würde sind ihr Gewand und sie lacht des kommenden Tages.«

Ich beendete meinen Tagebucheintrag mit den Worten:

... voller Würde. Das ist es. Mein Gewand soll Kraft und Würde sein und ich möchte lachen, ohne Furcht vor der Zukunft. Ich möchte jeden Tag mit einem vollen, offenen Herzen für den Herrn erleben und immer dankbar sein für das, was er tut.

Mit einem guten Gefühl schloss ich mein Reisetagebuch und dachte an die Zukunft, die erfüllt war von Lachen. Wenn Penny und ich wieder allein waren, würde ich ihr von unserem Motto-Vers für diese Reise erzählen.

Als die Sonne am folgenden Morgen aufging, war die hellwache Penny wieder im Spiel. Zumindest erlebte sie die Freude, Markettas und Juhanis Nichte zu sein.

Mit Marketta saß Penny am Küchentisch und lauschte aufmerksam den Geschichten ihrer Tante. Die beiden schienen schon einige Stunden auf den Beinen zu sein.

Ich beobachtete Pennys Gesicht. Sie nahm alles in sich auf. Ich freute mich so für meine Freundin. Das war es. Genau hier. Die ganze Reise konnte durch das Zusammensein dieser beiden Frauen zusammengefasst werden, die durch ihr Blut und so vieles andere miteinander verbunden waren.

Ich schlüpfte aus der Küche und kehrte kurz darauf mit meiner Kamera zurück. Bevor ihnen klar wurde, was ich tat, hatte ich ein Foto von ihnen mit ihren einfachen weißen Kaffeetassen gemacht.

»Oh bitte! Meine Haare!« Penny hob die Hand vor meine Kamera.

»Dein Haar ist in Ordnung«, erwiderte ich. »Redet weiter. Tut so, als wäre ich nicht da.«

»Wenn du noch mehr Fotos machen willst, dann achte darauf, dass wir beide auf dem Foto sind.« Penny stand von ihrem Stuhl auf und ging zu Marketta hinüber. Sie legte die Arme um den Hals ihrer Tante und drückte ihre Wange gegen Markettas kurzes, silbergraues Haar.

Du wolltest nur deine Tante umarmen, nicht, Penny? Nur zu. Umarme sie so viel du willst. Du wirst diese Fotos lieben.

Ich machte mehrere Fotos aus verschiedenen Winkeln, während die beiden für die Kamera posierten. Penny umarmte Marketta und Marketta umarmte sie.

Penny war immer sehr zärtlich mit ihrem Mann und ihren Kindern gewesen. Sie war die erste Frau, die ich kenne, die mich regelmäßig mit einem Kuss auf die Wange begrüßte. Meine Mom hat ihre Liebe nie so zeigen können. Meine Schwägerin umarmt mich gelegentlich. Und über Gloria wissen Sie ja Bescheid. Penny war die Einzige, die mir durch ihre Umarmungen und Küsse diese weibliche Gabe der Bestätigung gab.

Es machte mir Spaß zu beobachten, wie Penny nun auch einige Umarmungen zurückbekam, die sie so großzügig an andere verteilte.

Ich fand meinen Platz am Küchentisch und unser Tag war ausgefüllt mit Geschichtenerzählen. Marketta holte ein wundervolles altes Fotoalbum hervor und Penny betrachtete jedes Bild von ihrer Mutter und sog mit ihrem ganzen Wesen jede Geschichte zu den Fotos in sich auf.

Ein Stapel alter Briefe lag neben dem Album auf dem Tisch. Die Handschrift war weiblich. Vermutlich waren dies Briefe von Pennys Mutter an Marketta. Natürlich waren sie alle auf Finnisch. Die Übersetzung ins Englische würde eine ziemliche Arbeit werden.

Gegen zwei Uhr unterbrach ich kurz, um zu fragen, ob ich uns etwas zu essen machen sollte. Markettas Stimme klang heiser. Vermutlich war sie erschöpft vom vielen Reden, noch dazu in einer fremden Sprache.

»Natürlich!«, rief Marketta. »Meine Gäste müssen essen. Die Suppe ist schon fertig. Ich werde sie jetzt für uns heiß machen.«

»Das kann ich doch übernehmen«, bot ich an. »Bitte bleib sitzen. Ich schaffe das schon. Ist sie das?«

»Ja. *Kiitos.«*

»Eipä kestä«, erwiderte ich vorsichtig.

»Eipä kestä!«, wiederholte Marketta.

»Nun schau dich an!«, neckte Penny. »Ich habe einen ganzen Tag verschlafen und du hast dein finnisches Vokabular verdoppelt.«

»Sie kann auch ›Rentierinsel‹ sagen«, erklärte Marketta. »Zeig es ihr.«

»Porosaari«, sagte ich mit zur Seite gelegtem Kopf.

»Beeindruckend. Wo habe ich das nur vorher schon mal gehört? Oh, ich weiß. Die Insel, auf der meine Mutter den Fisch gefangen hat, richtig? Marketta hat mir die Geschichte heute Morgen erzählt.«

»Hat sie dir auch erzählt, dass du deine Überredungskünste von deinem Vater hast?«

»Nein, über meinen Vater haben wir noch nicht gesprochen. Ich habe eine Frage an dich, Tante Marketta. Hat mein Vater meine Mutter geliebt?«

Marketta hielt inne. »Ja«, sagte sie schließlich. »Dein Vater hat deine Mutter geliebt.«

Ich bin sicher, Penny hatte dasselbe Gefühl wie ich. Marketta verheimlichte etwas. Es war, als wollte sie eigentlich sagen: »Dein Vater hat deine Mutter geliebt, aber ...«

In diesem Augenblick klingelte das Telefon. Marketta stand auf, um den Anruf im Nebenzimmer entgegenzunehmen.

Ich stellte die Flamme unter dem Suppentopf kleiner und ging zu Penny hinüber. »Wie geht es deiner Erkältung?«

»Geheilt! Obwohl ich meine Behandlungsmethode nicht weiterempfehlen würde. Ich kann kaum glauben, dass ich zu viele Pillen geschluckt habe! Es ist so ärgerlich, dass ich einen ganzen Tag mit euch verpasst habe. Marketta sagte, du seist ›kostbar‹ und sie und Juhani hätten die Zeit mit dir gestern genossen.«

»Sie sind erstaunlich, nicht wahr? So voller Leben. Und dein Onkel! Ich habe noch nie jemanden wie ihn kennen gelernt.«

»Ich weiß. Ich liebe ihn. Ich liebe beide zum Verrücktwerden.«

»Wo ist Juhani?«

»Mit seinen Fischen zum Markt oder so etwas, nach dem, was ich mitbekommen habe. Mein Gespräch mit den beiden heute Morgen gestaltete sich etwas schwierig.«

»Ja, ich weiß, was du meinst.«

»Das ist viel mehr, als ich mir erhofft hatte, Sharon. Hier zu sein und alle diese Geschichten zu hören. Ich glaube, Gott hat sich selbst übertroffen, als er mein Gebet erhörte.«

Ich nickte.

»Marketta sagte, ihre Tochter in England könnte die Briefe meiner Mutter für mich übersetzen. Ist das zu glauben? Ich habe eine Kusine in England.«

Ich entdeckte das Funkeln in Pennys Augen. Sie plante bereits ihr nächstes Abenteuer. Insgeheim wollte ich ihre Begleiterin sein, wenn sie sich auf diese Reise begab. Aber ich rief mich sofort zur Ordnung. Das konnte ich nicht erwarten. Ich musste in der Gegenwart bleiben und zufrieden sein mit dem Überfluss dieser Reise.

»Penny, wie geht es dir bei all dem? Das ist doch sicher überwältigend, nicht?«

»Ja, aber in einer guten Weise. Es ist viel besser, als ich es mir vorgestellt habe. Es tut gut, Marketta in ihrem Heim zu erleben. Sie hat mir Informationen über meine Mutter gegeben, die ich vorher nicht hatte. Es ist so erstaunlich. Ich habe das Gefühl, als hätte ich meine Mutter überhaupt nicht gekannt. Und weißt du was? Je mehr Marketta mir von ihr erzählt«, Penny hielt inne und atmete tief durch, »desto mehr vermisse ich sie.«

Die Tränen begannen zu fließen.

»Ich bin so traurig, dass meine Kinder sie nie kennen gelernt haben. Ich bin so traurig, dass ich sie nicht geliebt habe, als ich die Gelegenheit dazu hatte. Ich habe sie nie als Freundin kennen gelernt. Von Frau zu Frau. Ich habe sie einfach als selbstverständlich hingenommen. Seit ich fünfzehn war, wollte ich nichts weiter, als von ihr loskommen.«

Penny barg ihr Gesicht in den Händen und ließ den Tränen freien Lauf. Ich legte ihr vorsichtig die Hand auf den Arm. Bei solchen Gelegenheiten wusste ich immer nicht, was ich tun sollte.

Marketta betrat die Küche und flog förmlich an Pennys Seite. Sie schlang die Arme um Penny, legte die Wange auf ihren Kopf und sprach leise und beruhigend auf sie ein.

»Ich vermisse meine Mutter«, schluchzte Penny. »Ich vermisse sie.«

Marketta hob den Kopf. Auch in ihren Augen standen Tränen. »Ja. Ja, ich weiß. Auch ich vermisse Elsa.«

Ich lehnte mich auf meinem Stuhl zurück und spürte, dass dies ein ganz besonderer Augenblick zwischen Nichte und Tante war. Die beiden klammerten sich aneinander und weinten dicke Tränen, die aus der Tiefe ihrer Seele kamen. Marketta wiegte Penny langsam hin und her.

Und dann versiegten die Tränen. Das Schluchzen war vorbei. Penny nahm eine Serviette vom Tisch und fuhr sich über die Augen.

Mir wurde schmerzlich bewusst, wie beherrscht die Frauen in meiner Familie waren. Sicher, wir hatten noch keinen Todesfall erlebt oder einen gemeinsamen Verlust erlitten so wie Penny und Marketta. Ich fand den ehrlichen Ausdruck ihrer Trauer anziehend und empfand sie als eine Art der Demut, von der ich wenig wusste.

Sie küssten einander auf die Wange und der Ausbruch war vorbei.

Marketta strich Penny über die Haare. Sie sah mich an mit einem Grinsen, das einem schüchternen Sonnenstrahl ähnelte, der sich fragte, ob es in Ordnung sei, hervorzukommen und zu spielen, nachdem der Sturm abgezogen war.

»Am Telefon war meine langjährige Freundin«, erklärte Marketta. »Wir sind seit mehr als fünfzig Jahren miteinander befreundet. Ich denke, nachdem Elsa nach Amerika gegangen ist, haben wir beschlossen, Schwestern zu werden.«

Penny sah auf, fing meinen Blick auf und lächelte mich an. Penny und ich wussten, was es bedeutete, längste und beste Freundinnen zu sein. Wir verstanden, wie es war, wenn man eines Tages beschloss, Schwestern zu werden.

»Anni hat angerufen, um uns für heute Abend zu sich zum Abendessen einzuladen. Nur uns Mädchen.«

»Das ist aber nett von ihr«, sagte Penny.

»Sie wohnt in Hinthaara. Auf dem Land. Ich werde Juhani bitten, uns hinzufahren, weil ich abends nicht besonders gut sehe. Wir können dort übernachten und am nächsten Tag, am Donnerstag, können wir mit dem Bus nach Hause fahren. Wie klingt das?«

»Wundervoll!«, freute sich Penny.

»Ja, wundervoll«, stimmte ich zu. »Es ist so nett von Anni, uns einzuladen.«

»Anni besitzt ein altes Haus und das ist gut, weil in solchen Häusern die besten Saunas sind.«

»Die berühmte finnische Sauna«, sagte Penny. »Sharon hat von euren Saunas gelesen.«

»Wenn man nur von Saunas gelesen hat, kann man noch gar nichts sagen.« Marketta wandte sich an mich und ich bemerkte, dass ihre linke Augenbraue leicht in die Höhe gezogen war. »Heute Abend werdet ihr die Sauna selbst erleben!«

Kapitel 13

Penny nahm ein Bad und zog für den Besuch bei Anni ihre hübschesten Sachen an. Danach reichte sie mir ein paar ihrer Kleidungsstücke, die ich in meine neue Tasche packte, damit wir für unseren Übernachtungsbesuch nur ein Gepäckstück mitzunehmen brauchten.

Ich beobachtete, wie Penny ihre Haare aufdrehte und dachte zurück an die Zeit, als ich in der sechsten Klasse war und eine Einladung zu meinem ersten Übernachtungsbesuch bekam, zu einer Pyjamaparty bei Lisa Bachmann zu ihrem zwölften Geburtstag. Ganz besonders an dieser Einladung war, dass die Pizza ins Haus geliefert wurde, was damals noch nicht üblich war. Außerdem sollte jede von uns eine saubere, leere Suppendose mitbringen, sodass wir unsere langen Haare auf der Dose eindrehen konnten.

Ich brachte keine Suppendose mit, weil ich als Einzige kurze Haare hatte. Meine Mutter war der Meinung, alle respektablen heranwachsenden Mädchen sollten einen Kurzhaarschnitt tragen und Locken an den Wangen, die jede Nacht mit Haarklammern festgesteckt oder mit rosa Haarklebeband festgeklebt wurden.

Da ich meine Haare nicht aufrollen konnte, wurde ich zur Friseuse für alle anderen ernannt. Meine Finger klebten schrecklich von dem grünen Gel aus einem kleinen runden Topf, denn zunächst wurden die Haare zu einem Pferdeschwanz gebunden, dann gegelt und schließlich versuchte ich, die Haare sorgfältig auf die Suppendose zu rollen, wobei nicht eine einzige Haarsträhne heraushängen durfte.

Connie Kidamon hatte statt der Suppendose eine leere Dose gefrorenen Orangensafts mitgebracht. Sie erschien auf der Party mit einem dicken Verband um ihren Daumen, weil sie sich beim Auswaschen der Dose geschnitten hatte. Alle hielten sie für tapfer.

Alle Mädchen trugen Schlafanzüge mit einem Ober- und einem Unterteil. Ich war die Einzige in einem Nachthemd. Connie nannte es ein »Großmutternachthemd« und ich glaube nicht, dass ihre Bemerkung so klang, als wünschte sie, sie hätte selbst eines.

Alle Mädchen liefen mit einer grünen Rolle samt Suppendose auf dem Kopf herum. Ich legte mir pflichtbewusst meine Locken und klebte sie an die Wangen. Niemand machte mich nach oder bat mich, mein rosa Haarklebeband ausleihen zu dürfen.

Die Identität eines Menschen kann durch ein paar entscheidende Augenblicke in der Kindheit geprägt werden. Bei Lisas Schlafanzugparty lernte ich etwas über mich, das mich die ganzen Jahre über begleitet hat. Ich lernte, dass alle mich mochten, wenn ich ihnen zu Diensten war. Die Mädchen nahmen mich nicht als etwas Besonderes wahr und bewunderten mich nicht. Sie schätzten mich nur, weil ich nützlich war. Meine Rolle im Leben war die eines Helfers.

Ich hielt beim Packen inne und fragte mich, ob die Tatsache, dass ich mich zu Penny hingezogen fühlte und dass unsere Freundschaft funktionierte, obwohl wir so gegensätzlich waren, nicht auch damit zusammenhing, dass Penny mir das Gefühl gab, beinahe cool zu sein. Sie hörte mir zu und lachte über meine Witze. Penny akzeptierte mich so wie ich war, doch sie hatte auch keine Scheu, sich zu Wort zu melden, wenn sie Bereiche entdeckte, in denen Verbesserung möglich war.

Ja, auch in Pennys Nähe war ich die Helferin. Ich war diejenige, die auf dem Boden hockte und die Tasche packte, während sie sich die Haare aufdrehte. Aber Penny hat mir immer das Gefühl gegeben, gleichberechtigt zu sein oder manchmal sogar über ihr zu stehen. Sie sah nicht auf mich herab. Wenn Penny bei Lisa Bachmanns Schlafanzugparty gewesen wäre, hätte ich mich vielleicht zu einem anderen Menschen entwickelt.

Und dann durchzuckte mich ein Gedanke. *Es ist nie zu spät. Wenn Lisa Bachmanns Schlafanzugparty meine Rolle im Leben für die vergangenen dreißig Jahre festgelegt hatte, warum konnte dann nicht die heutige Schlafanzugparty – oder diese ganze Reise – meine Identität und meine Rolle im Leben für die nächsten dreißig Jahre neu definieren?*

Das waren mutige Gedanken. Es waren mutige Gedanken, die ich normalerweise nur während meiner Anflüge von Januar-Verrücktheiten hatte. War ich tief in meinem Innern tatsächlich ein anderer Mensch, der nur darauf wartete, durchzubrechen? Wie ein tapferes

Küken in seiner Schale sah ich mich picken, meinen Weg in die Welt picken.

»Was denkst du?« Penny wandte sich zu mir um. Jedes Haar lag an seinem Platz. Ich dachte, *sie wirkt elegant und modern genug, um Tee mit der Königin zu trinken. Oder vielmehr mit der Präsidentin, da wir uns ja in Finnland aufhielten.* Marketta hatte uns erzählt, dass eine Frau Präsidentin des Landes war und Penny und ich waren beeindruckt.

»Was denke ich worüber?«

»Meinst du, dass alle unsere Sachen in diese Tasche passen werden?«

»Ich denke schon.«

»Hast du unsere Badeanzüge eingepackt?«, fragte Penny.

Ich drehte mich um und warf Penny einen entrüsteten Blick zu.

»Ach ja, stimmt ja. Dein Badeanzug ist ohne dich nach China gereist.«

Marketta rief aus dem Flur: »Fertig? Juhani ist schon zum Wagen gegangen, um ihn warm laufen zu lassen.«

»In Ordnung, nur noch eine Minute.« Penny warf mir ihren einteiligen Badeanzug zu und stopfte ihre Kosmetika in ihre Schultertasche. »Wir werden uns etwas überlegen. Vielleicht hat Anni einen zusätzlichen Badeanzug.«

Wir trafen Marketta an der Wohnungstür. In ihrem handgestrickten Skipullover und der Mütze wirkte sie wie die netteste, knuddeligste und lebhafteste Großmutter auf der Welt. Ihre Handschuhe waren dazu passend dunkelrot und wirkten sehr weich und warm.

»Bereit?«

»Bereit oder nicht, los geht's«, sagte Penny.

Marketta führte uns aus der Wohnung und hinüber zu einer Tür, die aussah wie die zu einer Besenkammer. Ein großes Schild hing daran. Sie öffnete die Tür – es war ein Aufzug.

Penny und ich sahen uns an und lachten los.

»Ich schätze, ich hätte das Wort für Aufzug nachschlagen sollen, dann hätten wir gewusst, was unten auf der Tür stand«, sagte ich.

»Ach!«, rief Marketta. »Das erklärt, warum ihr die Treppe genommen habt. Mit dem Aufzug geht es schneller.«

Allerdings. In weniger als fünf Minuten waren wir alle sieben Stockwerke hinuntergefahren und standen draußen in der kalten Abendluft. Juhani wartete mit seinem kleinen weißen Wagen vor der Tür auf uns.

Als er uns entdeckte, stieg er aus und mit einem strahlenden Lächeln und vielen finnischen Worten nahm er unsere Taschen.

Penny und ich setzten uns auf den Rücksitz. Alle Türen wurden geschlossen. Penny umklammerte meinen Arm. Ihr Gesichtsausdruck besagte: »Bring mich hier heraus!«

Ich schnüffelte und verstand.

Juhanis Fisch.

Der kleine Wagen war durchdrungen von überwältigendem Fischgestank. Er hatte die Viecher vielleicht gerade zum Markt gebracht, aber die Erinnerung an sie hing unüberriechbar im Wagen.

Penny ließ ihr Fenster ein paar Zentimeter herunter. Sie beugte sich vor, hielt die Nase an die kleine Öffnung und sog die kalte Winterluft tief ein.

Juhani sah sich um, als hätte ihn etwas vollkommen aus der Bahn geworfen. Mit seinen großen Händen und kräftigen Worten erklärte er Marketta die Situation. Sie antwortete in abgehackten Worten und die beiden veranstalteten einen Schlagabtausch.

Marketta drehte sich um und meinte verschmitzt: »Das mit dem Fisch tut mir Leid. Wir sind daran gewöhnt. Vermutlich ist das für euch nicht so angenehm.«

Mir wurde beinahe übel, nicht nur von dem Fischgestank, sondern auch von dem feuchten, klebrigen Sitz, auf den ich gerade meine Hand gelegt hatte. Ich konnte mir gut vorstellen, dass noch wenige Stunden zuvor ein großer, toter Fisch den Platz eingenommen hatte, auf dem ich jetzt saß.

Penny war wegen des Gestanks ganz eindeutig in körperlicher Pein. »Ich hoffe, es ist in Ordnung, dass ich das Fenster geöffnet habe. Ich brauche etwas Luft.«

Juhani und Marketta redeten miteinander. Ich versuchte nur flach zu atmen und drehte mein Fenster ebenfalls ein paar Zentimeter herunter. Es hatte zu schneien begonnen und kleine weiße Flocken setzten sich durch die geöffneten Fenster auf uns. Marketta sagte, wir sollten es uns »bequem« machen, darum ließen wir die Fenster offen.

Wir froren auf dem ganzen Weg nach Hinthaara. Entweder frische Luft oder Wärme. Wir wählten die Luft vor der normalen Blutzirkulation. Die geöffneten Fenster machten ein Gespräch unmöglich. Ich glaube, Juhani und Marketta war das unangenehm. Mir fiel auf, dass er die Wagenheizung voll aufgedreht hatte, damit wenigstens ihre Füße vorne warm wurden.

Wir alle waren erleichtert, als die Fahrt durch die Dunkelheit in einer kleinen Kiesstraße zu Ende war. Eine Hütte tauchte unter Nadelbäumen von urzeitlichen Ausmaßen auf. Mein Traum von dem Lebkuchenhaus aus Hänsel und Gretel fiel mir wieder ein. Annis Heim hatte ganz bestimmt den Charme und das Ambiente des Hintergrunds dieser Geschichte.

Juhani nahm unsere Taschen aus dem Kofferraum des Wagens und brachte sie für uns zur Tür. Mit einem ruppigen Kuss auf die Wange für jeden von uns wandte er sich um und verschwand.

»Haben wir ihn verärgert?«, fragte Penny. »Mit den offenen Fenstern, meine ich. Hat das Juhani ärgerlich gemacht?«

»Nein, warum sollte es? Er ist nicht ärgerlich. Wenn er ärgerlich wäre, würde er euch nicht küssen und ihr müsstet eure Tasche selbst tragen.« Marketta drehte sich um und winkte ihrem Mann zu. Augenzwinkernd meinte sie: »Juhani ist wie er ist und niemand sollte versuchen ihn zu verändern.«

Die Tür des Hexenhäuschens öffnete sich und Markettas »längste« und »beste« Freundin begrüßte uns mit Umarmungen und Küssen. Sie hieß uns in ihrem kleinen Heim willkommen, als wären wir ihre lang verlorenen Töchter.

Anni erinnerte mich an einen Vogel, auch wenn sie durchaus nicht klein war. Sie musste ebenfalls Anfang siebzig sein, wie Marketta. Ihre schnellen Bewegungen, ihre lange Nase und die aufmerksamen Augen ließen mich an den leuchtend blauen Eisvogel denken, der in jedem Winter mein Vogelhäuschen besucht und den langweiligen braunen Zaunkönigen die Show stiehlt.

Anni nahm uns unsere Mäntel ab. »Bitte. Kommt herein. Setzt euch. Ihr seid meine Gäste.«

Das Erste, was ich bemerkte, war ein runder Tisch mit einer hübschen Spitzendecke, der mit feinem Porzellan und Kristallgläsern gedeckt war. Ein Kerzenleuchter stand mitten auf dem Tisch. Zweige frisch geschnittenen Immergrüns hingen von den Deckenbalken. Fröhliche Flötenmusik empfing uns.

Wir vier setzten uns an den elegant gedeckten Tisch. Auf jedem Teller stand eine weiße, in Form eines Schwans gefaltete Stoffserviette. Anni wählte den Platz rechts von mir und ergriff meine Hand. Für eine so große Frau hatte sie schlanke, knochige Hände.

»Ich würde gerne mit uns beten«, verkündete Anni.

Wir nahmen uns an den Händen. Ich atmete tief durch, als könnte ich die Bedeutung von Annis lyrischen Worten in mich aufnehmen und immer in meinem Herzen behalten. In ihrer Stimme lag dieselbe Tiefe, Aufrichtigkeit und liebevolle Demut, die ich in Markettas Stimme bei ihrem Gebet gehört hatte. Diese beiden Frauen, von der jede eine meiner Hände hielt, saßen gerade, wie Krieger, die ihren Marschbefehl erwarteten, doch sprachen beide so sanft wie Mägde, die einen verwundeten Soldaten gesund pflegen sollten.

Anni sagte auf Englisch »Amen« und bewirtete uns mit kaltem Fleisch, Käse, Fleischbällchen, dünnem Roggenbrot und einer Art cremigem Pudding. Ich beobachtete ihre Bewegungen. Sie waren kräftig, wie bei Marketta. Ich konnte mir vorstellen, wie Anni jeden Herbst Feuerholz hackte und es draußen im Schnee aufstapelte. Sie bewegte und verhielt sich nicht wie eine siebzigjährige Frau. Auch Marketta nicht. Sie waren jung im Geist und ihr Körper war kräftig.

Ich wollte wie sie sein.

Nach dem Essen verkündete Anni, sie hätte ein Lied für uns. Penny und ich sahen uns an und wussten nicht so genau, was das bedeutete. Anni erhob sich, ging zur Stereoanlage, stellte sie ab und faltete die Hände. Mit vorgerecktem Kinn sang sie ein englisches Lied, das ich noch nie zuvor gehört hatte.

Ihre hübsche Stimme schwoll beim Refrain leidenschaftlich an. Sie hob die Hände wie eine Opernsängerin, die Handflächen uns zugewandt, offen und einladend. Sie bot uns ihr Lied dar als ein besonderes Geschenk.

Ich weinte.

Als ich ein paar Tage später versuchte, Annis Lied in meinem Reisetagebuch zu beschreiben, fand ich keine Worte, um auszudrücken, wie geehrt ich mich gefühlt hatte. Im Laufe der Jahre habe ich viele Menschen singen hören. Viele Darbietungen hatten mich gerührt. Aber was dies hier so überwältigend machte, war, dass Anni keine Vorstellung gab. Sie gab einfach. Sie schenkte uns ein Lied. Darum weinte ich. Niemand hatte mir jemals zuvor ein Lied geschenkt.

Nachdem die letzte Note verklungen war, erhob sich Penny, klatschte und rief: »Bravo!«

Ich wollte nicht klatschen. Ich wollte danke sagen, wie ich mich bedankt hätte, wenn Anni mir ein Geschenk mit meinem Namen darauf überreicht hätte, in hübsches Papier eingepackt und mit einer silbernen Schleife versehen.

In diesem Augenblick hatte ich das Gefühl, als würden alle meine Instinkte an die Schale meines Lebens klopfen und mich auffordern, auf das zu reagieren, was mein Herz mir zu tun auftrug. Und das tat ich.

Ich klatschte nicht mit Penny. Ich folgte nicht, half nicht und blieb auch nicht im Schatten. Stattdessen erhob ich mich mit noch tränenfeuchten Wangen von meinem Stuhl und ging mit drei großen Schritten zu Anni hinüber. Ich nahm ihre Hände, sah ihr in die Augen und sagte: *»Kiitos!«* Dann gab ich ihr einen Kuss auf die Wange.

Anni weinte. Sie drückte ihre weiche Wange gegen meine und murmelte etwas auf Finnisch. Auf Englisch sagte sie schließlich: »Ein Segen über dich für deine Freundlichkeit, junge Sharon.«

Ungeschickt zog ich mich zurück und stieß gegen den Tisch, als ich mich wieder hinsetzen wollte. Penny sah mich mit hochgezogenen Augenbrauen an, als wollte sie sagen: »Nun, wenn du nicht voller Überraschungen steckst!«

Marketta fragte, ob Penny oder ich gern ein Lied vorsingen würden und wir schüttelten den Kopf. Ich hatte das Gefühl, als wäre ich mit leeren Händen zu einer Geburtstagsfeier erschienen.

»Keine Lieder«, sagte Penny, »aber Sharon und ich haben ein paar kleine Geschenke für euch.« Sie ging ins andere Zimmer, wo unser Gepäck stand. Ich konnte mir nicht vorstellen, was Penny im Sinn hatte. Ich hoffte nur, dass es sich nicht um die Reste unserer Einkäufe von finnischer Schokolade handelte. Ich war nicht sicher, ob Penny wusste, dass Marketta lange Jahre selbst Schokolade hergestellt hatte. Ein solches Geschenk würde sie nicht besonders beeindrucken.

Penny überraschte mich.

Wieder einmal.

Sie brachte mehrere kleine, in Geschenkpapier eingepackte Päckchen mit, die sie Marketta und Anni überreichte. »Nur ein paar Süßigkeiten.«

Das erste Geschenk war eine Packung mit fünf unterschiedlichen Ghirardelli Schokoladenriegeln.

»Aus San Francisco«, erklärte Penny. »Ihr müsst mir sagen, ob die hier genauso gut schmeckt wie eure Schokolade.«

Die Frauen schienen sich zu freuen. Die anderen beiden kleinen Geschenke entpuppten sich als kleine Fläschchen mit teurem Parfüm. Marketta und Anni konnten ihre Freude nicht verhehlen. Und plötzlich wurde ich mit ihrem Dank und ihren Umarmungen überschüttet, obwohl ich mit den Geschenken nichts zu tun hatte.

»Und jetzt zur Sauna«, verkündete Anni. Sie schlug vor, sie und Marketta würden den Tisch abräumen, während Penny und ich uns fertig machten.

Penny nahm unsere Tasche und Anni öffnete die Tür zu einem Badezimmer, das nicht so richtig in dieses rustikale Haus zu passen schien, weil der Raum groß und modern war. Boden, Wände und Decke waren gefliest. Mir fiel auf, dass es keine extra Duschkabine gab. Auf der linken Seite des Raums befand sich eine Tür.

»Das ist die Sauna.« Anni deutete auf die Tür. »Wartet ihr, bis Marketta und ich zurückkommen?«

»Ja, natürlich«, sagte Penny.

Annie verließ uns und ich traf eine mutige Entscheidung. Während Penny die Tasche öffnete, um ihren Badeanzug zu suchen, verkündete ich: »Ich werde meine Unterwäsche tragen. Die schwarze Kombination sieht aus wie ein Badeanzug. Das hast du selbst gesagt. Ich bezweifle, dass Anni oder Marketta mich für unanständig halten, weil ich keinen einteiligen Badeanzug habe. Außerdem, wen kümmert das? Wir sind doch unter uns.«

Penny wandte sich langsam zu mir um. Eine Mischung aus Erstaunen und Freude lag auf ihrem Gesicht. Klatschend rief sie: »Bravo! Gut für dich!«

Ich war stolz auf mich.

Wir wandten einander den Rücken zu und zogen uns aus. Ich faltete meine Kleider ordentlich zusammen und steckte sie wieder in die Tasche. Das Gefühl, dass ich zu viel von meinem Fleisch zeigte oder dass der schwarze BH und der Slip die weißen Speckpolster meines Bauches nicht verdeckten, ignorierte ich und griff nach einem Handtuch, das ich mir vor den Bauch hielt.

Penny zog ihre Duschkappe aus ihrer Kosmetiktasche. »Ich hoffe, sie halten mich nicht für komisch. Ich bin noch nie in einer Sauna gewesen, du etwa?«

»Machst du Witze? Nein.«

»Nun, ich schätze, dass der Dampf meine Haare kräuseln wird. Ich habe sie gerade erst gewaschen und ich will nicht, dass die Frisur nach der Sauna im Eimer ist. Vielleicht hat Anni nicht einmal einen Föhn.«

Ich griff nach einem anderen weißen Handtuch und wickelte es fest wie einen Turban um meine Haare.

Penny steckte ihre Haare unter die Plastikkappe. »Sieht das auch wirklich nicht blöd aus?«

»Nein, nicht richtig blöd. Nur ein wenig.«

»Na, wenn du heute Abend nicht schlagfertig bist.« Penny überprüfte ihr Aussehen im Spiegel.

»Ich bin nicht schlagfertig. Ich picke mir den Weg frei«, verkündete ich mit einem breiten Grinsen. Ich stellte mir das kleine Küken vor, das sich aus seiner Schale pickte. Das war ich. Ich hatte es beinahe geschafft.

»Das habe ich bemerkt«, sagte Penny. »Du hast mich wirklich überrascht, als du Anni nach ihrem Lied einen Kuss gegeben hast. Ich glaube, sie war auch erstaunt, aber ich habe gemerkt, dass es ihr gefallen hat.«

»Ich wollte es tun und ich habe es getan! Ich verändere mich auf dieser Reise, Penny.«

»Ja, das tust du.«

»Das tun wir beide«, warf ich schnell ein. »Wir verwandeln uns in die Frauen, die wir während der zweiten Hälfte unseres Lebens sein werden.«

Penny senkte den Kopf und blinzelte. »Während der nächsten Hälfte unseres Lebens, ja?« Ihre Stimme war genauso düster wie an dem Abend im Hotelzimmer, als sie mich daran erinnerte, dass ihre Mutter mit sechsundvierzig gestorben war.

»Hallo, meine Damen!« Ein Klopfen an der Badezimmertür kündigte an, dass Anni und Marketta für die Sauna bereit waren. Die Tür öffnete sich. Penny und ich wandten uns um und die beiden älteren Frauen brachen in Gelächter aus. Sie lachten über uns.

»Seht euch nur an!«, lachte Marketta. »Das ist ein guter Witz! Ihr tragt ja Badeanzüge!«

Penny und ich wandten sofort unseren Blick von den offensichtlich freigeistigen Frauen ab.

Wie aus einem Mund antworteten Penny und ich: »Und ihr nicht!«

Kapitel 14

Ja, Marketta und Anni hatten sich ihrer Kleidung entledigt und erschienen in der Badezimmertür mit nichts anderem bekleidet als mit ihrer siebzigjährigen, schrumpeligen Haut.

Und sie lachten über uns!

»Dachtet ihr, wir würden zuerst schwimmen gehen?«, fragte Marketta noch immer lachend. »Hast du deshalb diese Schwimmkappe auf?«

Keiner von uns konnte sich überwinden, die beiden nackten alten Frauen direkt anzusehen.

»Wir sind noch nie in einer Sauna gewesen«, erklärte ich.

»Ach, warum habt ihr das nicht gesagt? Ich werde euch erklären, wie das funktioniert. In der Sauna trägt man keine Kleidung. Man sitzt. Wenn uns heiß wird, gehen wir hinaus in den Schnee. Wenn wir einen See hätten, würden wir ins eiskalte Wasser springen. Aber hier gibt es leider keinen See. Doch Schnee haben wir.«

»Keinen See, ja?« Penny zog sich ihre Duschkappe vom Kopf. »Keine Möglichkeit, ein Loch in das Eis zu hacken und einzutauchen? Ist das nicht wirklich zu schade?«

Ich stieß Penny mit dem Ellbogen an und erklärte den beiden: »Das ist alles ziemlich ungewohnt für uns.«

Anni legte ihre Hand auf die Holztür zur Sauna, als wollte sie die Temperatur überprüfen. Marketta blickte mich verwirrt an. Sie schien nicht zu verstehen, warum wir so zögerlich waren.

Penny sagte: »Das Leben ist zu kurz. In Finnland ...« Sie zog ihren Badeanzug aus und wickelte sich schnell in ein Badetuch. »Gegen ein Handtuch hast du doch nichts einzuwenden, oder?«

»Das wird dir schnell zu heiß«, gab Marketta zu bedenken. »Komm. Du wirst schon sehen.«

Anni öffnete die Tür zur Sauna, trat ein und schloss die Tür hinter sich. Ein Schwall heißer Luft drang ins Bad.

Ich fühlte mich für den Augenblick wie gelähmt. Ich hatte gedacht, nachdem ich vier Kinder auf die Welt gebracht hatte, würde ich keine Scham mehr kennen. Offensichtlich hatten die Geburten mich nicht vollständig kuriert, denn dies war tatsächlich ein Test. Hier bei diesen alten Frauen ging es um alles oder nichts und Penny war bereit, alles auf eine Karte zu setzen.

Also gut, so ist das nun mal. Ich kann hier den ganzen Abend in meiner Unterwäsche stehen bleiben oder ich kann mich furchtlos zeigen und mich den anderen schwabbeligen Frauen in der finnischen Sauna anschließen.

Ich beschloss, furchtlos zu sein.

Aber ich nahm das Badetuch zur Tarnung mit.

Die Sauna war heiß. Trocken, wüstenmäßig und gut über neunzig Grad heiß. Die »heiße Kammer« bestand aus einer breiten Holzbank für uns vier, auf der wir Hüfte an Hüfte Platz nahmen. Unsere Hüften hatten einen ziemlichen Umfang, darum füllten wir die Bank voll aus. Wir saßen mit dem Gesicht zu einem auf Steinen stehenden Heizelement. Daneben stand ein Holzeimer mit Wasser. Anni holte eine kleine Schöpfkelle voll Wasser aus dem Eimer und goss es über die Steine. Ein drachenartiges Zischen ertönte und ein Schwall Dampf hüllte uns ein.

Keiner sprach ein Wort.

Anni rechts von mir atmete den Dampf ein und ließ ihn langsam wieder entweichen. Ich versuchte es ihr nachzumachen. Die erhitzte Luft schien meine Lungen zu strecken und meine Poren zu öffnen. So warm war mir seit meiner Ankunft in Finnland noch nicht gewesen. Ich schloss die Augen und spürte, wie die Spannung in meinen Schultern wich. Meine Arme wurden schwer. Meine nervösen Zehen entkrampften sich. Mein Kiefer wurde schlaff.

Oh ja, ich merkte, dass dies wirklich entspannend war. Unsere Nacktheit war kaum ein Thema. Niemand sah den anderen an. Wir schwiegen.

Marketta ergriff als Erste das Wort. Sie sprach gedämpft und langsam: »Penny, ist Elsa denn nie mit dir in die Sauna gegangen?«

»Nein.«

Einen Augenblick später fügte Penny hinzu: »Ich bin sicher, in den Vereinigten Staaten gibt es viele Saunas in den Hotels und Fitnessstudios, aber ich bin nie in einer gewesen und meine Mutter hatte nie genug Geld, um sich einen Besuch leisten zu können.«

»Hat Elsa dir nichts über ihr Leben in Finnland erzählt?«, fragte Anni.

»Nein, nicht viel. Wenn sie es getan hat, habe ich vermutlich nicht zugehört, wie ich zugeben muss. Noch weniger weiß ich über meinen Vater.«

»Hank war ein Pirat«, bemerkte Anni mit fester Stimme.

»Das habe ich gehört. Er hat meine Mutter von ihrer Familie fortgeholt.«

»Ja. Und er hat außerdem Geheimnisse von der US Regierung gestohlen.« Anni goss einen weiteren Schöpflöffel voll Wasser auf die Steine.

Ein lautes Zischen erfüllte die Sauna. Ich spürte, wie ich zu schwitzen begann.

»Stimmt das?« Pennys Stimme klang gepresst. Ohne mich vorzubeugen und mir den Hals zu verrenken, konnte ich ihr Gesicht nicht sehen.

»Das wissen wir nicht«, erklärte Marketta. »Hank kam nach dem Krieg nach Finnland. Im Laufe dieser Jahre hatten wir gelernt, jedem, der aus einem anderen Land kam, gegenüber misstrauisch zu sein. Er arbeitete in der Botschaft. Elsa hat ihn dort kennen gelernt. Unsere Eltern wollten nicht, dass sie mit Hank zusammen war, aber Elsa hat sich um die Wünsche unserer Eltern nicht gekümmert.«

»Sind sie ausgerissen?«

»Dieses Wort kenne ich nicht.«

»Hat meine Mutter ohne Erlaubnis geheiratet?«

»Sie war alt genug zum Heiraten«, erwiderte Marketta. »Sie haben nach dem Gesetz geheiratet.«

»Legal?«, fragte Penny.

Ich erinnerte mich daran, dass Penny einiges über nicht legal geschlossene Ehen wusste. Das wäre wirklich eine Sache, wenn ihre Mutter und ihr Vater in wilder Ehe zusammengelebt hätten wie Penny und Wolf.

Doch das war nicht der Fall. Marketta versicherte Penny, ihre Eltern seien rechtmäßig miteinander verheiratet gewesen, doch die Trauung hatte nicht in einer Kirche stattgefunden.

»Meine Eltern waren sehr traurig darüber«, erzählte Marketta. »Als Elsa mit Hank nach Amerika ging, sagte sie, sie würde eines Tages zurückkommen. Aber Hank starb nach einer kurzen Krankheit. Und dann wurdest du geboren und niemand hatte das Geld, dich und deine Mutter zurückzuholen. In jenen Zeiten hatte niemand Geld.«

Anni sprach. »Du solltest es ihr erzählen, Marketta.«

Marketta antwortete Anni auf Finnisch und die beiden Freundinnen sprachen aufgeregt auf Finnisch miteinander.

»Mir was erzählen?«, fragte Penny.

Ich schwitzte wie verrückt. Es war, als würde die Wahrheit aus Marketta herausströmen wie der Schweiß aus meinem Körper. Ich überlegte, ins Bad zu gehen, um mich ein wenig abzukühlen, aber andererseits wollte ich auch nichts verpassen.

»Mir was erzählen, Tante Marketta? Ich habe immer gedacht, dass mehr dahinter steckt, als mir all die Jahre lang gesagt worden ist. Ich möchte es wissen.«

»Wenn deine Mutter gewollt hätte, dass du es weißt ...«, begann Marketta.

»Ich was weiß?«, bohrte Penny.

Stille.

Anni bewegte sich und sprach mit fester Stimme. »Marketta, in der Sauna gibt es keine Geheimnisse. Erzähl es ihr!«

Das stimmt allerdings! Hier drin ist nichts verdeckt.

Marketta atmete tief durch. »Du wurdest fünf Monate nach der Hochzeit deiner Eltern geboren.«

Stille in der Sauna.

»Ich dachte schon, dass es so etwas war«, sagte Penny mit leiser Stimme. »Unter ihren Sachen habe ich keinen Trauschein gefunden. Im Laufe der Jahre kamen mir immer wieder Zweifel, ob sie überhaupt verheiratet war. Eine Zeitlang habe ich mich gefragt, ob sie meinen Dad erfunden hat, damit sie bei der Jobsuche ehrbar erschien.«

»Oh nein, dein Vater war real«, sagte Marketta. »Er war gut aussehend und stark und er war sehr überzeugend. Verstehst du, wie es damals war? Was das für Elsa bedeutete? Sie wäre das einzige Mädchen in unserer Region und in unserer Familie gewesen, das ein Kind und keinen Ehemann gehabt hätte. Hank wollte Elsa. Er wollte dich. Doch wegen seines Jobs konnte er nicht hier leben. Wenn Elsa also Hank wollte, musste sie mit ihm gehen.«

»Und das hat sie getan«, meinte Penny leise. »Für ihn hat sie alles verlassen.«

»Ich wünschte, du hättest deinen Vater gekannt«, bemerkte Marketta. »Ich glaube, Hank war Elsa ein guter Ehemann, wenn auch nur für so kurze Zeit. Er wäre dir ein guter Vater gewesen.«

Marketta hielt inne. »Bist du traurig, dass du das jetzt weißt?«

»Nein, ich wollte es wissen. Danke, dass du es mir erzählt hast. Ich wünschte nur, deine Eltern hätten meinen Dad irgendwie akzeptiert, dann wäre vielleicht alles anders gekommen.«

»Unsere Eltern haben sich in erster Linie um Elsa gesorgt.«

»Ja, ich schätze, so ist das bei allen Eltern, nicht? Danke, Tante Marketta. Ich bin so froh, dass du mir alles erzählt hast.«

»Du musst dich bei Anni bedanken. Sie hat mir gesagt, diese Information sei das einzige Geschenk, das du von Finnland mit nach Hause nehmen wolltest.«

»Das ist es.«

»Jetzt ist ein guter Zeitpunkt für den Schnee!«, rief Anni.

»Ja, kommt mit!« Marketta sprang auf und öffnete die Tür. Ein Schwall kälterer Luft drang aus dem gefliesten Bad herein. Ich schnappte mir mein Handtuch und hüllte mich darin ein.

Anni führte uns durch das Bad, vorbei an dem Tisch mit der Spitzendecke und zu einer Hintertür hinaus in die kalte Nacht. Das spärliche Licht aus dem Küchenfenster warf einen durchsichtigen Schein auf das frische Schneefeld. Bis zum Wald waren es nur etwa zehn Meter. Die Dunkelheit hüllte die Landschaft ein.

Ein paar Schneeflocken fielen aus dem dunklen Abendhimmel. Ich war so aufgeheizt, dass ich sie nicht spürte, als sie sich auf mich setzten. Ich stellte mir vor, die Schneeflocken wären wie Meteoriten, die verglühten, sobald sie in die Erdatmosphäre eintraten.

Ich stand da und schmolz Schneeflocken mit meinen bloßen Armen und beobachtete, wie Anni und Marketta sich mit der Anmut einer Primaballerina, die eine Szene aus *Schwanensee* tanzte, in den unberührten Schnee warfen. Während sie in der alten Sprache der besten Freundinnen miteinander murmelten, wälzten sie sich in dem reinen weißen Schnee. Sie bewegten sich mit einer würdevollen Behändigkeit, die zu ihrem ungehemmten Geist passte.

»Kommt, bevor ihr abkühlt«, rief Anni.

Ich lachte. *Bevor ich abkühle.*

Penny und ich waren beide in unsere Handtücher gehüllt. Mir war nicht kalt. Nur meine Füße merkten, dass ich im Schnee stand. Im Augenblick beschwerten sie sich jedoch nicht.

»Jetzt oder nie«, sagte Penny.

»Du zuerst«, forderte ich sie auf.

»Lass uns zusammen gehen. Bei drei lassen wir die Handtücher fallen und laufen dort nach rechts. Siehst du diese freie Stelle?«

»Ja. In Ordnung. Ich zähle.«

»Nein, ich zähle«, widersprach Penny.

Marketta und Anni lachten uns wieder aus. »Ihr zwei seid wirklich gut im Scherzen.«

»Komm schon«, sagte Penny. »Eins ...«

Ich stimmte mit ein: »Zwei, drei!« Wir ließen unsere Handtücher fallen, brachen in Gelächter aus und warfen unsere arglosen aufgeheizten Körper in den weichen Schnee.

Jede Pore in meinem Körper war plötzlich hellwach und schrie auf. *Was machst du da?*

Nur zu!, sagte ich zu meinen Poren. *Erlebt das. Nehmt es in euch auf.*

Um mich herum und in mir drin herrschte Stille. Ich erinnere mich, aufgesehen und einen einzigen, funkelnden Stern am Nachthimmel entdeckt zu haben. Die anderen Sterne waren vermutlich klug genug, ihre Augen vor einem solchen Anblick zu schließen.

Ich fühlte mich nicht nackt. Mir war nicht kalt. Ich fühlte mich sehr lebendig.

»Zurück in die Sauna«, rief Anni.

Penny war bereits aufgestanden. Sie warf mir mein Handtuch zu.

Als ich mich erhob und in mein Handtuch wickelte, warf Penny einen Schneeball nach mir, der mich nur um Haaresbreite verfehlte. Ich machte einen Schneeball, um Vergeltung zu üben, aber als ich ihn nach ihr warf, löste er sich auf wie eine Pusteblume im Wind. Penny hatte bereits ihren zweiten Schneeball geformt. Der zerstörte sich selbst, sobald sie ihn geworfen hatte. Die funkelnden weißen Teilchen schwebten zur Erde.

Wir lachten aus vollem Herzen, wie wir da im Schnee standen, nur mit unseren Badetüchern bekleidet. Unser Atem und unser schneebedecktes Haar wurden nur von dem Küchenlicht beleuchtet. Die Luft war so kalt, dass unser Atem zu gefrieren und in durchsichtigen Wolken zu Boden zu sinken schien.

Penny schnappte nach Luft und rief vor Ehrfurcht erstarrt: »Sharon, sind wir wirklich in Finnland?«

»Ja, Penny, ich denke, das sind wir.«

»Und das ist nicht nur ein besonders lebendiger Traum?«

»Nein. Das ist alles real.«

»Wow!«

»Ja, wow.«

Penny legte die Hand auf die Türklinke. Sie rührte sich nicht. »Hallo!« Penny klopfte an die Tür. »Kannst du mich hören, Marketta?«

Aus dem Innern hörten wir fröhliches Kichern.

»Also diese frechen kleinen Großmütter! Sie haben uns ausgesperrt!« Penny klopfte an die Tür. »Lasst uns rein, sonst werden wir sauer und blasen euer Haus um!«

Noch stärkeres Gelächter drang nach draußen. Ich war jetzt abgekühlt und spürte die Kälte. Die Tür öffnete sich einen Spalt.

»Wer ist an meine Tür gekommen?«, fragte Anni.

»Zwei frierende Schneemänner. Lasst uns herein.«

Anni öffnete die Tür nun ganz. »Wie nett von euch, uns zu besuchen!«

»Macht Platz«, sagte Penny. »Ich marschiere jetzt geradewegs in die Sauna und niemand wird mich aufhalten!«

»Genau wie deine Mutter«, hörte ich Marketta lachend sagen.

Ich konnte es kaum erwarten, wieder in die Sauna zu kommen und die angenehme Wärme zu spüren. Dieses Mal verursachte die Hitze ein Prickeln auf meiner kalten Haut und wir vier kamen sofort zur Ruhe.

»Das macht mich müde«, sagte Penny.

»Heute Nacht wirst du gut schlafen«, meinte Anni. »Möchtest du zuerst duschen?«

Penny duschte und zog ihren Schlafanzug an. Ich kam unmittelbar nach ihr. Wir tranken ein Glas Beerensaft und lauschten auf die beruhigende Musik im Wohnzimmer.

Anni zeigte uns ihr Gästezimmer. Sie schlug die Decke des Doppelbettes zurück und zündete auf dem Fensterbrett eine Kerze an. Ich legte mich hin und zog mir die Decke bis ans Kinn.

Ich konnte mich nicht erinnern, wie alt ich war. Oder wo ich war. Oder ob ich vor heute Abend jemals einen Stern gesehen hatte.

Irgendwann später hörte ich Pennys Stimme in der Dunkelheit. »Bist du wach?«

»Hmm?«

»Sharon, bist du wach?«

»Nein.«

»Es ist Morgen, Sharon. Wach auf. Ich muss dir etwas sagen.«

Ich öffnete ein Auge. Penny saß auf ihrer Seite im Doppelbett, aber ich konnte nur ihren Schatten erkennen, weil es im Zimmer noch stockdunkel war.

»Wie viel Uhr ist es?«

»Fast sechs.«

»Penny, warum bist du schon wach?«

»Ich habe kaum geschlafen. Ich habe darauf gewartet, dass der Morgen anbricht, damit ich dir von meiner Idee erzählen kann.«

»Welcher Idee?«

»Lass uns nach England fahren.«

»In Ordnung.« Ich zog mir die Decke über die Schulter und murmelte: »Wenn wir nach Hause kommen, werden wir eine weitere Reise planen. Nach England. Ich werde den Reiseführer kaufen. Du kannst die Flugtickets besorgen.«

»Nein, ich meine heute, Sharon. Lass uns heute nach England fliegen.«

Wider besseres Wissen öffnete ich beide Augen und blinzelte in einem Versuch, den Ausdruck auf Pennys Gesicht zu erkennen. Sie meinte es ernst.

»Warum?«

»Ich möchte meine Kusine kennen lernen. Markettas Tochter Elina. Erinnerst du dich? Sie wohnt in England.«

»Möchtest du nicht noch mehr von Finnland sehen?«

»Nein.«

»Penny ...«

»Ich kann das nicht erklären, Sharon, aber diese Reise nach Finnland ist für mich abgeschlossen. Wir haben noch fünf Tage, bevor unser Flugzeug von Heathrow abfliegt. Was hindert uns daran, unseren Anschlussflug umzubuchen und schon heute nach Heathrow zu fliegen? Ich werde Elina anrufen, um zu hören, ob wir sie besuchen können. Dann kann ich ihr selbst die Briefe meiner Mutter bringen und Elina kann anfangen, sie zu übersetzen.«

»Penny ..«

»Bevor du etwas sagst, denk doch einmal darüber nach. Denk daran, wie einfach es wäre, unsere Pläne zu ändern.«

»Welche Pläne?«

»Genau! Ich wusste, du würdest mir zustimmen. Unsere Pläne sind doch flexibel.«

»Sehr flexibel.«

»Wir können tun, was wir wollen.«

»Wenn es vernünftig ist.«

»Das ist vernünftig. Komm schon, Sharon. Was sagst du? Lass uns noch heute nach England fliegen!«

Ich seufzte übertrieben auf. »Warum nicht?« Als ob meine Meinung irgendwie wichtig wäre.

Marketta war verständnisvoller als ich vermutlich gewesen wäre, wenn mich jemand geweckt hätte, indem er um halb sieben im Haus herumstapfte. Anni bereitete uns Frühstück. Marketta führte einige Telefonanrufe, erkundigte sich nach dem Busfahrplan und half uns, unseren verrückten Plan in die Tat umzusetzen. Sie betonte immer wieder, es täte ihr Leid, dass wir schon so bald abreisen würden. Ich versicherte Marketta, auch mir täte es Leid abzureisen, aber Penny bekam von unserem Gespräch kaum etwas mit. Sie telefonierte mit der Fluggesellschaft und schaffte es, einen Flug für zwei Uhr zu buchen.

Unsere Umarmungen und Küsse für Anni fielen an der Bushaltestelle kurz aus, weil der Bus bereits da war und wartete. Penny und Marketta setzten sich nebeneinander in den Bus und unterhielten sich die ganze Zeit. Ich versuchte ein wenig zu schlafen.

Juhani stand bereit, als wir bei ihrem Wohnhaus in Porvoo ankamen. Während Marketta die Briefe von Pennys Mutter und ein paar Fotos zusammensuchte, brachte Juhani unser Gepäck in den Wagen. Er fuhr wie ein Wilder, um uns rechtzeitig zum Flughafen zu bringen. Sein Wagen stank längst nicht mehr so stark wie am Tag zuvor, trotzdem fuhren wir wegen des noch immer wahrnehmbaren Fischgeruchs mit offenen Fenstern. Ich glaube, Penny war zu beschäftigt, um den Gestank wahrzunehmen.

Mir fiel es schwer, mich von Juhani und Marketta zu verabschieden. Ich war noch nicht bereit, sie oder Finnland zu verlassen. Ich hatte in dem Reiseführer von so vielen interessanten Orten gelesen, aber jetzt reisten wir schon ab, obwohl wir bisher kaum etwas von Finnland gesehen hatten.

Wieder einmal erinnerte ich mich daran, dass dies Pennys Reise war und dass sie diejenige war, die die Route bestimmte. Ich war nur die Reisegefährtin und Reisegefährten haben nicht viel zu sagen.

Das Problem war, in den vergangenen Tagen hatte ich mir den Weg so weit freigepickt, dass es mir schwer fiel, mich meiner wegbereitenden Freundin unterzuordnen. Wenn dies meine Reise gewesen wäre, hätte ich die restliche Zeit mit Marketta und Anni zusammen verbracht und hätte mir von ihnen das Finnland zeigen lassen, das sie kannten und liebten.

Doch Penny und ich bestiegen ein Flugzeug und wenn nicht wieder Eisstürme und dichtes Schneetreiben an namenlosen Flughäfen uns daran hinderten, würden wir noch vor unserer nächsten Mahlzeit in London landen.

Kapitel 15

Das Beste an unserem Flug nach Heathrow war, dass er ereignislos verlief. Ich hatte den Kopf gegen das Fenster gelegt und döste vor mich hin. Penny rutschte unruhig auf ihrem Platz am Gang herum. Der mittlere Platz blieb leer und ich war froh über diese unsichtbare Barriere zwischen uns. Ich hatte den Eindruck, dass alles, was wir beide in den vergangenen sieben Tagen erlebt hatten, in den Hintergrund gedrängt werden würde, sollte sich dieser impulsive Ausflug nach England als Katastrophe entpuppen.

Ich ermahnte mich, mich zu entspannen und auf die Reise einzustellen. Penny war eine Frau mit einer Mission und ich wusste, dass nichts sie aufhalten würde. So befreit ich mich auch fühlte, meine Rolle war noch immer die des fröhlichen Staubsaugers.

Als wir dieses Mal zum Zoll kamen, war Penny diejenige, die für den Zollbeamten zu singen begann. Er stimmte mit ein und sang das Lied über den Friseur mit, der Fotos schoss, und über den strömenden Regen.

Ich trat an den danebenliegenden Schalter und der Beamte fragte, ob ich mit Miss Penny Lane reisen würde.

»Ja, wir reisen zusammen.«

»Werden Sie Tony Slavin einen Besuch abstatten?«

»Wie bitte?«

»Dem Friseurladen. Auf der Penny Lane. Es gibt ihn noch, wissen Sie. Werden Sie ihn besuchen? Ein Foto machen?«

»Ich weiß es nicht. Vielleicht.«

Er stempelte meinen Pass ab und reichte ihn mir zurück. »Und besuchen Sie unbedingt den Pub am Ende der Church Street und trinken Sie ein Glas. Sagen Sie dem alten Reggie, Jon hätte ihn nicht vergessen.«

»Reggie?«

»Ja, Reggie ist der Barkeeper. Sagen Sie dem Halunken, Jon hätte den Fünfer nicht vergessen, den er mir noch schuldet. Sie denken doch daran, nicht?«

Ich nickte, aber ich war nicht sicher, ob ich mich wirklich an seine Botschaft erinnern würde und ob wir Reggies Pub überhaupt besuchen würden.

Penny und ich waren durch die langen Flure zur U-Bahn gelaufen. Markettas Tochter Elina hatte Penny an diesem Morgen alles am Telefon erklärt. Ich hatte keine Ahnung, wohin wir gingen.

Eine Idee nahm in mir Gestalt an. *Wir sollten zur Penny Lane fahren. Penny braucht ein Foto von sich auf der Penny Lane.*

In diesem überfüllten Terminal, während ich mich durch die Reisenden aus jeder Ecke der Welt quälte, beschloss ich, Penny zu überraschen. Für alles gibt es ein erstes Mal und dies wäre das erste Mal, dass ich sie mit einem vorzeitigen Geburtstagsgeschenk überraschen würde. Sie hatte mir das tolle blaue Twinset geschenkt. Ich würde einen Weg finden, sie zur Penny Lane zu bringen.

Dazu brauchte ich nur einen Reiseführer.

Da ich nicht mit der Pop-Kultur meiner Generation aufgewachsen war, hatte ich keine Ahnung, wo sich die Penny Lane befand. Über die Beatles wusste ich kaum etwas. Penny würde es wissen, aber wie sollte ich sie dann noch überraschen?

Wir tauschten etwas Geld um und fuhren mit dem Zug zur Paddington Station, wo wir in eine andere Linie umsteigen mussten. Ich überzeugte Penny, in der bezaubernden Victoria Station einen kurzen Zwischenstopp an einem Zeitungsstand einzulegen, damit ich einen Reiseführer kaufen konnte.

Penny sagte: »Hoffen wir, dass wir den hier mehr benutzen als den von Finnland.«

Ich war sicher, dass das so sein würde.

Nachdem wir zur Weiterfahrt im Zug saßen, blätterte ich den Reiseführer durch. Im Stichwörterverzeichnis hinten im Buch fand ich die Penny Lane und das führte mich geradewegs nach Liverpool. Es war alles da. Eine Karte, Zuglinien, Busfahrten. Die Reise würde von London aus ein paar Stunden dauern, aber es war zu schaffen. Viel schwieriger würde es sein, mein Geheimnis zu wahren.

»Wo fahren wir eigentlich hin?«, fragte ich. Durch das Zugfenster sah ich, dass wir uns noch immer in den Vorstädten Londons befanden. Reklamewände am Straßenrand, die parallel zu den Schienen verliefen, warben für Shampoo und Designermode. Tiefe Wolken hingen über den Schornsteinen, aus denen sich gelegentlich eine Rauchwolke wie ein weißes Seil in den verhangenen Himmel erhob.

»Wir fahren zu einem Ort mit Namen Twickenham«, erklärte Penny. »Elina sagte, wir sollten aufpassen, weil diese Station unvermittelt schnell kommt.«

Ich fand Twickenham im Reiseführer und las ihr die Informationen vor. »Hier steht, dass Twickenham in der Nähe von Richmond liegt und Richmond ist eine ›wohlhabende Stadt an der Themse. In den Gassen sind viele Antiquitätenläden und Boutiquen zu finden‹. Gut. Denn wir haben Zeit und ich muss noch Souvenirs einkaufen. In Finnland habe ich noch kaum etwas gekauft. Kaylee hat mir eine Liste mitgegeben und ich möchte auch Joanie etwas mitbringen.«

»Joanie?«

»Du erinnerst dich doch noch an Joanie aus dem Friseursalon?«

»Ach ja, Joanie. In Ordnung. Setzen wir Einkaufen auf unseren Terminplan.«

Pennys Gebrauch des Wortes *Terminplan* faszinierte mich. Ich musste sie einfach necken. »Und was steht sonst noch auf unserem Terminplan?«

»Alles und jedes, was wir hineinzwängen können. Das und das Kennenlernen meiner Kusine. Das steht ganz oben auf meiner Liste.«

»Marketta sagte, dass Elina in deinem Alter ist, richtig?«

»Richtig. Hey, hier müssen wir aussteigen. Schnapp dir deine Sachen.«

Den ganzen Tag hatte ich mein leichtes Gepäck und eine von Pennys drei Taschen getragen, damit sie sich nur mit ihrem Koffer auf Rädern und ihrer großen Sporttasche abzuplagen brauchte.

»Du hast viel zu viel Zeug mitgebracht, Penny.«

»Wem sagst du das! Ich werde mich heute Abend von einem Teil dieses Mülls befreien. Was habe ich mir nur gedacht, als ich das alles eingepackt habe?«

»Vermutlich hast du gedacht, dass du nicht weißt, was dich erwartet.«

»Genau.« Sie blickte mich sehnsüchtig an, als der Zug ruckend zum Stehen kam. »Ich wünschte beinahe, mein Gepäck wäre verloren gegangen, damit auch ich meine Garderobe erneuern könnte, wie du es getan hast.«

»Garderobe? Fünf neue Teile machen doch noch keine Garderobe aus.«

»Aber es geht«, sagte Penny. »Du siehst großartig aus und du reist mit leichtem Gepäck. Sieh mich an. Ich bin schwer bepackt.«

Als wir aus dem Zug stiegen, lachte ich über Pennys Wortwahl. Eine Frau in einem roten Mantel winkte uns zu. Ich fragte mich, ob wir wirklich so offensichtlich als Touristen zu erkennen waren.

Elina trug ihr gerades blondes Haar kurz, so wie ihre Mutter Marketta. Ihre Lippen waren tiefrot wie ihr Mantel. Sie begrüßte uns mit einer verlegenen Umarmung und bot uns an, uns etwas von dem Gepäck abzunehmen. Eine Tasche über jede Schulter gehängt, führte Elina uns durch den kleinen Bahnhof zu ihrem alten grünen Wagen, den sie auf einem überfüllten Parkplatz abgestellt hatte.

Als wir vom Bahnhof losfuhren, begann es zu regnen. Elina fuhr auf die linke Seite der Straße. Penny presste die Hand gegen das Armaturenbrett und fragte: »Ist dies eine Einbahnstraße?«

»Nein.« Elina setzte den Blinker und bog in eine Straße ab, in der einem auf amerikanischen Straßen der Verkehr entgegengekommen wäre.

»Das ist so verrückt!«, lachte Penny. »Ich glaube nicht, dass ich dabei zusehen kann.«

»Ach ja, du musst ja den Eindruck haben, als würde ich auf der falschen Seite der Straße fahren«, sagte Elina. »Ich habe auch eine Weile gebraucht, bis ich mich an diese Regelung gewöhnt habe. In ein oder zwei Tagen wird dir das normal vorkommen.«

Elinas englisches Vokabular war umfangreicher als das ihrer Mutter. Ich konnte verstehen, warum Marketta gesagt hatte, sie könnte Elsas Briefe nicht so gut übersetzen, doch für ihre kluge Tochter Elina würde das kein Problem sein.

Penny stellte all die üblichen Fragen wie: »Wie lange lebst du schon hier?« und »Wie alt sind deine Kinder?«

Elina gab kurze Antworten und stellte Penny dieselben Fragen. Ich konnte nicht sagen, ob Elina unsere Gegenwart unangenehm war oder ob sie vielleicht einfach nur eine kurz angebundene Art zu kommunizieren hatte.

Wenn ich Elina gewesen wäre, dann wäre ich vermutlich auch nur vorsichtig freundlich gewesen. Es ist eine Sache, ein älteres Paar wie Marketta und Juhani zu überraschen, die Zeit hatten, am Küchentisch Kaffee zu trinken und stundenlang von der Vergangenheit zu erzählen. Etwas ganz anderes war es dagegen, einfach so aus heiterem Himmel im Alltag einer Hausfrau in unserem Alter aufzutauchen, die drei Kinder im Alter von acht, elf und sechzehn hatte und einen Mann, der Schichtarbeit leistete. Außerdem war Elina dies alles so kurzfristig aufgebürdet worden, dass sie sich meiner Meinung nach wirklich sehr freundlich verhielt.

»Ich fürchte, unser Heim ist sehr klein«, sagte Elina.

»Wie ich dir schon am Telefon sagte, wir steigen gern in einem Hotel ab«, erwiderte Penny.

»Es ist schon ein wenig spät, um in ein Hotel zu gehen. Ihr könnt auch gern wenigstens diese Nacht bei uns übernachten. Die Mädchen haben nichts dagegen, in meinem Zimmer zu schlafen. Ich hoffe, ihr fühlt euch in ihrem Zimmer wohl.«

»Ich bin sicher, wir kommen gut klar«, sagte ich. »Danke, dass du uns dein Haus öffnest.«

Elina nickte, sagte aber nichts. Sie bog in eine gerade Straße mit alten, zweistöckigen Häusern ein, die am Straßenrand standen wie passende Geburtstagskerzen auf dem Kuchen von jemandem, der weit über fünfzig wurde. Die Häuser waren unterschiedlich gestrichen, aber alle im selben Stil erbaut.

Ein kleines Rasenstück trennte den Bürgersteig von dem abgerundeten Vorderfenster des Hauses, vor dem wir stehen blieben.

Vorwärts einzuparken erschien mir unmöglich zu sein, aber Elina schaffte es mühelos, ihren Wagen in die Parklücke zu rangieren. Zwischen den Stoßstangen der Wagen vor ihr und hinter ihr blieben nur wenige Zentimeter Platz. Mir fiel auf, dass alle Stoßstangen der Autos ziemlich eingedellt waren, als würden die Fahrer hier sie für etwas anderes benutzen, als nur irgendwelche dämlichen Aufkleber darauf zu kleben, wie wir in Amerika es traten.

Der Regen hatte zugenommen. Wir holten unser Gepäck aus dem Kofferraum und rannten zum Haus. Elina öffnete die Tür und rief: »William! Cammy! Tara!«

Der achtjährige William reagierte als Einziger. Auf Strümpfen kam er die Treppe heruntergepoltert. »Mami, hast du die lästigen Kusinen mitgebracht?«

Ich beobachtete, wie Elina so rot wurde wie ihre Lippen und ihr Mantel.

»William«, sagte sie streng. »Dies sind Mrs Lane und Mrs Andrews. Mrs Lane ist meine Kusine. Begrüße die freundlichen Damen, ja?«

»Hallo!« William schüttelte uns beiden die Hand. Er war ein Bild der Höflichkeit. Ein Stich durchzuckte mein Mutterherz, als ich William betrachtete. Ich vermisste meinen Joshie. Ich vermisste alle meine Kinder. Ich vermisste Jeff ganz schrecklich. Am liebsten wäre ich sofort nach Hause gefahren. Ich hätte am liebsten die Augen geschlossen, nur um beim Öffnen im Eingang meines Hauses zu stehen mit den Schmutzflecken, die sich aus dem Teppich auf der zweiten Stufe nicht mehr entfernen ließen und der kleinen Macke in der Wand, die Ben am Weihnachtsmorgen vor fünf Jahren mit seinem ferngesteuerten Jeep gemacht hatte.

Ich blinzelte, befand mich aber noch immer in England. Mein Gehirn schien auf der falschen Straßenseite zu fahren. Gestern um diese Zeit war ich noch über einen Feldweg geholpert in einem Wagen, der nach Heilbutt stank und hatte zugehört, wie Juhani und Marketta sich auf Finnisch unterhielten. Ich war nicht bereit für eine solche schnelle Veränderung von Ort, Kultur und Anblick.

Aber da stand ich mitten in einer Produktion von *Peter Pan*, mit Schatten an der Wand und einer Großvateruhr am Ende des Flurs, die für uns die Zeit schlug. Halb sechs.

Ich musste mich setzen.

Elina plapperte weiter, als hätte niemand von uns Williams Kommentar über die »lästigen Kusinen« gehört. Ich wusste, Penny würde nur für einen kurzen Besuch bleiben und dann ein Taxi rufen, das uns ins nächste Hotel bringen würde.

»Wo sind deine Schwestern?«, fragte Elina.

»Oben.« An Penny gewandt fügte William hinzu: »Möchtest du dir gern Miss Molly ansehen?«

»Sicher.« Penny warf mir über die Schulter hinweg einen Blick zu, als ob ich wüsste, wer Miss Molly war.

»Putz dir aber die Schuhe ab, wenn du wieder hereinkommst, William. Es regnet.« Elina griff nach Pennys größtem Koffer. »Wir können das Gepäck nach oben bringen, wenn du möchtest.«

»Gern.« Ich folgte Elina die steile, schmale Treppe nach oben. Die Tür des ersten Zimmers auf der rechten Seite war offen. Etagenbetten standen auf einer Seite des Zimmers. Ein Dutzend nicht zusammenpassender Poster von Kätzchen und Rockbands zierten die andere Wand. Offensichtlich hatten die beiden Schwestern, die sich dieses Zimmer teilten, einen unterschiedlichen Geschmack.

»Cammy«, rief Elina, »komm doch bitte und hol deine Schultasche und deine Schuhe.«

Die elfjährige Cammy kam aus dem Schrank, der neben der Tür versteckt war. »Ich bin hier, Mum.« Sie ähnelte Elina, doch ihr langes dunkles Haar war zu einem Pferdeschwanz zusammengebunden. »Ich suche nur die schmutzigen Sachen zusammen.«

»Gut. Wo ist deine Schwester?«

»Sie sieht in deinem Zimmer fern.«

»Cammy, dies ist Mrs Andrews.«

Cammy lächelte. Ich versuchte, mit ihr über meine Kinder zu sprechen, aber Cammy schien nicht interessiert zu sein, darum ließ ich das Thema fallen und dankte ihr nur, dass sie uns ihr Zimmer überließ.

»Ich gehe nach unten und bereite das Abendessen vor«, sagte Elina. »Cammy, hast du frische Handtücher ins Bad gehängt?«

»Noch nicht.«

»Würdest du das bitte tun und zeig Mrs Andrews, wo alles ist.«

Ich folgte Cammy zum Bad. Sie erklärte mir, wie die Toilette funktionierte. Man zog an einer Kette und hielt sie fest, bis man hörte, wie das Wasser wieder in den Tank lief. Dann stellte sie mich der sechzehnjährigen Tara vor, die urplötzlich im Mädchenzimmer auftauchte. Auch Tara hatte lange dunkle Haare. Vermutlich stammten die dominierenden Gene von ihrem Vater.

»Sharon!«, rief Penny von unten herauf. »Sharon, du musst herunterkommen. Das glaubst du nicht!«

Die beiden Mädchen stiegen vor mir die Treppe hinunter. Ich musste mich bücken, denn sonst hätte ich mir den Kopf gestoßen. Ich folgte den Mädchen in die Küche und da stand Penny mit einem großen, dicken Huhn im Arm. Ein lebendiges Huhn. Ein rotbraunes, dick gefiedertes Huhn mit hängenden Füßen und einem vorgereckten Hals, das sich nervös umsah.

»Warum ist Miss Molly hier drin?«, fragte Cammy.

»Draußen war es zu nass. Mrs Lane wollte sie halten.«

Mir fiel es schwer zu glauben, dass Penny zu irgendeiner Zeit irgendein Tier halten »wollte«. Vor allem ein zappeliges Tier wie ein Huhn. Ich schätzte, Penny war wie üblich mal wieder besonders freundlich, um die skeptische Elina und den Rest ihrer Familie für sich zu gewinnen.

»Na, sieh dich nur an«, sagte ich.

»Ja.« Penny biss sich auf die Unterlippe. »Sieh mich nur an.«

Langsam ging ich auf Penny und das Huhn zu. »Wie geht es dir, Miss Molly?«

»Sie ist mein Lieblingshuhn«, erklärte William.

»Tatsächlich. Wie viele Hühner habt ihr denn?«

»Vier. Miss Molly ist das freundlichste.«

»Stimmt das?« Ich beobachtete, wie Miss Molly leicht auf Pennys Hand pickte.

»Ich denke, Miss Molly möchte jetzt wieder in ihren Stall gehen«, sagte Penny mit einem angestrengten Lächeln. »Hier hast du sie, William.«

Flügelschlagend wanderte Miss Molly in Williams Arme. »Würden Sie sie gern halten, Mrs Andrews?«

»Nein, das ist schon in Ordnung. Wenn Miss Molly wieder in ihren Stall möchte, dann brauche ich sie nicht zu halten.«

Ein verschmitztes Grinsen erschien auf Pennys Gesicht. »Ich denke, Miss Molly möchte, dass du sie auf den Arm nimmst, Sharon. Nur zu, William. Lass Mrs Andrews dein Lieblingshuhn halten. Es ist so freundlich.«

Ich warf Penny einen wütenden Blick zu, der besagte: »Das wirst du mir büßen.« Wenn Hühner bei Menschen ihre Nervosität spüren können, dann konnte Miss Molly bestimmt meine Gedanken lesen. Sie hatte nicht vor, ruhig in meinen Armen zu liegen. Sobald William versuchte, sie an mich weiterzugeben, grub Miss Molly ihre Krallen tief in meine Hand und versuchte mir mit wildem Flügelschlagen zu entkommen.

»William, schaff dieses lächerliche Huhn hier raus!«, rief Elina vom Spülbecken. »Tara, würdest du bitte den Tisch decken? Cammy, sieh nach, ob noch genügend Milch im Kühlschrank steht und gieß drei Gläser voll.«

William schnappte sich Miss Molly und brachte sie durch die Hintertür hinaus. Meine Hand begann zu bluten. Schnell entschuldigte ich mich und ging nach oben, um die Wunde auszuwaschen. Penny folgte mir.

»Es tut mir Leid, Sharon«, entschuldigte sie sich. »Ich hätte nicht gedacht, dass Miss Molly dich angreifen würde.«

»Die Wunde ist nicht tief«, sagte ich, während ich die Hand unter das Wasser hielt. »Siehst du? Die Blutung hat bereits aufgehört.«

»Ich habe einen Erste Hilfe-Kasten in meinem Koffer«, erklärte Penny. »Dave hat darauf bestanden, dass ich ihn einpacke. Er dachte, wir würden ihn vielleicht brauchen, wenn wir uns Blasen laufen. Ha! Der wird staunen, wenn er hört, wofür wir ihn gebraucht haben! Ich bin gleich wieder da.«

Während ich meine Wunde säuberte und verband, sagte Penny: »Denkst du, wir sollten uns für heute Nacht eine andere Unterkunft besorgen? Wir machen Elina ziemlich große Umstände.«

»Ich denke, es wäre peinlich, wenn wir jetzt unsere Koffer nehmen und gehen würden. Wir könnten doch zum Abendessen bleiben und wenn wir uns dann noch immer nicht willkommen fühlen, suchen wir einen Grund zu gehen.«

»In Ordnung. Aber wie auch immer, spätestens morgen früh rufen wir ein Taxi und fahren woanders hin«, verkündete Penny. »Wohin möchtest du?«

»Wo ich hin möchte? Im Augenblick möchte ich nach Hause.«

»Nach Hause?«

In einem einzigen langatmigen Satz erinnerte ich Penny daran, dass wir seit dem Frühstück außer ein paar Brezeln im Flugzeug nichts mehr gegessen hatten und ich war sauer auf das Huhn, weil es mich gekratzt hatte und da wir hier offensichtlich nicht willkommen waren, fand ich es absurd, dass Penny mich in einem Augenblick wie diesem fragte, wohin wir fahren sollten, denn wenn es nach mir gegangen wäre, wären wir noch immer in Finnland und würden das beruhigende Tempo von Markettas Leben genießen und an ihrem rustikalen Küchentisch mit dem grün-weißen Tischtuch Schokolade essen.

»Was willst du damit sagen, Sharon? Meinst du, wir sollten nach Finnland zurückkehren?«

»Nein, natürlich nicht. Ich meine, ja, ich würde es gern. Eines Tages. Ich würde gern nach Finnland zurückkehren. Aber nicht heute. Es würde keinen Sinn machen, dorthin zurückzukehren. Ich will damit sagen, ich weiß nicht, was wir jetzt tun sollen.«

Und dann fügte ich noch hinzu: »Vielleicht sollten wir demnächst beten, bevor wir solche Entscheidungen treffen.«

Penny lehnte sich gegen das Waschbecken. »Ich habe gebetet. Ich dachte, wir sollten hierher kommen, aber vielleicht habe ich das missverstanden. Vielleicht sollten wir aus einem anderen Grund nach England kommen, nicht wegen meiner Kusine.«

»Wie zum Beispiel?«

»Ich weiß es nicht. Ich möchte Elina trotzdem bitten, die Briefe meiner Mutter zu übersetzen. Vielleicht kann ich sie bei ihr lassen und sie kann sie mir schicken.«

»Vielleicht findest du ja in San Francisco jemanden, der sie für dich übersetzen kann.«

Ich weiß nicht, ob Penny mich gehört hatte. Sie starrte auf den Duschvorhang und schien tief in Gedanken versunken zu sein. Vielleicht war sie auch tief ins Gebet versunken. Ich räumte die Erste-Hilfe-Sachen weg und ging ins Schlafzimmer. Penny folgte mir.

»Ich habe eine Idee«, sagte sie.

Beinahe hätte ich gesagt: »Natürlich!« Aber meine Lippen waren genauso müde wie mein restlicher Körper.

»Wie wäre es, wenn wir Monique besuchen würden?«

»Welche Monique?«

»Erinnerst du dich denn nicht? Monique. Aus dem Flugzeug auf dem Herflug. Sie hat uns eingeladen, sie zu besuchen, wenn wir jemals in England wären. Und sieh nur! Wir sind in England.«

»Wo wohnt sie denn?«

»Ich erinnere mich nicht mehr. Ich habe irgendwo ihre Adresse und Telefonnummer. Weißt du noch? Sie hat sie auf eine Serviette geschrieben.«

»Denkst du, dass ihre Einladung wirklich ernst gemeint war oder war sie nur höflich?«

»Ich denke, sie wollte wirklich, dass wir sie besuchen.«

Ich war nicht davon überzeugt. Aber der Gedanke, Monique zu treffen, faszinierte mich. Ich weiß nicht genau, aus welchem Grund. Monique war uns noch fremder als Elina. Es schien Wochen her zu sein, dass wir sie im Flugzeug kennen gelernt hatten.

»Hier ist es.« Penny zog eine zerknitterte Serviette aus ihrer Tasche. »Sie wohnt an einem Ort mit Namen Warrington. Ist das weit weg?«

Ich holte meinen Reiseführer hervor und suchte Warrington auf der Karte. Mit einem verschmitzten Grinsen nahm ich zur Kenntnis, dass Warrington weniger als einen Viertelzentimeter östlich von Liverpool lag.

»Wir fahren nach Warrington«, bestimmte Penny.

»Denkst du, das ist in Ordnung?«, fragte ich.

»Was, dass wir abreisen? Ich denke, sie werden froh sein, wenn wir fort sind. Abgesehen von William. Er sagte, es sei ›toll‹ von mir, sein Huhn auf den Arm zu nehmen.«

»Aber was ist mit deiner Kusine? Unsere Zeit in Finnland ist so schnell verflogen. Wenn wir morgen früh abreisen, hast du nicht viel Gelegenheit gehabt, Elina kennen zu lernen. Und das hast du dir doch von dieser Reise versprochen, nicht?«

»Das Kennenlernen von Verwandten ist keine Einbahnstraße. Dazu gehören zwei. Das war mir nicht so klar«, erwiderte Penny. »Ich habe nicht den Eindruck, dass Elina und ich auf derselben Seite der Straße fahren, sozusagen.«

»Das könnte sich ändern.«

»Oder auch nicht.«

Ich seufzte. »Penny, ich wollte nur sicher sein, dass du jede Gelegenheit nutzt, um zu erreichen, was du dir von dieser Reise versprochen hast. Du sollst nach Hause fahren in dem Wissen, dass du alles versucht hast, um eine Verbindung zu deinen Verwandten herzustellen.«

»Danke, Sharon. Ich weiß, was du sagen willst und du hast Recht. Ich sollte mir mehr Mühe geben. Zu William habe ich einen Draht. Vielleicht könnte ich dort anfangen und mich zu einer besseren Verbindung zu Elina vorarbeiten. Wie du schon gesagt hast, das ist meine einzige Chance.«

In diesem Augenblick hörten wir auf der Treppe Schritte.

»Hallo!« William erschien in unserer geöffneten Tür mit einer Hühnerfeder in der Hand. »Möchtest du die behalten? Das ist die schönste Feder von Miss Molly.«

»Vielen Dank, gern.« Penny nahm die dünne Feder und lächelte William strahlend an. »Richte Miss Molly aus, dass ich das sehr zu schätzen weiß.«

William strahlte. »Mami sagt, ich soll euch zum Essen holen.«

»Was gibt es denn zum Abendessen?« Penny tippte William mit der Feder auf die Nase. »Doch hoffentlich nicht Hühnchen.«

William blickte Penny verwirrt an. »Nein, kein Hühnchen.«

»Das war nur ein Scherz, William.«

Seine Unterlippe zitterte. Er trat von Penny zurück und rannte schreiend die Treppe hinunter. »Mami! Mami!«

Penny und ich sahen uns an.

»Ich werde Monique anrufen«, bemerkte sie.

»Gute Idee.«

Kapitel 16

Der süße William schien sich schnell von Pennys Scherz von dem Hühnchen zum Abendessen erholt zu haben. Elina hatte eine einfache Mahlzeit zubereitet, die sie Shepherd's Pie (Hirtenkuchen) nannte. Obwohl Penny und ich beide sagten, wir hätten bereits davon gehört, hatten wir ihn beide noch nie probiert. Die untere Schicht bestand aus Hackfleisch. Es wurde gemischt mit Karotten und Erbsen und einer dicken Soße, dann wurde das Ganze mit zerdrückten Kartoffeln bedeckt und mit Käse bestreut.

Die Mahlzeit war einfach, aber das Gespräch am Tisch sehr vielschichtig. Cammy sagte, ihr würde der Hirtenkuchen besser schmecken, wenn ihre Mum richtigen selbst gemachten Kartoffelbrei nehmen würde, nicht den Fertigkartoffelbrei wie an diesem Abend. Tara diskutierte mit ihrer Mutter über eine Party, die sie am Wochenende besuchen wollte. Aus strategischen Gründen schien Tara gewartet zu haben, bis wir, die Gäste, da waren, bevor sie das Thema anschnitt. Ich erkannte die typische Teenagerstrategie, um ihre Mutter dazu zu bringen, ihr den Besuch zu gestatten.

Elina war eine stärkere Mutter als ich. Sie blieb in ihrem »Nein« fest, trotz Taras Überredungsversuchen.

William unterbrach sie ständig und wurde wiederholt gebeten zu warten, bis er an der Reihe sei. Als Cammy sich erhob, um ihren Teller abzuräumen, erklärte sie, sie hätte noch Hausaufgaben zu machen und dann erinnerte sie ihre Mutter, dass ihre blaue Bluse noch gebügelt werden müsste, da sie sie am Morgen für eine Theaterprobe in der Schule brauchte.

»Ich kann sie nicht bügeln«, entschuldigte sich Cammy, »weil ich noch an meiner Rolle für die Probe arbeiten muss. Ich habe sie noch nicht auswendig gelernt.«

Elina sah auf ihre Uhr. »Ich muss noch einige Telefonate führen, bevor es zu spät wird. William, wenn du fertig bist, räum bitte den Tisch ab. Tara, du musst das Geschirr spülen.«

»Das geht nicht. Ich muss auch noch Hausaufgaben machen«, protestierte Tara.

»Und warum hast du dann heute Nachmittag ferngesehen?«

»Das gehörte zu meinen Hausaufgaben. Wir müssen einen Aufsatz über die gegenwärtigen Ereignisse in den Nachrichten schreiben.«

»Sie hat nicht die Nachrichten gesehen. Sie hat sich Zeichentrickfilme angesehen«, petzte Cammy.

»Genau wie du«, fuhr Tara sie an. »Und du solltest deine Rolle auswendig lernen.«

»Ich habe nicht ferngesehen«, verkündete William stolz. »Ich war die ganze Zeit, wo du weg warst, in meinem Zimmer.«

Elinas Gesicht wurde immer tiefer rot. Bestimmt würde sie gleich explodieren. Ich fühlte mich schrecklich, weil wir einfach so in ihr Leben geplatzt waren. Penny und ich hatten Ferien, während Elina offensichtlich ihren Alltag zu bewältigen hatte. Sie hatte sogar die doppelte Arbeit, da ihr Mann nicht da war.

Elina atmete tief durch. »Ihr geht jetzt alle nach oben und tut, was ihr noch zu tun habt. William, vergiss nicht zu baden.«

»Ich esse noch, Mami.« William nahm einen kleinen Bissen von einer Möhre auf seiner Gabel.

»Wirst du meine Bluse denn noch bügeln, Mum?«, fragte Cammy.

Ich mischte mich ein. »Ich kann deine Bluse bügeln, Cammy. Ich bügele gern.«

Alle blickten mich an.

»Wirklich.« Verlegen zuckte ich die Achseln.

»Das stimmt«, bestätigte Penny. »Ich weiß es. Es ist seltsam, aber Sharon bügelt gern. Und ich bin ein Experte im Abräumen von Tischen und Geschirrspülen. Zeig uns die richtige Richtung, Elina, dann halten wir hier unten die Stellung.«

Elina brauchte lange, bis sie reagierte. Schließlich sagte sie: »In Ordnung, aber erzählt bloß meiner Mutter nicht, dass ich euch das habe machen lassen. Ich brauche zum Telefonieren nur ein paar Minuten.«

Die befreiten Küken verschwanden in Rekordzeit. Penny und ich waren allein und spielten die Rolle von Küchenmädchen. Ich hatte nichts dagegen. Ich fand, das war das Mindeste, was wir tun konnten.

Wir arbeiteten schnell und schweigend. Ich weiß nicht, worüber Penny während der Arbeit nachdachte, aber mir gefiel es, etwas Vertrautes zu tun. Der Aufenthalt auf Flughäfen setzte mir allmählich zu, aber das hier - eine Küche, ein Bügelbrett, das Geräusch von laufendem Badewasser im oberen Stockwerk - das kannte ich. Meine Gedanken waren bei meiner Familie. Ich vermisste sie so sehr, dass ich das kaum glauben konnte. Meine Liebe zu ihnen war noch nie zuvor auf eine solch harte Probe gestellt worden und ich spürte eine ungewohnte Begeisterung darüber, dass ich einen Mann und Kinder hatte, die ich lieben konnte. Nie mehr würde ich diese Beziehungen für selbstverständlich hinnehmen.

Nachdem Penny ihre Arbeit erledigt hatte, setzte sie sich an den Tisch und wir sprachen über unsere Möglichkeiten. Sobald Elina mit dem Telefonieren fertig war, würde Penny Monique anrufen.

Ich setzte mich zu ihr. Noch immer empfand ich Sehnsucht nach meiner Familie und ich sagte, unsere Erlebnisse hätten meine wildesten Erwartungen bereits weit übertroffen. Ich war zufrieden. Ich brauchte keine weiteren Abenteuer mehr. »Wir könnten einen früheren Flug nach Hause nehmen«, schlug ich vor. Abgesehen von meinem Wunsch, Penny zur Penny Lane zu bringen, hatte ich keinen weiteren Grund mehr, auf dieser Seite der Welt zu bleiben.

Penny dagegen schien auf neue Erlebnisse aus zu sein. Sie saß mir gegenüber am Tisch und wartete auf ihr neues Abenteuer. »Wir müssen alles sehen, was wir können«, meinte Penny mit gepresster Stimme. »Dies ist unsere einzige Gelegenheit. Das Leben ist viel zu kurz. Verstehst du das denn nicht?«

»Ja, ich verstehe es und ich mache mit bei allem, was du tun willst. Du entscheidest. Was passiert als nächstes?«

»Ich möchte Monique anrufen.«

»In Ordnung. Ruf Monique an. Sehen wir, was passiert.«

Penny blickte mich mit ihren hellbraunen Augen an. »Ich möchte auch nach Schottland. Eigentlich möchte ich auch gern die Schweiz sehen. Und Griechenland. Nicht notwendigerweise in dieser Reihenfolge. Ich wollte schon immer einmal nach Griechenland. Hast du mal Bilder von der Ägäis gesehen? Sie ist so blau. Kannst du dir vorstellen, wie es wäre, in solchem Wasser zu schwimmen? Oder der Nil. Schon immer wollte ich mal wie Kleopatra auf dem Nil treiben.«

»Penny!«, unterbrach ich ihre verrückten Reisewünsche. »Hörst du, was du da sagst? Im Augenblick redest du lauter Blödsinn.«

Penny sah mich an. Ein Hauch von Traurigkeit verschleierte ihre braunen Augen. »Ich möchte alles tun, Sharon. Ich möchte alles sehen. Es ist wie in dem Lied, das wir in der Highschool gesungen haben. Erinnerst du dich noch daran? Es handelte davon, um die Welt zu segeln. Nachdem ich Wolf verlassen hatte und aus San Francisco zurückgekehrt war, habe ich mir das wochenlang angehört. Erinnerst du dich? Gold suchen und nach Perlen tauchen?« Penny begann zu summen und sang dann eine Zeile, die von dem Wissen sprach, dass diese Weltreise eine Utopie war.

Elina betrat den Raum und fragte, ob sie Tee kochen sollte.

»Tut mir Leid, dass ich euch mit dem Geschirr allein gelassen habe«, entschuldigte sie sich. »Im Augenblick ist viel zu regeln.«

»Das macht doch nichts.« Penny erhob sich und ließ ihr Lied zusammen mit ihrem unsichtbaren Stapel Erinnerungen aus der Highschoolzeit und Reisewünschen am Tisch zurück. »Ich muss mich bei dir entschuldigen, dass wir einfach so hereingeplatzt sind. Morgen reisen wir wieder ab, denn wir wollen noch jemand anderen besuchen. Könnte ich bei dir einmal telefonieren? Ich werde meine Telefonkarte damit belasten, damit es dich nichts kostet.«

»Oh, gewiss.« Elina deutete auf das Telefon an der Küchenwand. »Wenn du lieber allein sein möchtest, kannst du auch das Telefon oben in meinem Schlafzimmer benutzen.«

»Das Telefon hier ist in Ordnung.« Penny nahm Moniques Nummer aus der Tasche und lieh sich ein Stück Papier und einen Stift aus.

An dem, was Penny ins Telefon sagte, merkte ich, dass sie nur Moniques Anrufbeantworter erreicht hatte und eine Nachricht hinterließ.

Elina stellte drei Tassen auf den Tisch. In meiner befanden sich getrocknete Essensreste auf dem Boden. Ich versuchte sie möglichst unauffällig abzukratzen. Aber Elina bemerkte es.

»Tut mir Leid«, sagte sie und nahm mir meine Tasse ab. »Hier, die hier ist sauber. Und ich muss mich entschuldigen für das Fehlen von richtigem Tee. Losem Tee. Ich bin heute nicht zum Einkaufen gekommen und muss meine Teebeutel für den Notfall nehmen.«

»Du brauchst dich doch nicht zu entschuldigen. Zu Hause nehme ich nur Teebeutel.«

»Wirklich?«

Penny legte den Hörer auf. »Monique war nicht zu Hause, aber wir fahren morgen trotzdem dorthin. Wenn wir angekommen sind, können wir es ja noch einmal versuchen.«

»Wohin wollt ihr?«, fragte Elina.

»Nach Schottland«, sagte Penny bestimmt.

Ich senkte den Blick auf meine Tasse und tauchte bewusst den Teebeutel ein, damit ich den Blick zwischen den Kusinen nicht mitbekam. Auch sollten weder Penny noch Elina den missbilligenden Ausdruck bemerken, der sich auf mein Gesicht legte. Ich erinnerte mich daran, dass dies Pennys Abenteuer war. Ich war nur die Begleiterin. Aufleuchtende Kometen waren niemandem verantwortlich.

»Fahrt ihr mit dem Zug?«, fragte Elina.

»Ja«, erwiderte Penny. »Ganz bestimmt. Mit dem Zug wird es besser gehen als in einem Mietwagen.«

»Ich kann euch zum Bahnhof bringen«, bot Elina an.

»Das geht schon«, wehrte Penny etwas brüsk ab. »Wir nehmen ein Taxi.«

Elina rutschte auf ihrem Platz hin und her und legte die Hände um ihre Teetasse. Wir versanken in unbehagliches Schweigen.

Ich rettete meinen schlaffen Teebeutel und legte ihn auf meinen Teelöffel, wie Elina es getan hatte, und nahm einen Schluck von dem dunklen Getränk. Ich wünschte, wir könnten uns entschuldigen, nach oben gehen, ohne unhöflich zu sein, schlafen und bei Anbruch der Dämmerung das Haus verlassen.

»Meine Mutter erwähnte, dass du gern einige Briefe übersetzt hättest.«

»Eigentlich«, erwiderte Penny langsam, »wollte ich sie jemandem in San Francisco geben.«

»Kennst du denn einen finnischen Übersetzer in San Francisco?«

»Nein, aber über die Universität finde ich bestimmt jemanden.«

»Sieh mal.« Elina stellte ihre Tasse ab. »Ich schätze, dies ist kein guter Anfang für uns gewesen. Du und ich haben uns diese ganzen Jahre über nicht als Kusinen gekannt.«

Penny schien bei dem Wort *Kusinen* zusammenzuzucken.

Elina ergriff Pennys Hand. »Warum fangen wir nicht noch mal von vorn an und versuchen, Freunde zu werden? Wäre das nicht ein besserer Ausgangspunkt?«

Penny entzog ihr ihre Hand, hielt Elinas Blick aber fest. »Siehst du, Elina, das ist genau der Punkt. Wir sind keine Freunde. Wir sind Kusinen. Freunde habe ich genug. Aber ich habe keine anderen Kusinen und Kusins. So weit ich weiß, habe ich keine anderen Verwandten. Nur dich, deinen Bruder, deine Mutter und deinen Vater. Das ist alles.

Du gehörst zu den vier Menschen auf diesem riesigen Planeten, die dasselbe Blut haben wie ich. Wir brauchen keine Freunde zu sein, Elina. Aber ob wir es wollen oder nicht, wir sind Kusinen.«

Ich war erstaunt über Pennys Direktheit. Noch mehr erstaunte mich Elinas Reaktion. Sie begann zu weinen. Nicht die Art des Weinens, bei dem die Tränen in geordneten Bahnen die Wangen herunterlaufen. Sie legte die Hände vors Gesicht und schluchzte.

Penny zögerte nicht. Sie sprang auf und legte tröstend den Arm um ihre Kusine und streichelte ihr Haar, während sie beruhigend auf sie einsprach. Die Szene erinnerte mich an Markettas Verhalten an ihrem Küchentisch, nur dass jetzt Penny die Rolle der Trösterin übernommen hatte.

»Du hast Recht«, sagte Elina und sah auf. »Wir sind Kusinen.«

»Ja, aber warum weinst du so, Elina? Ich weiß einiges über Tränen und ich schätze, dass diese schon lange Zeit darauf warten, herauskommen zu können.«

Elina öffnete sich. Die Frauen in Pennys Familie schienen dieselbe Veranlagung zu haben, in Tränen auszubrechen und mit ihren Gefühlen herauszuplatzen. »Heute Morgen bekam mein Mann Arnie einen Anruf. Es könnte sein, dass einige Männer seiner Schicht gefeuert werden.«

»Gefeuert?«

Elina sah mich an.

»Ja. Er sagte, heute nach der Arbeit bekäme er vielleicht seine Papiere. Als er ging, war er sehr aufgebracht. Ich wollte nicht, dass euer Besuch dadurch belastet wird, aber ich fürchte, ich habe an kaum etwas anderes denken können. Wenn er seinen Job verliert, weiß ich nicht, was wir machen sollen. Wir leben schon so lange mit wenig Geld. Ich habe sechs Jahre lang mitgearbeitet, aber vor etwa neun Monaten wurde ich entlassen. Es ist nicht besser geworden für uns.«

Penny griff nach einem Küchentuch und reichte es Elina, da sie keine Papiertaschentücher finden konnte.

»Nun, ich schätze, wir haben einen äußerst schlechten Tag für unseren Besuch erwischt«, sagte Penny mit fröhlicher Zärtlichkeit.

»Ja«, stimmte Elina zu. Sie fuhr sich über die Augen und riss sich zusammen. »Es war ein ziemlich schrecklicher Tag. Ein ziemlich schreckliches Jahr, um ehrlich zu sein.«

Penny griff nach einem Stuhl neben Elina und setzte sich. Mit ruhigen, festen Worten sagte Penny zu ihrer Kusine: »Das Leben kann manchmal ziemlich durcheinander sein, so ist es nun einmal. Aber es wird wieder besser werden. Gott wird dies für euch in Ordnung bringen. Du wirst schon sehen.«

»Mami?« William stand in seinem Bademantel in der Küchentür und spähte hinein.

»Ja, William?«

»Ich bin jetzt fertig, Mami.«

»In Ordnung. Gute Nacht, mein Sohn.«

»Fragst du denn nicht, ob ich mir auch die Zähne geputzt habe?«

»Hast du dir die Zähne geputzt?«

»Ja, Mami.«

»Dann gute Nacht.«

»Mami?«

»Ja, William?«

»Kann ich einen Kuss bekommen?«

»Natürlich. Komm her.«

Ich beobachtete, wie Elina tat, was alle Mütter tun. Sie nahm ihren Sohn in die Arme, küsste ihn und barg ihr Gesicht an seinem Hals. Nichts im Universum riecht so wie der Nacken eines achtjährigen Jungen, der gerade gebadet hat.

Ich entdeckte auch hier, was Kinder auf der ganzen Welt tun, wenn sie in der Familie Spannungen verspüren. William wollte seiner »Mami« nahe sein.

»Gute Nacht«, sagte Elina.

William sah zu ihr auf. »Gute Nacht. Schlaf fest und träum was Schönes!«

Mit einem Kuss für Elina und einem Winken für Penny und mich marschierte der tapfere William ins Bett.

»Du bist reich in vielerlei Hinsicht«, sagte Penny.

»Ja, aber ...«

William erschien erneut. »Cammy und Tara streiten miteinander.«

Da hörten wir, wie die Haustür geöffnet wurde.

»Das ist bestimmt Arnie.« Elina schüttelte den Kopf. »Das ist kein gutes Zeichen, wenn er jetzt schon nach Hause kommt.«

»Daddy!« William lief zur Haustür.

»Wie geht es meinem Jungen?«, ertönte eine tiefe Stimme aus dem Flur. Wir konnten hören, wie William einen ausführlichen Bericht der Tagesereignisse gab, einschließlich des Streits seiner Schwestern oben. »Und die Damen trinken mit Mami in der Küche Tee.«

»Du gehst jetzt ins Bett, mein Sohn.«

»In Ordnung, Daddy.«

Penny wandte sich an Elina und sagte mit leiser Stimme: »Sharon und ich werden gehen, damit ihr beide reden könnt. Ich rufe ein Taxi.«

»Nein, das ist schon in Ordnung. Bitte bleibt. Arnie wird nichts dagegen haben.«

Ein dunkelhaariger Mann mit Brille und einer braunen Kordmütze trat mit einem breiten Grinsen auf dem Gesicht in die Küche. »Bist du bereit für die Neuigkeit, Elina? Ich bin befördert worden!« Er drückte ihr einen schmatzenden Kuss auf die Wange. Penny und mir nickte er zu. »Hallo.«

»Befördert?«

»Genau. Ich bin in die Morgenschicht versetzt worden und wegen dieser Veränderung habe ich in den nächsten drei Tagen frei. Bezahlt. Ein dreitägiges Wochenende. Das erste seit langer Zeit, nicht wahr?«

»Wie kam es dazu?«

»Nach dem, was Chester mir erzählt hat, bin ich schon länger für die Tagesschicht im Gespräch und nun gab es eine offene Stelle. Wenn es dort keine offene Stelle gegeben hätte, wäre ich wie die anderen vier Männer der Nachtschicht entlassen worden.«

»Ich kann es kaum glauben«, seufzte Elina.

»Du glaubst es besser! Es wurde aber auch Zeit, dass wir mal wieder etwas Gutes erleben.«

Elina sah zu Penny hinüber. »Das ist mein Mann Arnie. Arnie, das sind meine Kusine Penny und ihre Freundin Sharon.«

Arnie war nicht besonders groß. Er war stämmig auf eine Art, die zu einem Mann passte, der seinen Lebensunterhalt in der Arbeiterklasse verdiente.

»Ich freue mich, euch kennen zu lernen. Elina hat mir erzählt, ihr würdet ein paar Tage bei uns bleiben.«

»Eigentlich nicht«, erklärte Penny. »Wir reisen morgen früh ab.«

»Morgen? Unsinn! Ihr seid doch erst heute Nachmittag angekommen, nicht? Warum bleibt ihr nicht und leistet Elina ein wenig Gesellschaft? Sie könnte etwas Entspannung wirklich gebrauchen.«

»Sie haben andere Pläne«, sagte Elina.

»Dann mach doch auch ein paar Pläne, Schatz. Ich übernehme hier für ein oder zwei Tage, damit du einmal ausspannen kannst.«

Elina lehnte sich zurück und betrachtete ihren Mann. »Hast du getrunken, Arnie?«

»Nur ein Glas. Ich musste mit Pete und den Jungs feiern.«

Elina schüttelte den Kopf. »Ich kann es kaum glauben, dass du befördert worden bist.«

»Glaube es.« Arnie zog sich einen Stuhl heran und sagte zu Penny und mir: »Es war eine schwere Zeit für uns. Hat Elina euch von den neuen Medikamenten erzählt, die der Arzt ihr verschrieben hat? Seit der Operation nimmt sie Medikamente.«

»Arnie, natürlich habe ich ihnen nichts davon erzählt.«

»Oh. Ich dachte, Frauen würden sich immer von ihren typischen Frauenproblemen erzählen.«

Elina starrte in ihre leere Teetasse.

»Totaloperation?«, fragte Penny vorsichtig, nachdem das Schweigen aus dem Raum alle Luft aufgesogen zu haben schien.

Elina nickte. »Vor drei Monaten.«

»Vier«, korrigierte Arnie sie. »Es wird Zeit, dass sie sich wieder wie sie selbst fühlt, meint ihr nicht auch?«

»Nicht notwendigerweise«, erwiderte Penny. »Eine Arbeitskollegin brauchte ganze sechs Monate, bis sie sich wieder normal gefühlt hat und das war nach einer kreativen Hormontherapie.«

Die Luft schien nicht in den Raum zurückzufließen, weil niemand Pennys Bemerkung etwas hinzuzufügen hatte.

Außer Penny.

»Ich habe eine Idee.«

Ich schloss die Augen und wartete. Ich brauchte nicht einmal nach ihren Augenbrauen zu sehen, um zu erraten, was jetzt kommen würde.

»Warum kommst du nicht mit, Elina? Wenn Arnie in den kommenden Tagen zu Hause ist, könnten wir drei doch morgen früh nach Warrington fahren.«

Elina sagte: »Das kann doch nicht dein Ernst sein.«

»Natürlich ist das mein Ernst. Eine Zugfahrt nach Warrington würde dir gut tun, meinst du nicht? Wenn wir Lust haben, könnten wir nach Schottland weiterfahren.« Penny zupfte mich am Arm. »Was hältst du davon, Sharon?«

Ich hielt das wirklich für eine gute Idee. Nicht notwendigerweise den Teil mit dem Abstecher nach Schottland, aber die Idee, Elina mitzunehmen. Nach dem, was sie uns erzählt hatte, empfand ich Mitleid mit ihr. Sie war eine Mutter. Alle verließen sich auf sie. Ich wusste, wie das war. In den vergangenen Monaten hatte sie viel durchgemacht, darunter auch eine Operation und den Verlust ihrer Arbeitsstelle. Wenn ich Elina wäre, würde ich gern ein paar Tage von zu Hause weg sein.

Ich beugte mich vor, sodass Elina mir in die Augen sehen konnte. Lächelnd sagte ich: »Ich halte das für eine großartige Idee. Komm schon, Elina. Komm mit uns. Nur für ein paar Tage.«

Penny erklärte, sie würde natürlich die Kosten für die Zugfahrt, Unterbringung und die Mahlzeiten übernehmen. Danach ließ sich Elina auf diese Idee ein. Ihre Augen funkelten.

»Das ist verrückt!« Elina grinste von einem Ohr zum anderen.

»Jawohl!«, bestätigte Penny. »Total verrückt!«

Ich lachte, wusste ich doch nur zu gut, wie es war, wenn Penny angerauscht kam und einen zu einem unerwarteten Abenteuer mitnahm. Das war Pennys Geschenk an mich und nun würde es ihr Geschenk an ihre Kusine sein. Elina wurde aus ihrem Alltag gerissen und über den Mond katapultiert.

Kapitel 17

Penny, Elina und ich blieben fast bis Mitternacht auf und sprachen über unsere Möglichkeiten. Arnie leistete uns die erste halbe Stunde noch Gesellschaft und ging dann nach oben ins Bett. Gegen zehn versuchte Penny noch einmal, Monique zu erreichen. Wieder meldete sich der Anrufbeantworter, doch dieses Mal hinterließ sie keine Nachricht.

»Ich habe kein Problem, morgen früh trotzdem einfach nach Warrington zu fahren«, meinte Penny. »Wenn Monique zu Hause ist, gut. Wenn nicht, steigen wir wieder in den Zug und fahren bis nach Schottland weiter.«

Elina wandte sich mir zu. »Habt ihr zwei eure Reise hierher auf diese Weise geplant?«

»So ziemlich«, erwiderte ich.

»Wir sind Gottes Gnade ausgeliefert«, erklärte Penny.

Elina schwieg.

»Es ist nicht so angstmachend wie es klingt«, versicherte ich ihr.

»Warst du schon mal in Warrington?«, fragte Penny Elina.

»Nein.«

»Und in Schottland?«

»Glasgow und Edinburgh habe ich schon einmal besucht.«

»Was ist mit Griechenland?«, platzte Penny unvermittelt heraus.

»Was soll mit Griechenland sein?«, fragte Elina.

»Bist du schon mal in Griechenland gewesen?«

»Nein.«

»Ich auch nicht.«

In der kurzen Pause, die folgte, sah Penny mich an und ich schüttelte ganz leicht den Kopf.

»Was ist mit ...«, setzte Penny an.

Ich unterbrach sie. »Was ist mit Liverpool?«

»Ich bin auch noch nicht in Liverpool gewesen«, erklärte Elina.

»Was ist denn in Liverpool los?«, fragte Penny

Ich presste die Lippen aufeinander und beschloss in diesem Augenblick, meine Idee zu verraten. Ein Foto vor Tony Slavins Friseursalon war zwar nicht mit der Ägäis zu vergleichen, das wusste ich, aber Liverpool war viel praktischer.

Praktisch? Hör dich an! Als ob irgendein Teil dieser Reise praktisch gewesen wäre!

»Ich habe folgende Idee«, sagte ich und sah Elina dabei an in der Hoffnung, ihre Unterstützung zu bekommen für den Fall, dass Penny überzeugt werden müsste. »Ich habe mir das heute auf dem Flughafen ausgedacht, aber ich wollte Penny nichts davon erzählen, weil ich sie gern damit überraschen wollte.«

»Eine Überraschung?« Jetzt hatte ich Pennys Aufmerksamkeit.

»Ja. Zur Abwechslung wollte ich *dich* einmal überraschen. Mir kam die Idee, als wir durch den Zoll gingen. Erinnerst du dich noch, dass der Beamte dir von Penny Lane vorgesungen hat?«

»Ja, natürlich.«

»Nun, darum wollte ich den Reiseführer kaufen. Ich wollte herausfinden, wo sich deine Straße befindet.«

»Es gibt wirklich eine Penny Lane?«, fragte Penny.

»Natürlich gibt es eine Penny Lane«, warf Elina ein. »Die aus dem Lied. In Liverpool.«

»Liverpool«, wiederholte Penny. »Ehrlich? Wie konnte ich das übersehen? Ich dachte, die Abbey Road sei real und Penny Lane sei erfunden.«

»Offensichtlich ist die Penny Lane eine richtige Straße.« Ich fühlte mich aufgeklärter als angebracht war. »Der Zollbeamte hat mir erzählt, der Friseurladen sei noch immer da. Du weißt schon, der aus dem Lied.«

Pennys Augen begannen zu funkeln. »Wir könnten nach Liverpool fahren ...«

»... und ein Foto von dir auf der Penny Lane machen«, beendete ich den Satz für sie. »Wäre das nicht ein tolles Souvenir?«

Penny begann zu weinen.

Ich war so verblüfft, dass ich nicht wusste, was ich tun sollte.

»Das ist eine clevere Idee«, sagte Elina zu mir. »Meinst du nicht, Penny?«

»Sie gefällt mir. Es ist ... es ist eine passende Zusammenfassung meines Lebens.«

Ich war nicht sicher, warum Penny so melodramatisch war. Ich hatte das Gefühl, als einzige nüchterne Frau zwischen zwei anderen festzusitzen, deren Hormone verrückt spielten. Insgeheim war ich erleichtert, dass Penny meine Idee gefiel und sie nicht sofort zum Telefon marschierte, um für uns einen Flug nach Griechenland zu buchen. Oder nach Ägypten, um schnell einmal im Nil zu schwimmen. Liverpool war machbar.

Wir drei grinsten uns voller Begeisterung an. Elinas Gesicht leuchtete auf.

Das Funkeln war auch am folgenden Morgen noch da, nachdem sie die Kinder zur Schule geschickt hatte. Mit gepackter Tasche warteten wir auf das Taxi.

Ich war so stolz auf Penny. Sie hatte ihr Gepäck auf eine Tasche reduziert und den Rest ihrer Sachen in ordentlichen Stapeln auf dem Boden im Zimmer der Mädchen zurückgelassen. Einer der Stapel würde bei Elina bleiben, wenn sie ihn wollte.

Ich fand es beruhigend, einem Menschen durch den Bahnhof zu folgen, der sich mit dem System auskannte und wusste, wohin er ging. Elina war stark wie ihre Mutter und marschierte mit langen Schritten vor uns her. Sie verstaute ihr Gepäck im Gepäcknetz und ließ sich auf einer Sitzbank nieder. Penny und ich setzten uns ihr gegenüber. Seit der Einladung am Abend zuvor war das Strahlen nicht mehr aus Elinas Gesicht gewichen.

Als sich der Zug in Bewegung setzte, holte Elina einen Satz Spielkarten hervor und forderte Penny zu einem Spiel heraus. »Du bist erst eine richtige Verwandte«, neckte Elina, »wenn du in einem Kartenspiel mit uns mithalten kannst.«

Penny stimmte zu. »Meine Mutter war eine hervorragende Bridge-Spielerin und sie spielte auch immerzu Solitär. Ich erinnere mich, dass ich einmal mit acht Jahren ihre Tasche durchsuchte auf der Suche nach einem Kaugummi, doch ich fand nur Kartenspiele.«

»Siehst du?«, sagte Elina. »Es liegt dir im Blut. Wir sind Karten spielende Frauen. Wie ist es mit dir, Sharon? Bist du dabei?«

»Nein, spielt ihr ruhig.«

»Natürlich spielt sie mit«, widersprach Penny. »Teile für sie mit aus.«

Jetzt fühlte ich mich unbehaglich. In meiner und Jeffs Familie waren Kartenspiele verpönt. Ein Mensch sollte sich nie dem Glücksspiel aussetzen. Wir spielten Scrabble und gelegentlich harmlose Spiele wie Montagsmaler. Ich hatte Penny nie von dem Bann auf Kartenspiele in meiner Familie erzählt, weil es sich nie ergeben hatte. Darum sagte ich jetzt einfach: »Nein danke. Ich werde ein wenig schlafen.«

Penny und Elina benutzten den kleinen Tisch, der unter dem Fenster aufgeklappt werden konnte, und begannen zu spielen. Ich schloss die Augen und der gleichmäßige Rhythmus des Zugs, der über die Schienen rollte, lullte mich ein. Endlich konnte ich in Ruhe nachdenken. So weit von zu Hause entfernt fiel es mir leichter als je zuvor, mein Leben ein wenig objektiver zu betrachten. Ich dachte an alle Bereiche meines Alltagslebens, die mir normalerweise so wichtig erschienen oder sich mir als unüberwindliche Konflikte darstellten. Aus dieser Entfernung sahen die Dinge ganz anders aus.

Ich dachte an meine Schwiegermutter. Gloria mochte mich nicht. Sie hatte mich noch nie gemocht. Das war die Wahrheit und doch hatte ich mir bisher nie gestattet, diesen Gedanken zu Ende zu bringen. In all den Jahren hatte ich diese Wahrheit verdrängt und mir eingeredet, ich müsste mich noch mehr bemühen, ihre Gunst zu gewinnen. Ich hatte mir stets gesagt, ich sei das Problem. Aus irgendeinem unbekannten Grund war ich nicht akzeptabel. Wenn ich nur herausfinden könnte, was ich falsch machte und mein Verhalten änderte, würde sie erkennen, was für ein netter Mensch ich doch war und mich mögen.

Wenn Gloria ihre Meinung über mich nun aber nie änderte? Wenn sie beschloss, mich niemals zu mögen?

Da kam mir ein Gedanke. *Ich kann sie durch dich lieben.*

Ich öffnete die Augen und sah mich um, als hätte jemand im Zug diese Worte ausgesprochen. Niemand hatte sie zu mir gesagt. Zumindest kein Mensch.

Ich kann sie durch dich lieben.

Es würde eine Weile dauern, bis sich meine Gefühle auf diesen Gedanken eingestellt hatten. Ich begriff das Konzept. Oder zumindest glaubte ich es zu verstehen. Aus eigener Kraft würde ich es niemals schaffen, meiner Schwiegermutter aufrichtige Liebe entgegenzubringen. Aber Gott liebte sie. Er konnte ihr durch mich seine Liebe zeigen. Ich könnte die Entscheidung treffen, Gloria zu lieben, auch wenn sie nie dieselbe Entscheidung traf.

Ich sah das Bild vor mir, wie Marketta zu Penny gegangen war, die Arme um sie gelegt und sie an sich gedrückt hatte, als Penny geweint hatte. Da war keine Vorsicht in Markettas Entscheidung gewesen,

Penny zu lieben. Vielleicht hatte Gott Marketta den Gedanken gegeben: »Du kannst sie durch mich lieben«, als Penny auf ihrer Türschwelle erschienen war. Wenn das so war, dann hatte sich Marketta auf die Gelegenheit eingelassen und Penny mit reinem Herzen empfangen.

Ich wollte so leben, frei sein zu lieben und andere zu akzeptieren. Ich wollte stark in Geist und Körper sein. Ich wollte mit Kraft und Würde alt werden und ich wollte die Entscheidung treffen, mit einem reinen Herzen zu lieben.

Ich kann sie durch dich lieben, dieser Gedanke hatte eine doppelte Bedeutung. Mir wurde klar, dass ich aus eigener Kraft und mit meinen Gefühlen Gloria niemals richtig lieben könnte.

Aber Gott könnte Gloria durch mich lieben. Und ich konnte Gloria durch Gott lieben.

In diesem Augenblick, auf diesem Sitz in diesem Zug im Norden Englands wurde ein neuer Winkel meines Herzens aufgetan. Ich stellte ihn mir als kleinen Laden vor. Die Regale waren von dem Geber aller guten und vollkommenen Gaben mit allem aufgefüllt worden, was ich brauchte, um meine Schwiegermutter zu lieben. Im Schaufenster stand das Schild: »Jetzt offen.«

Ich hatte keine Ahnung, was sich an meiner Beziehung zu Gloria ändern würde. Ich wusste nur, dass sich bei mir etwas geändert hatte. Ich war jetzt offen. Die Aufgabe war, Gloria zu lieben.

In der folgenden Stunde tat ich so, als würde ich schlafen. Doch in Wirklichkeit ließ ich meine neue Erkenntnis einsinken, während Penny und Elina einander näher kamen.

Ich hörte sie über ihre Großeltern reden, die Penny nie kennen gelernt hatte. Elina hatte viele Erinnerungen an sie. Elina entspannte und öffnete sich in einer Weise, wie es bei ihr zu Hause nie möglich gewesen wäre.

Dieser Abstecher nach England war eine gute Idee. Vielleicht war es auch mehr als eine gute Idee. Vielleicht war es wirklich Gottes Idee. Ich dachte, wir hätten Pennys Traum erfüllt, indem wir Marketta in Finnland aufgesucht hatten. Das war schon wirklich ein großes Wunder. Und jetzt lernte Penny auch noch ihre Kusine kennen.

Mein Staunen über Gottes Erbarmen und seine Fürsorge wuchs. Wieder einmal wünschte ich, ich hätte meine Bibel dabei. Ich wollte in seinem Wort lesen. Ich wollte mehr von ihm in meinem Herzen und in meinen Gedanken haben. Ich war hungrig nach Gott.

Wir ließen die Vororte Londons hinter uns. Während ich noch immer so tat, als würde ich schlafen, spähte ich zum Fenster hinaus. Der Zug rollte durch Weideland, auf dem wollige Schafe mit gesenktem Kopf ihr tägliches Gras rupften.

Elina sprach über ihre Totaloperation und dass sie jetzt mit schrecklichen Stimmungsschwankungen zu kämpfen hätte. »Das ist das schlimmste Beispiel für schlechtes Timing – ich erlebe das Trauma vorzeitiger Wechseljahre, während meine elfjährige Tochter das Trauma vor der ersten Periode erlebt. Armer Arnie, er lebt mit zwei verrückten Frauen zusammen. Kein Wunder, dass er mich für ein paar Tage aus dem Haus haben wollte.«

Penny erzählte von ihrer Tochter Nicole, die dieselben Gefühlsschwankungen durchmachte.

Elina und Penny tauschten nun Geschichten über ihre Kinder aus und schmiedeten Pläne, eines Tages einmal alle zusammenzukommen. Penny lud Elina und ihre Familie ein, sie und Dave in San Francisco zu besuchen.

Nun wandte sich das Gespräch den Männern zu und ich gab auch weiterhin vor zu schlafen, damit Penny Elina einen Überblick über ihre Geschichte mit Dave geben konnte. Mir fiel auf, dass Penny keinerlei Einzelheiten in Bezug auf ihr Leben ausließ. Ohne Scheu erzählte sie, wie ihr Leben ausgesehen hatte, bevor sie Gott kennen lernte und wie es war, nachdem sie zu Christus gekommen war. Mir wurde klar, wie gehemmt ich war, wenn ich offen über Gott sprechen sollte. Für mich war er genauso real wie mein Mann. Ich liebte Gott genauso sehr wie ich Jeff und unsere Kinder liebte. Vielleicht noch mehr. Warum also zögerte ich immer? Warum konnte ich nicht offen darüber reden wie Penny?

Elina sagte: »Ich bin in der Gemeinde groß geworden, wie du vermutlich weißt. Dann kam ich nach England, aber wir haben uns hier keiner Gemeinde angeschlossen. Arnie und ich haben unseren Kindern keinen guten christlichen Hintergrund gegeben, fürchte ich. Ich denke, das war keine gute Entscheidung von uns. Vor allem für die Kinder.«

»Das kann man doch leicht ändern«, meinte Penny. »Bitte um Vergebung!«

Elina lachte. »Du hast mit meiner Mutter gesprochen, nicht?«

»Ja, aber nicht über dich.«

»Manchmal hält mich nur der Gedanke, dass meine Mutter jeden Tag für mich betet, noch aufrecht.«

»Und warum kehrst du nicht einfach zu Christus zurück? Du weißt, jetzt bist du an der Reihe, jeden Tag für deine Kinder zu beten, wie deine Mutter es getan hat.«

Elina antwortete nicht.

Am liebsten hätte ich die Augen einen Spalt geöffnet, um ihren Gesichtsausdruck zu sehen, aber ich wusste, sie würden vielleicht entdecken, dass ich sie beobachtete. Immer wieder war ich erstaunt darüber, dass Penny mit Menschen so direkt sein konnte, ohne sie zu verletzen.

Elina wechselte das Thema. Sie sagte, in diesem Zug gäbe es einen Speisewagen, und sie beschlossen, einige Sandwiches zu holen. Penny schlug vor, mich schlafen zu lassen.

Sobald sie fort waren, »wachte« ich auf und holte eine Bürste aus der Tasche. Auf dieser Reise hatte ich meine Haare immer mit einer Spange hinten am Kopf zusammengesteckt getragen. Das war meine praktische Frisur für zu Hause. Ich dachte daran, wie sehr Jeff es mochte, wenn ich meine blonden Haare offen und an den Spitzen leicht gelockt trug.

Ich lächelte. Ich vermisste meinen Mann so sehr. Meinen Jeff.

Heute Abend würde ich, egal wo wir uns aufhielten, zu Hause anrufen und meinem wundervollen Jeff sagen, dass ich ihn liebte. Ich holte mein Reisetagebuch hervor und schrieb die Ereignisse der vergangenen Tage so gut ich mich daran erinnerte nieder. Wenn ich nach Hause kam, wollte ich meinem Mann alles erzählen.

Penny und Elina kamen zurück und boten mir ein trockenes Sandwich mit Schinken und Streichkäse und einen Pappbecher Tee an. Sie lachten über irgendetwas, das Penny offensichtlich im Speisewagen gesagt hatte.

Ich freute mich, Penny und ihre Kusine zu sehen.

Unser Zug lief um kurz nach zwei Uhr nachmittags in Warrington ein. Penny rief Monique an. Sie erreichte sie nicht.

Wir sahen auf dem Fahrplan nach, wann der nächste Zug nach Liverpool fuhr und überlegten, ob wir über Nacht in Warrington bleiben sollten. Penny meinte, wir sollten am frühen Morgen in Liverpool ankommen und miterleben, wie die Stadt erwachte.

Ich konnte ihrer Logik nicht folgen, aber das war ja nicht das erste Mal.

»In Warrington gibt es nicht viel zu sehen«, meinte Elina. »Aber nicht weit von hier, in Daresbury, gibt es ein Hotel, in dem zu Ostern immer eine große Eierjagd veranstaltet wird.«

»Wir haben irgendwo von einem Lord Daresbury gehört«, berichtete Penny. »Ist er eine Figur aus einem Roman von Jane Austen?«

»Ich glaube nicht«, meinte Elina. »Ich kenne Daresbury nur, weil Nachbarn von uns vor ein paar Jahren diese Eierjagd in dem Hotel mitgemacht haben.«

»Sie sind so weit für eine Eierjagd gefahren?«, fragte Penny.

»Sie besuchten über Ostern Freunde hier in Warrington. Sie sind mit ihren kleinen Kindern nur zu der Eierjagd in das Hotel gefahren. Sie wird extra für Kinder veranstaltet. Das Hotel befindet sich in der Nähe der Kirche, in der Lewis Carrolls Vater als Vikar gedient hat.«

Penny und ich starrten Elina verständnislos an.

»Ihr kennt doch Lewis Carroll? Den Autor von *Alice im Wunderland?* Alice, den verrückten Hutmacher, den weißen Hasen und alles. Darum wird im Hotel eine Eierjagd veranstaltet.«

»Ach so«, sagten Penny und ich einstimmig.

Das Hotel ausfindig zu machen war leicht. Und auf einmal gefiel uns allen die Vorstellung, Liverpool am Morgen zu erleben, denn ein feiner Nieselregen gemischt mit Graupel hatte eingesetzt.

Auf meine Bitte hin rief Penny in dem Hotel an und reservierte ein Zimmer, bevor wir, wie vor ein paar Tagen in Helsinki, einfach an der Rezeption auftauchten.

Anschließend riefen wir ein Taxi, doch es dauerte eine halbe Stunde, bis ein schwarzer Mercedes vorfuhr. Unser Taxifahrer redete sofort auf uns ein. Ich glaube, er hat auf dem ganzen Weg zum Hotel wie ein Wasserfall geredet. Das einzige Problem war, dass weder Penny noch ich auch nur ein einziges Wort verstehen konnten.

Er deutete auf den Fluss, den wir überquerten. Ich bemerkte ein kleines Schild mit der Aufschrift »Mersey River«. Der Taxifahrer sang uns etwas vor.

»Das ist doch ein Lied der Beatles«, rief Penny.

»Nein!«, quäkte der Taxifahrer. Er nannte den Namen der Gruppe.

»Einer der vielen aus der britischen Invasion«, flüsterte Elina uns zu. »Gerry and the Pacemakers. Erinnert ihr euch an die?«

Penny schüttelte den Kopf. »Allerdings kenne ich das Lied.« Sie sang eine Zeile, die davon handelte, die Fähre über den Mersey zu nehmen, und der Taxifahrer stimmte mit neu entfachter Begeisterung ein.

Elina zeigte sich beeindruckt von Pennys Stimme.

Penny zeigte sich beeindruckt von der Brücke, über die wir fuhren, und von dem schlammigen Wasser unter uns.

Ich gab mir Mühe, einfach nur intelligent zu wirken. Das einzige Lied der Beatles, das ich kannte, war »I Want to Hold Your Hand«. Und natürlich »Penny Lane«. Darüber hinaus kannte ich mich bei den Songs der Sechziger wenig aus.

Elina stimmte in den Refrain mit ein und fröhlich singend rollten wir über die matschigen Straßen.

Es war schön, Elina bei uns zu haben, weil sie mit dem Akzent des Taxifahrers keine Schwierigkeiten zu haben schien. Beim Hotel angekommen, übersetzte sie für Penny, wie viel wir dem Fahrer schuldeten.

Penny checkte an der Rezeption ein, ohne ihre PR Techniken einsetzen zu müssen. Wir freuten uns über unser geräumiges Zimmer. Und ich ließ mich sofort auf ein Bett fallen. Elina öffnete die Vorhänge und blickte hinaus auf eine große Grasfläche in der Nähe der Bäume.

»Ich habe eine Idee«, verkündete Penny. »Wo ist das Telefon?«

Ohne uns aufzuklären, wählte Penny die Nummer der Rezeption und ließ sich mit dem Kosmetiksalon verbinden. Bevor Elina oder ich protestieren konnten (nicht dass wir das getan hätten), hatte Penny uns drei für eine Maniküre, eine Pediküre und eine Gesichtsbehandlung angemeldet.

»Für acht Uhr haben wir außerdem einen Tisch reserviert«, verkündete Penny. »So bleiben uns vier Stunden Zeit, uns herzurichten. Kommt schon, der Kosmetiksalon wartet auf uns.«

»Penny«, protestierte Elina, »das musst du nicht tun.«

»Ich weiß«, erwiderte sie.

»Wenn du mit Sharon gehen möchtest, warte ich gern hier im Zimmer auf euch.«

»Auf keinen Fall! Wir werden das zusammen machen.«

»Das ist doch zu teuer«, wandte Elina ernst ein.

»Sieh es einmal so: Multipliziere zwei Dollar und fünfundneunzig Cents plus internationale Postgebühren mit vierzig Jahren. Das hätte ich im Laufe der Jahre für Geburtstagskarten für dich ausgegeben. Betrachte dies als eine verspätete Geburtstagskarte von deiner so lange verschollenen Kusine.«

»Eine sehr luxuriöse verspätete Geburtstagskarte«, meinte Elina.

»Es ist, wie ich immer sage«, fügte Penny mit einer Drehung des Kopfes hinzu. »Wenn du zu spät kommen willst, dann wenigstens luxuriös zu spät.«

Elina und ich lachten und folgten der sagenhaften Penny durch die Tür hinunter in den Kosmetiksalon. Als wir den eleganten Salon betraten, wurden wir von zwei jungen Frauen empfangen. Wir schienen ihre einzigen Kundinnen zu sein.

Und wieder fiel es mir schwer, ihr Englisch zu verstehen. Elina machte sich zu unserer Sprecherin. Wir mussten entscheiden, was wir zuerst haben wollten.

Penny entschied sich zuerst für die Pediküre. Sie sagte, dies sei in letzter Zeit ihre liebste Form des Verwöhnens. Ich hatte noch nie eine Pediküre oder Gesichtsbehandlung. Kaylee hatte mir mehrmals die Nägel manikürt, aber dies war mein erster Besuch in einem Schönheitssalon.

Elinas Erfahrungen waren eher mit meinen zu vergleichen. Sie sagte den jungen Frauen, dies sei alles neu für sie und bat um ihren Rat. Die Dünnere der beiden Kosmetikerinnen empfahl Elina zuerst eine Maniküre.

Zumindest glaube ich, dass sie das gesagt hat.

Es war egal. Wir wurden wie Königinnen behandelt. Wen interessierte es, in welcher Reihenfolge wir verwöhnt wurden?

Ich wurde zu einem Behandlungsstuhl gebracht. Dort bekam ich einen Umhang um, der in meinen Nacken festgebunden wurde. Die Kosmetikerin schob weiches, dünnes Papier um den Rand der Haube, wickelte ein warmes, weißes Handtuch um den Kopf und steckte die hervorschauenden Haarsträhnen unter das Handtuch. Der Stuhl wurde in Liegeposition heruntergefahren. Meine Füße lagen nun höher. Beruhigende Musik schien von der Decke zu schweben. Das Licht wurde gedimmt. Kleine helle Lichter funkelten an der Decke.

»Noch nie habe ich ein so außergewöhnliches Geschenk bekommen«, hörte ich Elina sagen. »Danke, Penny. Danke, dass du gestern in meinem Leben aufgetaucht bist und all dies tust. Ich dachte gestern wirklich, ich würde den Verstand verlieren und jetzt ...« Elina schluckte. »Und jetzt fühle ich mich, als könnte ich es wieder mit der Welt aufnehmen.«

»Warte nur, bis du deine Pediküre bekommst.« Penny saß mir unmittelbar gegenüber, die Füße in einer kleinen Fußwanne, die ein zufriedenes Blubbern von sich gab. »Wenn deine Zehennägel erst mal lackiert sind, wirst du wirklich in der Lage sein, es mit der Welt aufzunehmen. Natürlich barfuß!«

Ich musste unentwegt lächeln. *Oh Penny-Mädchen, sieh nur, was du wieder getan hast. Du hast deine Kusine mit Wunderstaub besprenkelt und von nun an wird sie nie mehr dieselbe sein!*

Kapitel 18

Der Kosmetiksalon war so klein und gemütlich, dass wir drei miteinander plaudern konnten, ohne unsere Stimmen erheben zu müssen. Die beiden Kosmetikerinnen arbeiteten unauffällig und schweigsam und versorgten uns alle drei gleichzeitig.

»Sharon«, sagte Penny, als meine Gesichtsbehandlung fast abgeschlossen war. »Zeig mir dein Gesicht. Setz dich etwas auf.«

Ich hatte keine Ahnung, wie lächerlich ich aussah, aber ich konnte es erahnen. Mein gereinigtes Gesicht war dick mit einer duftenden, leicht blau gefärbten Creme eingeschmiert. Zwei dünne Gurkenscheiben lagen auf meinen Augen. Ich zog mich langsam hoch wie Frankensteins Braut sich auf dem Operationstisch aufsetzt.

Ich hörte ein Klicken und sah ein leichtes Aufblitzen.

»Hast du gerade ein Foto gemacht?«

Penny kicherte. »Vielleicht.«

»Mit meiner Kamera?«

»Vielleicht.«

»Lass meine Kamera da raus!«, forderte ich sie auf. »Du kommst auch noch mit der Gesichtsbehandlung dran, weißt du?«

Ich lehnte mich wieder zurück und hörte zu, wie Penny Elina neckte und sie fotografierte.

»Hast du von unseren Erlebnissen in Annis Sauna gehört?«, fragte Penny Elina.

»Nein. Ist meine Mutter mit euch zu Anni gefahren?«

»Ja!«, lachte Penny. »Dein Vater hat uns in seinem Makrelenmobil hingefahren.«

Mit vielen Übertreibungen erzählte Penny von dem Abend, als sie und ich mit den beiden alten Frauen in der Sauna waren.

Ich hörte nur mit halbem Ohr hin. In meiner Erinnerung durchlebte ich noch einmal neu den Augenblick, als ich nackt und ohne Scham in dem frischen, weißen Schnee lag. Das war der Moment, in dem Gott gerade so viele Wolken weggeblasen hatte, sodass sich der Baldachin dieses gefallenen Planeten öffnen konnte. Und dann hatte er nur für mich einen einzigen Stern aufleuchten lassen.

Penny schilderte unseren Saunaabend in den schillerndsten Farben inklusive der Episode, wie uns wie die beiden »kleinen Omis« ausgeschlossen hatten. Elina gefiel diese Geschichte. Wenn Lachen Medizin ist, dann hätte Elina nur durch Pennys Erzähltalent von ihren Hormon- und Stimmungsschwankungen geheilt werden können.

»Ihr Amerikaner!«, sagte Elina, nachdem Penny die letzten Einzelheiten der Geschichte wie heiße Soße auf einem Eis ausgelöffelt hatte. »Ihr seid in Bezug auf euren Körper so schamhaft. Wir werden doch alle alt. Akzeptiert es; lasst euch darauf ein. Ihr denkt, ihr seid nur cool, wenn ihr ausseht wie achtzehn. Seht meine Mutter an! Sie ist cool und sie ist bereits über siebzig.«

»Deine Mutter ist wirklich cool«, stimmte ich ihr zu. Ich erhob mich von meinem Stuhl. Mein Gesicht fühlte sich an, als würde es alle hohen Töne singen. Meine Haut hatte noch nie zuvor so geprickelt.

»Die coolste«, bestätigte Penny.

Wir drei tauschten die Plätze und ich begab mich zum Pediküre-Stuhl. Sobald ich meine bloßen Füße in das warme Wasser tauchte, begriff ich, warum Penny die Pediküre so sehr mochte.

»Mir macht es nichts aus, wenn ich nicht aussehe wie achtzehn«, sagte ich. »Aber ich wünschte, ich könnte mich immer so fühlen, als sei ich achtzehn!«

Penny lachte. »Einverstanden!« Sie zog ihre Ringe ab und tauchte ihre Hände in die Schalen für ihre Maniküre.

»Deine Mutter war nicht älter als neunzehn, als sie Finnland verlassen hat«, meinte Elina. »Du wusstest das, nicht?«

»Ja, als sie mit Hank, dem Piraten, mitgegangen ist.«

»Hat meine Mutter das wirklich gesagt?«, fragte Elina. »Hat sie deinen Vater einen Piraten genannt?«

»Ja.«

»Ich bin erstaunt, dass sie dir gegenüber so offen gewesen ist.«

»Hey, wir sind doch eine Familie«, meinte Penny. »Keine Geheimnisse.«

»Hat meine Mutter dir auch erzählt, dass angenommen wurde, Hank hätte Geheimnisse der amerikanischen Regierung verraten?«

»Ja, ich frage mich, ob in den Briefen, die meine Mutter an deine Mutter geschrieben hat, Andeutungen davon zu finden sind.«

»Das wäre wirklich interessant. Ich darf sie doch für dich übersetzen, nicht?« Elina legte sich auf dem Stuhl zurück, während die Kosmetikerin einen warmen, nassen Waschlappen auf ihr Gesicht legte.

»Ja, ich habe sie mitgebracht. Je eher du mit der Übersetzung anfängst, desto besser.«

Elina sagte etwas, aber wir konnten es nicht verstehen, weil ihre Stimme durch den Waschlappen gedämpft klang. Als ihr Mund wieder frei war, sagte sie: »Erstaunlich, dass deine Mutter überhaupt so lange gelebt hat, Penny.«

»Warum sagst du das? Meine Mutter starb mit sechsundvierzig.«

»Ich weiß, aber meine Großeltern haben sich immer große Sorgen um ihr Herz gemacht.«

»Ihr Herz?«, wiederholte Penny. »Was meinst du damit?«

Ich erinnerte mich daran, dass Marketta an dem Abend in der Sauna auch etwas von der Sorge um Elsas Herz gesagt hatte. Ich dachte damals, dass jede Mutter sich um ihre Kinder sorgt. Elina schien etwas anderes zu meinen.

»Du weißt doch«, sagte Elina. »Das Problem deiner Mutter.«

»Welches Problem?«

»Mit ihrem Herzen.«

»Ihrem Herzen?« Penny nahm ihre nassen Finger aus der Schale und erhob sich. »Meine Mutter hatte ein Herzproblem? Ein Gesundheitsproblem?«

»Ja, natürlich ein Gesundheitsproblem. Du weißt doch, das Loch.« Elina setzte sich auf und entzog sich den geschickten Händen der Kosmetikerin. »Deine Mutter hatte ein Loch im Herzen.«

Penny antwortete nicht.

»Du hast das nicht gewusst?«

Penny schüttelte den Kopf.

»Warum hat man dir das verheimlicht?«, fragte Elina. »Warum hat deine Mutter dir nichts davon erzählt?«

Penny schien die Information in sich aufzunehmen.

»Es tut mir Leid, Penny. Ich dachte, du wüsstest das. Als Kind habe ich immer wieder gehört, deine Mutter hätte eigentlich eine Lebenserwartung von nur zehn Jahren gehabt und dann hat sie alle geschockt, als sie schwanger wurde und überstürzt deinen Vater geheiratet hat. Niemand wollte, dass sie Finnland verließ, aber ...«

»... aber der Drang nach Unabhängigkeit in ihr war stärker«, beendete Penny den Satz.

»Ja. So habe ich es gehört. Niemand rechnete damit, dass deine Mutter so lange leben würde. Sie konnten kaum glauben, dass sie ihrem schwachen Herzen die Belastung einer Schwangerschaft und Geburt zugemutet hat.«

Penny wurde blass. »Meine Mutter hat für mich ihr Leben riskiert ...«

Es wurde still im Raum.

Ich nahm die Füße aus dem Fußbad und hüpfte zu Penny hinüber. Wortlos legte ich den Arm um ihre Schultern.

Penny reckte ihr Kinn nach vorne und ich konnte das Glitzern von Tränen in ihren Augen sehen. Mit leiser, gefasster Stimme sagte sie: »Das wusste ich nicht. Jetzt verstehe ich auch, warum sie nie zurückgesehen hat. Aber sie hat auch nie nach vorne geschaut. Meine Mutter hat einfach jeden Tag gelebt, als könnte er ihr letzter sein.«

»Ich kann kaum glauben, dass sie dir nie etwas davon erzählt hat«, meinte Elina. »Es tut mir Leid, dass ich diejenige gewesen bin, die das ausgeplaudert hat. Ich denke, es wäre besser gewesen, wenn ich dieses schwierige Thema nicht angeschnitten hätte.«

»Nein!« Penny blickte Elina an. »Machst du Witze? Du hast mir die Wahrheit geschenkt und ich sage dir, diese Wahrheit wird mich frei machen.«

Zwei Tränen rannen über Pennys Wangen. Leise flüsternd sagte sie: »Ich dachte, ich würde sterben.«

Elina sah mich an, als könnte ich Pennys Bemerkung erklären.

Ich konnte es nicht.

Die Kosmetikerin war vom Maniküretisch zurückgetreten und zog auch ihre Kollegin zur Seite. Sie flüsterten miteinander. Elina erhob sich, den Kopf noch immer in ein Handtuch gewickelt, und trat an Pennys andere Seite.

Penny starrte auf ihre Hände. »Ich hatte die Vorstellung, dass ich eines Tages tot zu Boden sinken würde, genau wie meine Mutter. Ich dachte, ich würde nicht älter als sechsundvierzig. Darum musste ich auch unbedingt jetzt fahren, Sharon. Weißt du noch? In der Krabbelstube der Gemeinde, als unsere Kinder noch klein waren? Damals habe ich mir vorgenommen, eines Tages eine Reise zu machen, bevor ich sterbe. Ich hatte immer das Gefühl, dass meine Mutter eine ungeteilte Liebe zu Finnland hatte. Ich wollte an ihrer Stelle herkommen und sehen, was diesen abwesenden Blick in ihre Augen brachte, wann immer Finnland erwähnt wurde. Ich musste noch vor meinem Tod herkommen. Wenn ich das so sage, klingt das lächerlich, aber ich war davon überzeugt, nur noch wenige Monate oder vielleicht noch ein Jahr zu haben, bevor ich sterbe. Deshalb reichte es mir auch nicht, nur Finnland zu sehen. Ich wollte alles. Die ganze Welt! Jahre und Jahre des Lebens.«

Auf einmal begriff ich.

Elina strich ihr das Haar aus der Stirn und trocknete ihr mit einem Taschentuch die Tränen. Ich merkte, dass Penny die Berührung genoss. Elina und ich waren die Kosmetikerinnen, die sich in diesem Augenblick um Penny kümmerten, während die beiden bezahlten Frauen den Salon verließen. Sie schienen unseren »Augenblick« für eine Pause zu nutzen.

»Warum hat mir meine Mutter deiner Meinung nach nichts von ihrer Krankheit erzählt?«

»Wärst du ihr dann anders begegnet?«, fragte Elina.

»Ja.«

»Hättest du sie je verlassen?«

»Nicht so, wie ich es mit siebzehn getan habe. Nicht ohne Schuldgefühle, wann immer ich das Haus verließ.«

»Ich denke«, sagte Elina, »deine Mutter stammt aus einer Linie starker Frauen. Vielleicht wollte sie kein Mitleid. Vielleicht wollte sie nur ehrliche Liebe. Mir scheint, sie hat dich so sehr geliebt, dass sie dich gehen ließ, anstatt dich zu zwingen, bei ihr zu bleiben. Sie wollte nicht, dass du deinem Leben einen Zwang auferlegst, bis sie ihr Leben beendet hat.«

Penny hörte auf zu weinen. »Du hast Recht.« Sie atmete tief durch. »Meine Mutter hat mich geliebt. Sie hat mich so sehr geliebt, dass sie alles riskiert hat, um mich auf die Welt zu bringen. Ich werde nie wirklich glauben können, dass mit ihrem Herzen nicht alles in Ordnung war. Wie konnte ein solches Herz ein Loch haben?«

Penny legte einen Arm um jede von uns und zog Elina und mich näher an sich heran. Ich verstand, was ihre Umarmung bedeutete. Es war Pennys Art zu sagen, dass Elina und ich ihre Frauen waren, denen sie voll und ganz vertraute. Penny liebte uns beide mit einem starken Herzen. Einem Herzen ohne Löcher.

»Bist du in Ordnung?«, fragte ich leise.

»Ja, mir geht es gut. Richtig, richtig gut.«

Ich lächelte.

Penny fügte hinzu: »Ich bin sicher, dass ich noch lange Zeit über all dies werde nachdenken müssen, bevor ich einen Platz finde, an dem ich all die Gefühle verstauen kann, die ich im Augenblick empfinde. Aber mir geht es gut.«

»Denkst du«, sagte Elina und sah sich um, »dass unsere Kosmetikerinnen sich aus unserer Unterhaltung ausgeschlossen fühlten? Sie scheinen verschwunden zu sein.«

»Vermutlich haben wir sie vertrieben«, meinte Penny.

»Und wenn sie nun nicht zurückkommen?«, fragte Elina. »Denkst du, wir müssen unsere Behandlung selbst zu Ende führen?«

»Sicher, warum nicht?«, sagte Penny entschlossen. »Wir könnten uns gegenseitig behandeln. Komm schon, Elina. Ich werde dir das Gesicht eincremen.«

»Penny!«, protestierte ich, die ich die Regeln immer genauestens befolgte.

»Was denn? Wir bezahlen doch für diese Dienstleistung. Weißt du zufällig, wo die Gurke aufbewahrt wird?«

»Normalerweise findest du Gurken auf den Sandwiches zum Tee«, erklärte Elina lachend. Sie war zum Behandlungsstuhl zurückgekehrt.

»Das könnten wir hier gut gebrauchen – einige Sandwiches zum Tee. Lehn dich zurück, Elina. Ich habe die Creme. Mit aufwärts gerichteten Strichen«, sagte Penny mit hoher Stimme, als würde sie eine Klasse unterrichten, während sie die blassblaue Paste auf Elinas Gesicht rieb. »Man muss immer gegen die Schwerkraft arbeiten.«

Auf einmal überfielen mich Erinnerungen an Lisa Bachmanns Schlafanzugparty, an jenen entscheidenden Abend, als ich zu dem Schluss gekommen war, ich sei dazu bestimmt, ein Helfer zu sein. Und plötzlich berührte eine frische Brise meine Seele. Ich musste die zweite Hälfte meines Lebens nicht an der Seitenlinie verbringen und zusehen, wie die Mädchen ihre Freiheit feierten. Ich konnte genauso cool sein wie sie.

Also schnappte ich mir meine Kamera und ließ mich auf diesen verrückten Augenblick ein. Ich machte Schnappschüsse von Penny, die ihr Gesicht ebenfalls mit blauen Punkten beschmierte, während sie ihrer lachenden Kusine eine Schönheitsbehandlung angedeihen ließ. Auf jeden blauen Punkt legte Penny eine Gurkenscheibe.

»Hier«, sagte Penny. »Du musst auch bepunktet werden.« Und schon klatschte sie einen Klecks ihrer dicken, blauen Paste auf meine

Stirn und Nasenspitze. »Und begurkt«, fügte sie hinzu, während sie eine Gurkenscheibe mitten auf meine Stirn klebte.

Ich lachte und Penny nahm mir die Kamera ab. Ich stellte mich in Pose und sie machte ein Foto von mir. Dann hielt sie mir die Kamera hin und sie stellte sich in Pose.

Elina setzte sich auf. »Worüber lacht ihr beide? Mit den Gurkenscheiben auf den Augen kann ich nichts sehen. Ich verpasse den ganzen Spaß.« Sie drückte die Mitte aus ihren Gurkenscheiben und legte nur die ausgehöhlten grünen Ränder auf ihre Augen.

Penny brach in Gelächter aus und biss die Mitte von weiteren Gurkenscheiben heraus. Den Samen spuckte sie in den Abfalleimer. Dann legte sie die ausgehöhlten grünen Ränder auf ihre Augen und posierte mit Elina, damit ich sie fotografieren konnte.

»Sehe ich aus wie du?«, fragte Elina.

Ich wusste, Elina meinte ihr Aussehen mit der grünen Gemüsebrille. Aber als ich sie fotografierte, Wange an Wange, fiel mir die Ähnlichkeit zwischen den beiden Frauen auf, obwohl sie beide mit der blauen Paste eingeschmiert waren.

»Hier.« Penny warf mir eine Gurkenscheibe zu. »Für deine Nase.«

Ich war nicht darauf vorbereitet, die fliegende Gemüsescheibe aufzufangen, und ließ sie auf den Boden fallen.

»Warte. Hier ist noch genug. Ich werfe dir eine andere zu.«

Dieses Mal warf Penny zu hoch. Die Gurkenscheibe flog über meinen Kopf hinweg.

»Noch einmal.« Penny warf vier Scheiben auf einmal.

Ich fing eine auf und warf sie wie eine fliegende Untertasse spontan wieder zu ihr zurück.

Elina nahm sich eine Hand voll. Penny auch. Wie auf ein Stichwort bewarfen mich die beiden ähnlich gesinnten Kusinen gleichzeitig mit Gurkenscheiben.

In diesem Augenblick hielten Penny und Elina abrupt inne. Sie starrten an mir vorbei zur Tür. Langsam drehte ich mich um und entdeckte die beiden jungen Kosmetikerinnen, die mitten in unsere Gurkenschlacht hineinplatzten. Einen Augenblick lang blieben sie sprachlos stehen, dann sagte eine von ihnen: »Tut mir Leid, dass wir so eindringen, aber Sie sollten wissen, dass die Hotelmanagerin auf dem Weg hierher ist.«

Ich nahm die Gurkenscheibe von meiner Stirn und wischte mir den Klecks von der Nase. Ich rechnete mit dem Schlimmsten. Wir würden aus dem Hotel geworfen werden und müssten bestimmt die unbrauchbaren Gurkenscheiben bezahlen.

Die Tür öffnete sich und eine auffallend gut aussehende Frau betrat den Raum. Selbst im gedämpften Licht erkannte ich sie. »Monique!«

Penny lief mit großen Schritten auf sie zu und verlor unterwegs ihre Gurkenscheiben. »Monique!«

»Hallo Penny«, sagte Monique herzlich. Sie blickte mich und Elina an. »Hallo.«

»Dies ist meine Kusine Elina. Und an Sharon erinnern Sie sich sicher noch.«

»Ja, Sharon. Die Tapfere. Wie geht es Ihnen?«

»Prima, danke.«

»Dann haben Sie Ihre Verwandten gefunden, Penny?«

»Ja, es war erstaunlich. Ich habe gestern Abend versucht, Sie anzurufen.«

»Und jetzt sind Sie hier.«

»Ja, wir sind hier. Wir haben beschlossen, morgen nach Liverpool zu fahren, aber wenn Sie heute Abend noch nichts vorhaben, würden wir uns freuen, wenn Sie uns beim Abendessen Gesellschaft leisten würden. Wir haben für acht Uhr einen Tisch im Restaurant reserviert.«

Ich konnte kaum glauben, dass Penny dastand und in ihrem ruhigen, professionellen Ton mit der Frau sprach, während ihr Gesicht mit einem halben Dutzend blauer Punkte übersät war.

»Ich werde sehen, was ich tun kann.« Monique wandte sich den Kosmetikerinnen zu und sagte mit einem beruhigenden Nicken: »Bitte machen Sie mit Ihrer Arbeit weiter.«

Ich steckte meine Kamera in meine Schultertasche und kehrte zu dem gepolsterten Pediküreestuhl zurück, während Monique wieder ging. Das Wasser war mittlerweile kalt geworden, aber ich steckte meine Füße trotzdem hinein und wartete auf meine Pediküre.

»Jetzt weiß ich, woher ich den Namen Daresbury kannte.« Penny wischte sich mit einem nassen Tuch, das eine der Kosmetikerinnen ihr reichte, das Gesicht sauber. »Monique hat dieses Hotel im Flugzeug erwähnt.«

»Ja, sieh an«, meinte Elina grinsend. »Ich würde mich nicht wundern, wenn Monique sich vornehmen würde, es bei ihrem nächsten Flug Amerikanern gegenüber nicht mehr zu erwähnen.«

»Hey, wir haben doch keinen dauerhaften Schaden angerichtet«, protestierte Penny. »Außerdem ist das Leben zu kurz, um ...«

Elina und ich blickten Penny an.

»Das Leben ist zu ... kostbar«, korrigierte sich Penny. »Ob es nun kurz oder lang ist. Das Leben ist einfach zu kostbar, um nicht jede Sekunde davon zu genießen.«

Ein tiefer Friede legte sich auf uns.

Nachdem wir durch eine solche Tiefe mit Penny gegangen waren, gefolgt von einer sprunghaften Höhe, die in Moniques unerwartetem Auftauchen ihren Höhepunkt gefunden hatte, war ich zufrieden, einfach schweigend dazusitzen und der gewissenhaften Kosmetikerin meine schon lange vernachlässigten Füße zu überlassen. Mir gefiel die Massage mit der duftenden Lotion am besten. Meine Maniküre war kurz. Ich denke, weil ich kurze Nägel hatte. Ich gab der hart arbeitenden jungen Frau nicht viel, mit dem sie hätte arbeiten können.

Während der zweiten Hälfte unserer Schönheitsbehandlung plauderten wir zwanglos über alles Mögliche, aber nichts Persönliches. Penny sagte, sie hätte Kopfschmerzen und ich verstand auch den Grund.

Trotz des kometenhaften Aufstiegs und Absturzes unserer Verwöhnsitzung waren wir uns darin einig, dass wir uns erfrischt fühlten. Wir kleideten uns für das Abendessen um, weil elegante Garderobe für das Restaurant vorgeschrieben war. Um acht Uhr betraten wir drei den Speisesaal. Wir wirkten genauso elegant und weltgewandt wie die anderen Gäste, die zu jener Stunde speisten.

Der Speisesaal war nicht besonders groß. Auf jedem Tisch lag ein elfenbeinfarbenes Tischtuch. Ein großes Büfett war in der Mitte des Raumes aufgebaut, rechts hinten in der Ecke stand ein Flügel. Ein Mann im Frack spielte ein klassisches Stück. Ich konnte noch nie Beethoven von Bach unterscheiden, aber in diesem Augenblick wünschte ich, ich könnte es. Ein solches Wissen zusammen mit meinen glücklichen Füßen und glänzenden Fingernägeln hätte mir geholfen, mich kultiviert zu fühlen.

Penny ging zu unserem Tisch voran. Der Kellner erklärte uns, an diesem Abend würde Beef Wellington serviert.

»Entschuldigen Sie«, sagte Elina, als der Ober in seiner weißen Jacke sich zum Gehen wandte. »Können wir eine Speisekarte haben?«

Ich war froh, dass Elina fragte, weil ich annahm, dass Elina sich bezüglich der britischen Speisen besser auskannte.

Der Ober wirkte etwas verwirrt und wiederholte noch einmal: »Heute Abend servieren wir Beef Wellington oder Sie können sich am Büfett bedienen. Sie können wählen.«

»Oh.«

Er entfernte sich. Penny beugte sich zu Elina hinüber und fragte: »Hattest du dir etwas Bestimmtes zum Abendessen vorgestellt?«

»Das war nur so eine Laune«, meinte sie lächelnd.

»Was wolltest du denn bestellen?«, fragte Penny.

»Es ist dumm, aber ich bestelle gern Gerichte in einem Restaurant, die ich zu Hause nicht koche.«

»Ich auch«, stimmte ich ihr zu. »Ich probiere gern etwas aus, das ich zu Hause nie zubereiten würde. Ich würde mich gar nicht trauen, so etwas meiner Familie vorzusetzen.«

»Ja.« Elina kräuselte die Lippen.

»Also gut, jetzt bin ich neugierig«, sagte Penny. »Was wolltest du denn bestellen?«

Elinas Augen funkelten. »Geflügel.«

»Ja!« Penny schien sich arg zusammennehmen zu müssen, um nicht in lautes Lachen auszubrechen. »Ich kann mir vorstellen, dass ihr zu Hause nicht oft Geflügel esst.«

Auch ich versuchte, mein Lachen zu unterdrücken, indem ich den Atem anhielt und mir auf die Lippe biss. Denn während der Maniküre, als der Verband von meiner Hand abgenommen wurde, damit die Lotion auf meine Hände aufgetragen werden konnte, war ich schmerzlich an die unselige Miss Molly erinnert worden.

»Es ist schon mehr als ein Jahr her«, erklärte Elina. »Ich habe schon ganz vergessen, wie Geflügel schmeckt.«

»Vielleicht gibt es am Büfett Geflügel«, meinte ich.

»Gute Idee. Ich nehme das Büfett«, sagte Elina.

»Ich auch«, stimmte ich zu.

»Dann sind wir schon zu dritt.« Penny sah sich um. »Ich hoffe, dass Monique noch kommen kann. Haltet bitte Ausschau nach ihr.«

»Du bist noch nie einem Fremden begegnet, Penny, nicht wahr?«, meinte Elina.

»Was meinst du?«

»Du hast eine wundervolle Art, das Beste in anderen Menschen zum Vorschein zu bringen. Du hast keine engstirnigen Vorstellungen von Fremden so wie die meisten anderen Leute.«

Penny zuckte die Achseln. »Das Leben ist zu kostbar.«

Penny hatte ein neues Lebensmotto gefunden, das war klar.

Kapitel 19

Penny, Elina und ich folgten einander zum Büfett und nahmen uns kleine Happen von diesem und jenem. Elina kannte viele der Gerichte, was sehr hilfreich war. Bei gemeinsamen Essen in der Gemeinde in Chinook Springs hatte ich nie Probleme, herauszufinden, was die einzelnen Speisen waren, denn dieselben Leute brachten jedes Mal dieselben Gerichte mit. Meine Kinder hatten sich dadurch daran gewöhnt, jede mögliche Kombination von Salaten zu essen, die der Menschheit bekannt waren.

Auf diesem Büfett jedoch wurden viele unterschiedliche Salate mit Mayonnaise angeboten. Acht der zehn Salate schienen als Basis die von Elina so genannte »Salatcreme« zu haben. Für mich sah sie aus wie Mayonnaise.

Als wir zu den Fleischsorten kamen, füllte Elina einen zweiten Teller mit drei Geflügelgerichten. Ein Koch in weißer Jacke und einer hohen weißen Mütze stand neben einem großen Stück Rostbeef, um uns bei Bedarf ein Stück davon abzuschneiden.

Ich starrte auf ein Fleischgericht, das mit dünnen Orangenstücken belegt war. »Denkst du, das ist auch Geflügel?«, fragte ich Elina.

Sie beugte sich darüber.

Der Koch sagte in seinem breiten Akzent: »Das ist Dauk, Madam.«

Ich sah ihn an, dann wieder zu Elina. »Was hat er gesagt?«

»Ich glaube, er sagte ›dog‹«, flüsterte Elina mir zu. »Aber das kann nicht sein. In einem Hotel wie diesem würde man keinen Hund servieren.«

Der Koch schien unser Flüstern zu hören, denn er sprach etwas lauter. »Dauk, Madam.«

»Schwein?«, fragte ich vorsichtig.

»Nein!«, rief er noch lauter. Doch der Pianist hatte gerade sein Stück zu Ende gebracht und Stille legte sich über den Raum. »Es ist *dauk*, Madam.« Er steckte die Hände unter seine Achseln und tat so, als würde er mit den Flügeln schlagen. *»Dauk!* Quak, quak!«

»Ach, ›duck‹, Ente!«, riefen Elina und ich einstimmig.

Die lebhafte Beschreibung des Kochs zog die Aufmerksamkeit vieler der respektablen Gäste auf sich. Ich ging an der Ente vorbei und kehrte mit starrem Blick zu unserem Tisch zurück.

»Dauk«, wiederholte Penny, als sie hinter uns herging. »Quak, quak!« Sie und Elina lachten auf dem ganzen Weg zu unserem Tisch.

Monique wartete neben dem Tisch auf uns. »Sie schaffen es, eine Party zu veranstalten, wo immer Sie auch sind, nicht wahr?«, fragte sie freundlich lächelnd.

»Wir amüsieren uns großartig«, erklärte Penny. »Sie leisten uns doch Gesellschaft, nicht?«

»Einen Augenblick noch, ja.« Sie setzte sich nicht, sondern blieb lässig am Tisch stehen und unterhielt sich mit uns, als würde sie spazieren gehen und nicht ein großes Hotel führen. Ihre elegante Schönheit und das warme Schimmern ihrer dunklen Haut fielen mir erneut auf.

Penny reichte Monique ihre Visitenkarte und betonte noch einmal, dass Monique, wenn sie noch einmal in San Francisco sei, unbedingt bei ihr anrufen sollte. »Wir gehen dann in mein chinesisches Lieblingsrestaurant.«

»Das klingt gut. Ich werde Sie bestimmt anrufen. Wie lange bleiben Sie hier bei uns?«

»Nur heute Nacht«, erklärte Penny. »Morgen früh fahren wir weiter nach Liverpool und mit dem Abendzug wieder zurück nach London, denn am folgenden Morgen um acht Uhr geht unser Flugzeug zurück in die Staaten.«

»Dann haben Sie ja nicht viel Zeit«, meinte Monique.

»Zeit genug, um ein Foto auf der Penny Lane zu schießen«, bemerkte Penny.

»Und noch ein paar Souvenirs zu kaufen«, fügte ich hinzu.

Monique griff in die Tasche ihres blassrosa Blazers und nahm eine ihrer Visitenkarten heraus. Sie schrieb etwas auf die Rückseite und reichte sie mir. »Damit können Sie hier im Hotel alles zu einem Rabatt von 20 Prozent einkaufen.«

»Oh, ich wollte nicht ...«

»Natürlich nicht. Das habe ich auch nicht gedacht. Ich möchte gern, dass Sie für den Rest Ihres Aufenthalts meine persönlichen Gäste sind. Ich habe Ihren Ober angewiesen, mir Ihre Rechnung zu bringen, denn ich fühle mich geehrt, dass Sie hier abgestiegen sind.«

»Monique«, protestierte Penny, »das brauchen Sie doch nicht.«

»Ich möchte es aber«, erwiderte Monique mit einem Tonfall in der Stimme, der mich an Pennys schönsten Schmeichelton erinnerte. »Heute Abend sind Sie meine Gäste und wenn ich noch einmal nach San Francisco komme, werden Sie, Penny, sicherlich darauf bestehen, das chinesische Essen zu bezahlen.«

Penny lachte. »Einverstanden.« Sie reichte Monique die Hand. »Danke.«

»Passt auf euch auf.« Monique ging und wir genossen unser reichhaltiges Abendessen. Natürlich mussten wir noch Kaffee und das dekadenteste Schokoladendessert bestellen, das dieses Restaurant zu bieten hatte. Es war ein Schokoladenkuchen mit sieben Schichten und dicker geschmolzener Schokolade mit Sahne zwischen jeder der dünnen Schichten.

Wir witzelten, wir müssten einen Pagen rufen, der uns auf einem der Gepäckwagen zu unserem Zimmer schieben müsste. Auf unserem Weg dorthin kamen wir in der Halle an dem Souvenirladen vorbei. Deshalb schlug ich vor, dort nach Souvenirs zu suchen. Penny und Elina wollten aufs Zimmer gehen, also verschwand ich ganz alleine in dem Laden. Abgesehen von dem Abend allein in Markettas Gästezimmer war dies die einzige Gelegenheit, einmal ganz für mich zu sein. Ich genoss es, mir Zeit zu nehmen und mir alles genau anzusehen.

Eine Reihe von Teetassen mit Untertassen zog meine Aufmerksamkeit auf sich. Sie erinnerten mich an das hübsche Geschirr und Kristall, mit dem Anni vor unserem Saunagang den Tisch gedeckt hatte.

Die Oberfläche der Tassen war glatt und angenehm. Ich stellte fest, dass ich die Tassen gar nicht mehr abstellen wollte, nachdem ich meine Hände erst einmal darum gelegt hatte. Die Teetassen gab es in unterschiedlichen Mustern und Farben. Sie waren von einem Künstler am Ort entworfen worden. Das besagte auf jeden Fall ein kleines Schild auf dem Glasregal.

Ich beschloss, jeder Frau auf meiner Liste eine dieser Porzellantassen mitzubringen. Die Tassen für Kaylee und Joanie auszusuchen war einfach. Bonnie mochte Rosen, genau wie meine Mutter. So kaufte ich eine Tasse mit roten und eine mit gelben Rosen. Zu dem cremefarbenen Set mit den Vergissmeinnicht gab es auch eine passende Teekanne. Ich nahm die Tasse in die Hand und überlegte, ob ich sie für mich mitnehmen sollte.

Ich brauche sie doch eigentlich nicht.

Doch ich kam zu dem Schluss, dass das Leben zu kostbar war, um an einem so seltenen Stück vorbeizugehen, und da ich 20 Prozent Rabatt bekam, wäre ich verrückt gewesen, die Tasse mit der Teekanne stehen zu lassen.

Die Verkäuferin war aufmerksam und hilfsbereit. Sie versicherte mir, sie würde alle Tassen so gut einpacken, dass ich sie ohne Beschädigung nach Hause bringen würde. Da ich nur eine Tasche hatte, konnte ich diese einchecken und den Karton mit dem Porzellan als Handgepäck nehmen.

Ich sah noch einmal auf meiner Souvenirliste nach und bemerkte, dass noch ein Geschenk für eine Person fehlte – Gloria. Also kehrte ich zu dem Regal mit den Teetassen zurück und betrachtete jede der noch verbliebenen Tassen ganz genau. Eine auf dem obersten Regal fiel mir besonders ins Auge. Sie war dunkelrot mit einem zierlichen Goldrand. Die Tasse war außergewöhnlich. Etwas Besonderes. Diese Tasse konnte nicht ignoriert werden – und sie kostete fast dreimal so viel wie die anderen Tassen.

Mit einem Gefühl gelassener Zufriedenheit nahm ich die teure, zerbrechliche Tasse und lächelte. Das war das Geschenk, das ich Gloria machen wollte.

Meine Sammlung von Teetassen war so gut verpackt, dass ich sie, als ich ins Hotelzimmer kam, nicht auspacken wollte, um sie Elina und Penny zu zeigen. Sie sagten, sie würden mir glauben, wie hübsch die Tassen seien und würden am anderen Morgen im Geschenkeladen vorbeigehen, um sich die restlichen anzusehen.

Wir standen jedoch so früh auf, dass der Laden noch nicht geöffnet war. Ein Taxi fuhr vor, um uns zum Bahnhof zu bringen. Wir wollten den Zug um 7 Uhr 02 nach Liverpool nehmen.

Bereits in dem Augenblick, als ich zum wartenden Taxi hinaustrat, wusste ich, dass der Tag herrlich werden würde. Der Boden war überzogen mit einer leichten Reifschicht. Weißer Nebel zog über die nahe gelegene Wiese und über uns breitete der Märzhimmel seine blassblauen Flügel.

Ich blieb stehen und betrachtete ein Spinnennetz in der großen Topfpflanze neben dem Hoteleingang, an dem Tautropfen hingen.

Jeder Faden schien aus Silber gesponnen zu sein. Jeder Tropfen Feuchtigkeit hing wie ein Diamant daran – nein, wie ein Stern. Wie einzelne Sterne, zusammengepresst und verteilt, wie man Glitter für eine Geburtstagsfeier verteilt.

Ich sog die kalte Luft tief ein und beobachtete, wie sich mein ausgestoßener Atem in eine Wolke verwandelte. Mein Atem brachte die glitzernden Sterne an dem silbernen Spinnenfaden ganz leicht in Bewegung.

Hast du geatmet und es war so?

Mit diesem Gedanken erlebte ich das Gefühl der Gegenwart meines himmlischen Vaters. Mir war, als würde er in diesem Augenblick unmittelbar neben mir stehen, sich über mich beugen, seine herrlichen Hände hinter seinem Rücken gefaltet, und als würde er dieses winzige Stück seiner Schöpfung mit ungeteilter Freude betrachten.

Wir sind alle deiner Gnade ausgeliefert, nicht, Herr? Jedes Lebewesen. Wir könnten alle innerhalb eines Augenzwinkerns tot sein. Und doch hauchst du uns in deiner Liebe an und wir leben noch einen Tag.

Zum ersten Mal auf dieser Reise und vielleicht in meinem Leben erhaschte ich einen Schimmer von dem, was es bedeutete, Gottes Gnade ausgeliefert zu sein. Er spricht und es ist so. Er atmet und wir leben einen weiteren Tag.

»Was für ein herrlicher Morgen!« Penny hielt die Taxitür auf und wartete darauf, dass ich einstieg.

Ich ging zum Taxi und blieb dann stehen, um meine Kamera aus der Tasche zu holen. Dann kehrte ich zu der Kübelpflanze zurück, beugte mich darüber und machte ein Foto von dem Spinnennetz.

»Okay, weißt du was?«, rief Penny. »Ich werde dich nicht fragen, was du da fotografierst. Aber ich möchte dich um einen Gefallen bitten.«

»Sicher.«

»Wirst du einen Film für mich aufheben, den wir dann später auf der Penny Lane verknipsen können?«

»Kein Problem. Ich habe noch drei Filme. Auf dieser Reise habe ich gar nicht so viel fotografiert, wie ich gedacht hatte.«

»Dann macht es natürlich Sinn, dass du einen Film vergeudest, um irgendeine Kübelpflanze zu fotografieren«, meinte Penny fröhlich.

Elina lachte.

Aus irgendeinem Grund musste ich an Tuija aus dem Kaufhaus in Helsinki denken. Sie hatte uns erklärt, ihr Name bedeute »ein grüner Busch, der vor ein schönes Haus gepflanzt ist«.

Ich zog meine linke Augenbraue ein wenig hoch, als ich an Penny vorbeiging und im Taxi Platz nahm. »Das war nicht irgendein Hotelbusch. Das war ein ganz besonderer *Tuija.«*

»Ah!« Elinas Augen leuchteten auf. *»Tuija!«*

Ich lächelte und sah zum Fenster hinaus und freute mich an der Schönheit dieses neuen Tages.

Auf unserer kurzen Zugfahrt nach Liverpool saßen wir dicht gedrängt mit Dutzenden von Briten auf dem Weg zur Arbeit im Abteil. Mir gefiel es, ihren Akzent zu hören und ihr Verhalten und ihre Kleidung zu beobachten. Kaylee wollte, dass ich ihr ein besonderes Kleidungsstück mitbrachte und ich war sicher, das in Liverpool zu finden.

Wir hatten noch nicht gefrühstückt, darum war nach unserer Ankunft unser erstes Ziel ein nahe gelegenes Restaurant, um, wie Penny es sagte, »ein paar Proteine und Koffein aufzunehmen, aber nicht notwendigerweise in dieser Reihenfolge«.

Elina war mehr daran interessiert, unser Gepäck unterzubringen, damit wir es nicht durch die Stadt zu schleppen brauchten. Sie fand einen Schalter für die Gepäckaufgabe und forderte uns auf, alles bis auf unsere Handtaschen abzugeben, bevor wir loszogen.

Mir gefiel das Gefühl, mein Gepäck los zu sein. Ich genoss den Sonnenschein, der uns vor dem Bahnhof in irisierenden Strahlen über den überfüllten Straßen begrüßte. Ich mochte Liverpool bereits, obwohl wir es noch kaum kennen gelernt hatten.

Ein paar Straßen vom Bahnhof entfernt fanden wir ein kleines Café und marschierten gleichzeitig zu dem freien Tisch vor dem Fenster. Wir zogen unsere Mäntel aus und hängten sie über die Stuhllehnen.

»Kaffee oder Tee?«, fragte uns Elina.

»Für mich Tee«, sagte ich.

»Zweimal Tee«, erwiderte Penny.

Elina wandte sich an die Kellnerin, die mit den Speisekarten auf uns zukam. »Dreimal Tee bitte. Mit Milch und Zucker.«

Wir bestellten ein reichhaltiges englisches Frühstück. Dazu gehörten fette Würstchen, Rührei, gebackene Bohnen, gebratene Tomatenscheiben und einige weiße Toastscheiben in einem Metallständer. Unser Tisch war beinahe zu klein für all die Marmeladentöpfe, unsere großen Teller und die Teekanne.

Der starke Tee schmeckte köstlich und ich beschloss, noch an diesem Tag welchen zu kaufen, um meine neue Teekanne mit echtem britischen Tee einweihen zu können.

Unsere Frühstücksteller waren gerade geleert, als Elina ein kleines Geheimnis verkündete, das sie uns den ganzen Morgen über vorenthalten hatte. »Ich bin mit ihnen fertig.«

»Mit was fertig?«, fragte Penny. »Mit deinen Eiern?«

»Nein, mit den Briefen deiner Mutter.«

»Ehrlich? Wo sind sie?«

»Hier.« Elina holte ein Dutzend gefalteter Blätter hervor. Ich bemerkte, dass die ersten Seiten auf Hotelpapier geschrieben waren.

»Wann hast du das denn gemacht?«, fragte Penny.

»Gestern Nacht. Ich konnte nicht schlafen. Ich bin erstaunt, dass ich euch nicht geweckt habe. Ich habe die Lampe ein wenig verdunkelt und dachte, ich würde nur schnell einen oder zwei von ihnen übersetzen. Doch bevor ich wusste, wie mir geschah, hatte ich sie alle fertig.«

»Irgendwelche großen Geheimnisse?«, fragte Penny vorsichtig.

Elina schüttelte den Kopf. »Nein.«

»Nichts über meinen Vater? Dass er Regierungsgeheimnisse an den Feind verkauft hat?«

»Nein, ich denke, meine Mutter und die anderen aus der Familie wollten Hank etwas anhängen, darum haben sie sich diese Sache mit dem Verkauf von Regierungsgeheimnissen ausgedacht. Das hat es Großmutter vielleicht leichter gemacht, ihre Tochter ziehen zu lassen.«

»Richtig«, meinte Penny. »Und als wäre das noch nicht schlimm genug, wurde sie auch noch schwanger und rannte mit ihm davon.«

»Und kehrte niemals zurück«, fügte Elina hinzu.

Penny sah auf die Blätter in ihrer Hand. Sie schienen an ihren Fingern festzukleben. Abgesehen von der Begegnung mit ihrer Tante waren diese übersetzten Briefe die engste Verbindung zu ihrer Mutter, die Penny seit mehr als zwanzig Jahren hatte.

In diesem Augenblick erkannte ich die Macht der Worte, das Geschenk des geschriebenen Wortes und wie wichtig diese Worte vor allem nach dem Tod eines geliebten Menschen waren.

Ich spürte einen Stich im Herzen. Und wieder vermisste ich meine Bibel.

Kapitel 20

»Penny?«, fragte ich leise. Sie hielt die Briefe ihrer Mutter immer noch umklammert. »Möchtest du sie jetzt lesen? Ich meine nicht laut vorlesen, sondern einfach für dich lesen. Wir warten gerne.«

Penny griff nach ihrer Lesebrille. »Habt ihr auch bestimmt nichts dagegen?«

»Ganz und gar nicht.«

Penny setzte ihre Brille auf und schob ihren Stuhl zurück, damit sie ganz in der Sonne saß. Ihre Augen flogen über die Seite.

Elina bestellte noch eine Kanne Tee.

Ich nahm leise meine Kamera zur Hand und hielt im Bild fest, wie Penny sich den Weg durch eine Milchstraße von Worten bahnte. Die Worte ihrer Mutter. Ein Schatz, den sie früher für unerreichbar gehalten hatte.

Ich sah Pennys Tränen, bevor sie sprach. »Hört nur:

Die kleine Penny schläft nachts schon ziemlich lange durch. Sie ist ein süßes Baby. Ich denke, wenn sie groß ist, wird sie einmal recht feste Überzeugungen haben wie ihre Mutter. Die Wahrheit ist, ich kann nicht genug von ihr bekommen. Jedes Geräusch, jeder Ausdruck, jedes Krähen nimmt mein Herz gefangen. Sie ist perfekt und ich muss zugeben, dass ich dieselben Entscheidungen wieder treffen würde, nur um zu sehen, wie dieses Wunder des Lebens einen Platz findet, an dem es in dieser Welt wachsen kann.«

Penny sah auf. Ihre Unterlippe zitterte.

Wir drei brauchten keine Worte, um uns zu verstehen. Penny las weiter und Elina und ich tranken unseren Tee.

»Diese Gedichte«, sagte Penny ohne aufzusehen.

Elina nickte.

Ich war offensichtlich diejenige, die außerhalb dieses Kreises des Verstehens stand.

Penny sah mich an. »Das musst du hören, Sharon. Meine Mom hat die Gedichte von Christina Rossetti geliebt. In diesem Brief an Marketta hat sie ein Gedicht aufgeschrieben. Ich war damals zwei Jahre alt. Mein Dad war tot. Hör zu:

Ich war eine einfache Magd,
abgehärtet durch Sonne und Luft,
zufrieden mit den anderen Mägden,
und legte keinen Wert auf mein blondes Haar.
Warum musste ein großer Lord mich finden
und mein flachsfarbenes Haar preisen?
Warum musste ein großer Lord mich finden
und mein Herz mit Liebe erfüllen?

Er lockte mich in seinen Palast –
weh mir, diese Freude –
um ein schamloses, beschämendes Leben zu führen,
sein Spielzeug und seine Liebe.
Er trug mich wie einen seidenen Knoten,
er wechselte mich wie einen Handschuh;
und jetzt stöhne ich, ein unreines Ding,
das eine Taube hätte sein können.

Penny war ganz eingehüllt vom Licht, sodass es am Ende ihrer dichten braunen Haare wie Glut zu glimmen schien.

»Da ist so vieles, was ich nicht verstanden habe«, sagte sie leise. »So vieles, was ich heute anders machen würde, wenn ich noch einmal Kind sein könnte. Trotz aller Hindernisse hat meine Mutter uns beiden ein gutes Leben bereitet. Sie hat mehr überwunden, als mir damals klar war.«

»Hast du schon die Stelle gelesen, wo sie über deinen Sieg beim Debattierwettbewerb in deiner Schule schreibt?«, fragte Elina.

»Ja, das war in dem hier. Ich hatte gerade die Highschool begonnen, als meine Mutter diesen Brief an Tante Marketta schrieb. Bist du bereit hierfür? Ihre erste Zeile lautet: ›Penny hat mich erneut überrascht.‹«

Ich lachte. »Kein Wunder.«

Penny fuhr grinsend fort: *»›Penny kam heute mit einem Preis für ihre Debattiergruppe nach Hause. Sie hat in einem Wettbewerb über die Landrückgabe an die Indianer gesprochen und den ersten Platz für unseren Schuldistrikt gewonnen.‹«*

Penny sah auf. »Ich erinnere mich an diese Rede. Anscheinend war ich schon damals ziemlich überzeugend.«

»Lies auch den nächsten Abschnitt«, forderte Elina sie auf.

»›Manchmal sehe ich Penny an und denke, sie ist eine Mischung aus Hanks besten Eigenschaften und der großen Kraft unserer Mutter. Außerdem hat sie meinen Drang nach Unabhängigkeit geerbt, darum fällt es uns schwer, uns auf irgendetwas zu einigen. Wir streiten uns oft, aber ich liebe sie unendlich und ich bete jeden Tag für sie. In meinem Herzen bete ich sie insgeheim an.‹«

Ich nahm Pennys Hand und drückte sie. »Deine Mutter hat dich angebetet.«

Penny blickte blinzelnd auf. »Sie hat mich unendlich geliebt.«

»Und«, fügte Elina hinzu, »sie hat für dich gebetet. Jeden Tag.«

Penny seufzte.

Wir drei saßen schweigend in der Sonne und nahmen ihre Wärme in uns auf, versunken in Gedanken, die unseren Verstand weiteten – über die Galaxien und über unsere Jahre hinaus. Vor meinem inneren Auge stand eine vom Licht gebrochene Erinnerung. Ich sah, wie sich die hohen Kerzen in der Kirche von Helsinki in dem Becher mit Wein spiegelten. Das Blut. Das Brot. Gebrochen. Wir alle waren in gewisser Weise gebrochen. Wir alle waren eingeladen zu kommen. Sein ewiges Leben zu empfangen, unsere Netze auf der anderen Seite des Bootes auszuwerfen und alle diese schimmernden Teile der Herrlichkeit einzufangen.

»Wisst ihr was?« Penny schob ihre Brille auf den Kopf. »Ich brauche frische Luft.« Sie erhob sich und blinzelte die Tränen fort. Dann griff sie nach ihrem Mantel. »Lasst euch ruhig Zeit. Ich muss jetzt nur nach draußen gehen.«

Elina und ich teilten uns die Rechnung. Wir tranken unseren Tee aus und trafen Penny auf der lärmenden Straße vor dem Café. Elina legte den Arm um ihre Kusine und drückte sie.

»Ist alles in Ordnung?«, fragte ich.

Penny nickte. Sie hob den Kopf mit Kraft und Würde und sagte: »Und los! Wo sollen wir zuerst hingehen?«

Am Abend zuvor hatten wir uns im Reiseführer über die verschiedenen Museen und Geschäfte am Hafen informiert. Wir scherzten darüber, in jenem Pub am Ende der Church Street einzukehren, obwohl ich den Namen des Barkeepers wieder vergessen hatte. Dann würden wir natürlich jede Menge Fotos vor dem Friseursalon auf der Penny Lane machen und das Straßenschild suchen. Das war mein eigentliches Ziel für den Tag – jede Menge Fotos.

An diesem Abend würden wir mit dem Zug in Elinas Heimatstadt zurückfahren, ein paar Stunden schlafen und dann erneut zum Flughafen hasten, um am Morgen unseren Heimflug zu bekommen. Dies war unser letztes Hurra, bevor wir wieder über den Mond zurücksprangen.

Da Elina nicht antwortete, sagte ich: »Penny Lane.«

»Was?«, fragte sie.

Ich lachte. »Nein, nicht du. Die Penny Lane. Die Straße Penny Lane. Unsere erste Station sollte die Penny Lane sein. Wir sollten ein Taxi nehmen und uns dorthin bringen lassen, solange die Sonne noch so herrlich scheint.«

Elina hob die Hand und winkte einem Taxi. Wir stiegen ein und fuhren »auf der falschen Seite« einer schmalen Straße los. Der Fahrer schien uns durch die ganze Stadt zu kurven. Und wir konnten nicht abschätzen, ob er bewusst Umwege fuhr. Die Penny Lane hätte auch die nächste Querstraße vom Café sein können, wir hätten es nicht gemerkt.

Als er vor einer wenig imposanten Geschäftsstraße abrupt anhielt, bemerkte ich den Namen auf dem Schaufenster. »Dies ist der Friseursalon«, sagte ich, als wäre ich auf einmal Profi in Sachen Beatles. »Tony Slavin.«

Wir stiegen aus und blieben vor dem weißen Laden mit der schwarzen Einfassung stehen. Ich bemerkte ein großes schwarz-weißes Poster der Beatles im Schaufenster neben der Tür. Auf dem Schild über der Ladentür stand in großen Buchstaben »Damen und Herrenfriseur«.

»Ich werde ein Foto von euch beiden machen«, bot Elina an.

Der Taxifahrer fragte, ob er warten solle. Wir sagten Ja und baten ihn, ein Foto von uns dreien zu machen. Er war der stillste der Taxifahrer, mit dem wir es auf dieser Reise zu tun gehabt hatten. Wenn wir je einen energischen Taxifahrer gebraucht hätten, so war dies der Augenblick. Ich vermisste unseren ersten Taxifahrer aus Helsinki, der uns den Nachtclub empfohlen hatte. Dieser Taxifahrer war alt und ihm fehlte ein Eckzahn. Er trug eine alte Tweedmütze, die er sich tief in die Stirn gezogen hatte. Graue Haarsträhnen sahen darunter hervor.

»Können Sie uns zur Penny Lane bringen?«, fragte Penny, als wir wieder ins Taxi einstiegen.

»Das ist die Penny Lane, meine Liebe.«

»Ja, aber gibt es nicht ein Straßenschild oder irgend so etwas, worauf Penny Lane geschrieben steht?«, fragte Elina. »Würden Sie uns langsam herumfahren, bis wir ein Straßenschild finden?«

»Ich weiß, wo es steht.« Er legte den ersten Gang ein und wendete mitten auf der Straße. Anschließend fuhr der Fahrer einige Meter weiter an den Straßenrand und deutete auf die andere Straßenseite. Wir entdeckten eine Einbuchtung in der Straße und eine etwa zweieinhalb Meter hohe Ziegelmauer, an der ein weißes Schild hing. In geraden, deutlichen Buchstaben stand darauf: PENNY LANE.

»Perfekt!« Penny war als erste aus dem Taxi.

Ich stieg unmittelbar hinter ihr aus. Das war genau das, worauf ich gehofft hatte. Als ich näher kam, sah ich, dass die Mauer dick mit grünem Moos bewachsen war. Die Mauer war alt. Das Straßenschild war alt. Es war gesplittert und verwittert und zeigte Anzeichen von verblasstem Graffiti.

»Seht euch das nur an«, sagte Penny, als sie unter dem Schild stand. »Es fällt auseinander wie wir auch.«

»Eine vergangene Ära«, meinte Elina mit einem Anflug von Traurigkeit. »Ich habe gerade darüber nachgedacht, was das wohl meinen Kindern bedeuten wird, wenn ich es ihnen erzähle. Wir entwickeln uns bereits in Windeseile zur älteren Generation, nicht wahr?«

»Aber seht doch nur!«, rief ich und deutete auf das Straßenschild. Unter den großen schwarzen Buchstaben stand eine kleinere Zahl in Rot: *18*. »Das sind wir. Im Herzen für immer achtzehn.«

Penny lachte und stellte sich neben dem Schild auf. Sie deutete auf die Nummer achtzehn und ich fotografierte sie.

Der Taxifahrer kam angeschlurft und fotografierte uns drei. Dann überzeugte Elina ihn, sich mit auf das Bild zu stellen. Ich machte ein Bild von Elina und Penny mit dem amüsierten Taxifahrer in der Mitte.

»Und jetzt noch eins von Sharon und Penny«, sagte Elina.

Penny und ich legten die Arme umeinander und den Kopf so, dass die magische Zahl 18 in der Öffnung zwischen unseren Hälsen erschien. Ich spürte die Sonne, die ihre warmen Strahlen auf unsere Stirn scheinen ließ.

»Bleibt so!«, rief Elina. »Oh. Wartet. Ich muss erst den Film wechseln. Bewegt euch nicht.«

Penny und ich blieben in Pose.

»Sharon?«, fragte Penny.

»Hmmm?«

»Weißt du noch, wie du gesagt hast, du wolltest mich überraschen, indem du mich als Geburtstagsgeschenk zur Penny Lane bringst?«

»Ja.«

»Danke.«

»Gern geschehen.«

»Ich überlege schon, was du zu deinem nächsten Geburtstag bekommst.«

»Du hast mir bereits in Finnland das blaue Twinset gekauft.«

»Ich meine, zu deinem nächsten Geburtstag. Und dem danach und dem danach.«

»Wie wäre es, wenn wir einfach sagen, diese ganze Reise hat alle meine Geburtstage von jetzt an abgedeckt?«

»Nein, das ist keine gute Idee.«

»Okay, die Kamera ist jetzt bereit«, sagte Elina. »Oh, wartet. Der Film hat noch nicht gegriffen. Nur noch einen Augenblick.«

»Sharon?«

»Hmmm?«

»Weißt du, was du bist?«

»Nein, was denn?«

»Du bist meine beste Freundin.«

»Und du bist meine beste Freundin, Penny.«

»Du hast mich auf diese Reise begleitet.«

»Du hast mich zu dieser Reise eingeladen.«

»Ja, aber du bist mitgekommen. Du hast es getan. Du bist bei mir geblieben. Es sollte ein Wort für Frauen wie dich geben.«

»Es gibt eins. Es heißt *Freundin.«*

»Nein, mehr als eine Freundin«, wandte Penny ein. »Mehr als eine beste Freundin. Du bist mutig. Wagemutig. Nah. Liebevoll. Tief geistlich und im Herzen für immer achtzehn.«

»Verwandte Seelen? Seelengefährtin?«

»Nein, noch etwas anderes. Du bist mir wie eine Schwester, aber du bist ...«

»Also gut«, rief Elina. »Die Kamera ist bereit. Lächeln!«

»Warte!« Penny hob die Hand. Sie wandte sich zu mir um. »Ich weiß, was du bist.«

»Was denn?«

»Du bist eine coole Seelenschwester.«

»Eine Seelenschwester?« Ich lachte.

»Ja. Ganz entschieden. Du bist eine Seelenschwester. *Meine* Seelenschwester.«

»Aber dann bist du die ursprüngliche Seelenschwester.«

»Damit kann ich leben.« Ein breites Grinsen erschien auf ihrem Gesicht. »Damit kann ich richtig lange leben.« Sie wandte sich wieder der Kamera zu und sagte: »Okay. Wir sind bereit, Elina.«

Ich öffnete mein Herz und lachte so frei wie Penny Lane, die dort auf der Penny Lane ihren starken Arm in die Luft reckte und rief: »Für immer Seelenschwestern!«

Epilog

Kiitos Cottage
Maple Leaf Lake, Washington

18. Oktober 2003

Seit fast einer Woche belege ich nun schon diese kleine Hütte am *Maple Leaf Lake* mit Beschlag. Ich schätze, man könnte sagen, diese Hütte hat mir Penny in dem Jahr nach Helsinki und allen darauf folgenden Jahren zum Geburtstag geschenkt.

Penny und Dave haben dieses gemütliche kleine Häuschen neun Jahre zuvor gekauft und Jeff und ich haben es anschließend renoviert. Wir nannten es *Kiitos Cottage* und Penny ließ diesen Namen auf ein Schild aus Redwoodholz brennen, das jetzt über der Eingangstür hängt. Und natürlich hängt das Foto von Penny und mir vor dem Straßenschild auf der Penny Lane gleich rechts neben dem Eingang an der Wand.

Auf Pennys Drängen hin und auf ihre Kosten sind Elina und ihr Mann Arnie vor ein paar Jahren zu Besuch hier gewesen. Und weil Penny Marketta und Juhani nicht überzeugen konnte, ebenfalls zu kommen, ist sie im Sommer vor zwei Jahren mit ihrer kompletten Familie noch einmal nach Finnland geflogen. Deshalb hängt nun über dem Kamin ein Foto von Penny und Marketta auf Porosaari, das sie zeigt, wie sie stolz einen Fisch in der Hand halten. Links davon hängt ein Foto von einem anderen Fisch. Es ist das Foto, das Joona, den wir in dem Hotel in Helsinki kennen gelernt haben, gemacht hat. Er nahm Penny beim Wort und hat sie zusammen mit einigen Freunden in den Vereinigten Staaten besucht. Sie verbrachten eine Woche hier in *Kiitos Cottage* und während dieser Zeit fing Joona den größten Fisch, den jemals jemand aus dem *Maple Leaf Lake* geholt hat. Und unter diesem Foto standen die Worte: »Joona und der Wal«.

Jedes Jahr an dem Wochenende entweder vor oder nach meinem Geburtstag treffen Penny und ich uns hier zu unserem »Seelenschwestern-Wochenende«, wie unsere Männer das nennen. Wir gehen nicht angeln, sondern wir reden, essen und lachen. Nicht immer in dieser Reihenfolge. In diesem Jahr bin ich etwas früher gekommen, um unsere Finnland-Geschichte aufzuschreiben. Die Worte sind einfach so aus mir herausgesprudelt, da ich den Eimer tief in den Brunnen meines übervollen Lebens eingetaucht habe.

Das neun Monate alte Baby, das mich damals mit Erbrochenem bespuckt hat, hätte ich beinahe vergessen. Jetzt sehe ich diesen Zwischenfall als einen Augenblick, den Gott gebraucht hat, um etwas Neues in meinem Leben zu schaffen. Sehen Sie, während meine Kinder älter werden, fliegt mein Herz noch immer jungen Müttern entgegen.

Wenn ich so zurückblicke, sehe ich, dass ich mich von einem aus dem Ei kommenden Küken zu einer Mutterhenne entwickelt habe. Mittlerweile habe ich eine Gruppe für junge Mütter ins Leben gerufen, die sich jeden Montagmorgen zum gegenseitigen Austausch trifft. Junge Mütter kommen mit ihren Kindern zu unserer wundervoll praktischen und vielseitigen Gemeinde zu einer Zeit des Gebets und der Ermutigung. In den vergangenen sieben Jahren sind Tausende von Müttern mit ihren Kindern bei uns gewesen. Viele der Mütter gehören keiner Gemeinde an, so wie es bei Dave und Penny war, als sie nach *Chinook Springs* kamen. Dutzende und vielleicht Hunderte Frauen sind inzwischen in Gottes Reich hineingeliebt worden.

Ich schätze, wir entscheiden nicht, welche Talente wir haben wollen, auch wenn es ein so einfaches ist, wie jungen Müttern und ihren Kindern Liebe zu geben. Aber wir entscheiden, ob wir mit unserem Talent etwas Bleibendes schaffen wollen. Die Verantwortung für diese Müttergruppe gibt mir Kraft und erfüllt mich auf außergewöhnliche Weise. Trotz aller Herausforderungen und Rückschläge, die wir haben einstecken müssen, weiß ich, dass ich dies noch weitere zehn Jahre tun kann. Leicht. Und mit Freude.

Wenn man herausfinden möchte, wofür man ein Talent besitzt, darf eines nicht außer Acht gelassen werden: Satan trennt. Gott vervielfältigt.

Gott hat meine Liebe zu anderen Menschen vervielfältigt, vor allem zu denjenigen, die zu dem kleinen Kreis meines Lebens gehören. Manchmal denke ich, die Liebe zwischen Jeff und mir könnte nicht mehr größer werden, aber jedes Jahr bringt uns einander näher.

Penny sagte, bei ihr und Dave sei das auch so. Unmittelbar nach Finnland haben sie zwei schreckliche Jahre erlebt. Der Grund für ihre

Probleme war ihr Terminkalender – der Mangel an Zeit füreinander. Sowohl Penny als auch Dave haben damals zu viel gearbeitet. Und auch ihre drei Kinder waren im Sport und in vielen unterschiedlichen Vereinen engagiert, sodass sie sich regelrecht aus den Augen verloren haben.

Ich bin sicher, Markettas Gebete und ihr mütterlicher Rat haben Penny durch diese schwierige Zeit hindurchgeholfen. Marketta riet Penny und Dave, ihre Arbeitszeit zu verkürzen, sich einmal in der Woche zum Mittagessen zu treffen und sich zweimal am Tag zu küssen, ob ihnen nun danach zu Mute sei oder nicht.

Penny sagt, nachdem sie diesen Rat befolgt hätten, sei ihre Ehe erblüht wie eine Wiese voller wilder Blumen. Jetzt sind sie sich näher als je zuvor.

Oft habe ich darüber nachgedacht, was aus Penny und Dave geworden wäre, wenn Penny nicht nach Finnland gefahren wäre. Sie hätte vor ihrer Ehekrise ihre Identitätsprobleme nicht lösen können. Sie hätte nicht Markettas liebevolle Unterstützung und Weisheit gehabt. Sie wäre schrecklich allein gewesen. Ich denke, Gott hat Penny seine Hilfe zuteil werden lassen, als sie sie am meisten gebraucht hat.

Wenn ich zurückschaue, erkenne ich, wie viele schimmernde Teile der Herrlichkeit unser Leben jetzt ausfüllen. Ich bin erstaunt, wie viel wir beide erlebt haben, nachdem wir unsere Netze auf der anderen Seite der Welt ausgeworfen haben.

Monique und Penny sind gute Freundinnen geworden und treffen sich, wann immer Monique geschäftlich nach San Francisco kommt.

Unseren Kindern geht es gut. Unsere sieben Kleinen, die uns in jener Krabbelstube vor so langer Zeit den letzten Nerv geraubt haben, sind jetzt erwachsen. Im vergangenen Sommer ist Penny Großmutter geworden, als Nicole eine kleine Tochter zur Welt brachte.

»Unsere erste kleine Enkelin!«, schrieb Penny auf die Rückseite des Fotos, das sie mir geschickt hat.

Meine Kaylee ist seit einem Jahr verheiratet, aber bisher ist noch kein Baby unterwegs. Nach Finnland trat eine wundervolle Wende in unserer Beziehung ein. Ich sagte ihr damals, dass meine Zeit als Helferin nun vorüber sei und dass wir beide lernen müssten, Freundinnen zu sein. Sie vergoss daraufhin ein paar schimmernde Tränen und fing langsam an, mit mir über die Komplexität ihres Lebens zu reden, die sich noch mehrere Jahre lang in Schichten wilder Emotionen hüllte. Als Kaylee achtzehn wurde, standen wir uns näher als ich es je mit meiner Mutter erlebt hatte. Und ganz eindeutig war unsere Beziehung enger als die zu meiner Schwiegermutter.

Ich bin froh zu sagen, dass die Liebe zu Gloria, die Gott in mein Herz gelegt hat, erhalten blieb. Gott sorgte dafür, dass mein Herz mit genau dem gefüllt blieb, was ich brauchte, um diese Frau, die meine Liebe nie erwidert hat, zu lieben.

Vor sechs Jahren wurde Gloria ernstlich krank. Ich ging jeden Tag zu ihr, versorgte sie und bereitete das Essen für Opa Max. Ihre Krankheit zog sich hin und sie war schließlich ans Bett gefesselt. Sie und Max zogen bei uns ein und ich liebte sie weitere acht Monate, bevor sie einen Herzinfarkt bekam, der sie an einen tiefen, dunklen Ort führte, wo sie nur noch die tiefen Töne sang. Opa Max und ich waren bei ihr, als sie still verschied. Oft empfinde ich Dankbarkeit, dass ich meinen Frieden mit Gloria gemacht habe, bevor sie aufgerufen wurde, ihren Frieden mit Gott zu machen.

Unser Sohn Ben erlebte nach dem Zwischenfall mit dem Fahnenmast, bei dem er sich das Handgelenk brach, eine schwierige Zeit, in der Gott jedoch stets seine Hand über ihn hielt. Und Gloria war diejenige, die ihn während dieser krisenvollen Zeit mit Kuchen versorgte und ihm auch weiterhin Päckchen mit Keksen schickte, als er bereits zum College ging. Im vergangenen Sommer hat Ben ein feuriges rothaariges Mädchen geheiratet. Sie ist ein Schatz!

Fast alles hat mir in dieser Phase meines Lebens gefallen. Vielleicht befinde ich mich jetzt wirklich in den besten Jahren. Penny und ich können nur lachen, wenn wir uns heute die Fotos von uns anschauen, als wir dreißig und vierzig Jahre alt waren und wenn wir uns daran erinnern, wie wir uns darüber beklagt haben, dass wir alt oder dick werden oder dass wir zu viele Fettpolster und Falten haben.

Was für ein Witz! Wir waren jung und wir sahen gut aus. Jetzt werden wir wirklich älter, aber wir fühlen uns großartig. Wir sind frei.

Gestern Abend habe ich mich so frei gefühlt, dass ich etwas getan habe, was ich noch nie zuvor getan habe. Die ganze Woche hier in *Kiitos Cottage* war das Wetter einfach perfekt gewesen und gestern war ein lauer Tag mit herrlich blauem Himmel. Die Wellen des *Maple Leaf Lake* hatten den ganzen Nachmittag über beharrlich ans nahe Ufer geklatscht, während ich geschrieben hatte. Und das Wasser hatte mich gelockt, hereinzukommen und die letzten Tage dieses Altweibersommers zu genießen, bevor der Herbst mit kaltem Wind herankam und die bunten Blätter herumwirbelte.

Also hatte ich beschlossen, mich ein wenig herumwirbeln zu lassen. Denn ich hatte gerade alles aufgeschrieben, was mir an unserer Reise nach Finnland wichtig gewesen war, und ich wollte diesen Augenblick ein wenig feiern.

Die Dämmerung war bereits eingetreten und hatte die Lichter des Tages verblassen lassen, sodass alle Sterne in ihrer funkelnden Herrlichkeit zu sehen gewesen waren. Ich wollte mich zu ihnen gesellen, deshalb hatte ich meine Shorts und mein Sweatshirt ausgezogen und war in meiner eleganten schwarzen Unterwäsche zum Wasser marschiert. Als ich in das erfrischende Wasser gewatet war, das den ganzen Nachmittag in der Sonne gelegen hatte, hob ich meine Arme in einem Akt einsamer Anbetung des einen, der die Sterne gemacht hatte und durch die fernen Galaxien schickte.

Ich konnte keine Worte finden, die ich ihm in diesem Augenblick hätte sagen können, darum gab ich ihm meine Tränen.

Und während er im folgenden Augenblick den Mond, dieses ewige Nachtlicht, unmittelbar über dem Wipfel der Zedern aufgehen ließ, legte ich mich ins Wasser und streckte mich auf dem Rücken aus, sodass ich diesen großen, goldenen Mond beobachten konnte, der neben mir ins Wasser tauchte.

Ich stellte mir vor, dass das Prickeln in meinem Nacken kleine Fische waren, die herausgekommen waren, um mich mit kleinen Fischküssen zu begrüßen. Und während ich so dalag, bemerkte ich, dass der Mond nun auf meiner anderen Seite stand.

»Stellt euch das vor!«, rief ich den Sternen zu. »Der Mond ist gerade über mich hinweggesprungen!«

Vergangene Nacht habe ich tief geschlafen. Als ich heute Morgen aufwachte, habe ich die Hütte sauber gemacht, meine Vergissmeinnicht-Teekanne mit der passenden Teetasse und Pennys Tasse hervorgeholt. Ihr Flugzeug ist um sieben Uhr morgens von San Francisco gestartet, sodass sie gegen halb zehn mit ihrem Mietwagen hier eintreffen würde. Sobald sie ankam, würden wir traditionsgemäß auf der Veranda unseren Tee trinken und Muffins oder Bagels dazu essen, die sie auf dem Weg vom Flughafen hierher eingekauft hatte.

Sorgfältig legte ich das Tagebuch mit meinen Finnlanderinnerungen auf die Hollywoodschaukel, auf der Penny sich normalerweise niederließ, und ging hinein, um das Teewasser aufzusetzen. Ich konnte es nicht erwarten, bis sie unsere Geschichte gelesen hatte und wir beide unser Wochenende mit dem begannen, was wir am besten beherrschten, nämlich einfach wir selbst zu sein.

In diesem Augenblick hörte ich das Knirschen von Rädern auf dem Kies der langen Auffahrt zu *Kiitos Cottage*. Ich sah durch das Fenster über dem Spülbecken und entdeckte ein schlankes, silbernes Cabrio durch die Tannen kommen. Die Fahrerin trug eine Sonnenbrille und einen langen, pinkfarbenen gepunkteten Schal um den Hals, der wie eine Fahne flatterte und strahlend wilde, wundervolle Freiheit verkündete.

Aber irgendetwas war anders. Ich trat auf die Veranda und beobachtete, wie der Wagen zum Stehen kam. Die Frau mit dem pinkfarbenen Schal schob ihre Sonnenbrille hoch und stieg mit einer großen Kuchenschachtel in der Hand aus dem Wagen aus.

Ich blieb einen Augenblick reglos stehen.

Oh Penny-Mädchen, was hast du getan?

Ihr Haar war schockierend kurz geschnitten, so, wie die Großmütter in Finnland es getragen hatten. Und es war ebenso weiß. So weiß wie die Kuchenschachtel, die sie in der Hand hielt.

»Ich habe dir einen Geburtstagskuchen mitgebracht«, rief Penny, als sie mich entdeckte. »Ich dachte, warum sollen wir Muffins zu unserem morgendlichen Tee essen, wenn wir Kuchen haben können? Schokolade natürlich.«

»Natürlich.« Ich legte die Arme um sie und atmete tief den Blumenduft ihres teuren Parfüms ein. Sie drückte mir einen Begrüßungskuss auf die rechte Wange und ich gab ihr auch einen.

»Mir gefällt dein Haar«, sagte ich ihr.

»Ehrlich? Ich hatte es satt, das Grau zu bekämpfen, aber ich dachte, es wäre vielleicht doch etwas wild.«

Ich lachte. »Du und wild? Nie.«

»Nun«, sagte Penny grinsend, »zumindest ist es nicht grün geworden!«

Ich lachte mit ihr und wir hakten einander unter und gingen zur Veranda von *Kiitos Cottage*, unser Schokoladenkuchen-Frühstück in der Hand.

Auf immer achtzehn. Auf immer zusammengeschweißt von denselben Händen, die ihre Fingerabdrücke auf dem Mond hinterlassen haben. Auf immer Seelenschwestern.

DIE NEUE INDIANERGESCHICHTE
VON S. G. WHITSON

Stephanie Grace Whitson:

**WIE EIN
LEUCHTENDER STERN**

Roman

Die junge Geneviéve de la Croix ist die Tochter eines französischen Adeligen und einer Indianerin. Damit sie eine gute Ausbildung erhält, schickt sie ihr Vater auf eine Missionsschule. Zunächst fühlt sich Geneviéve bei dem steifen, strengen Prediger Simon Dane und seiner Familie sehr unwohl. Doch dann begegnet sie dem jungen Krieger Leuchtender Stern ...

Währenddessen wird die Situation der Indianer in Minnesota immer angespannter. Mehr und mehr Land wird ihnen von den weißen Siedlern genommen, und Leuchtender Stern wird klar, dass sie nur überleben können, wenn sie sich den Weißen und ihren Gepflogenheiten anpassen. Die meisten Indianer sind jedoch nicht bereit, so wie Leuchtender Stern Land zu pachten und Ackerbau zu betreiben.

Als es zu immer neuen Ungerechtigkeiten gegenüber den Indianern kommt, spitzt sich die Lage zu. Ein blutiger Aufstand bricht los. Wird es Leuchtender Stern gelingen, Geneviéve und die anderen vor seinen eigenen Leuten zu retten?

Paperback, 260 Seiten, Bestell-Nr. 815 782